Jagersgoud

www.boekerij.nl

Philip Reeve

Jagersgoud

ISBN 978-90-225-5463-0
NUR 334

Oorspronkelijke titel: *Predator's Gold*
Oorspronkelijke uitgever: Scholastic Ltd.
Vertaling: Jacques Meerman
Omslagontwerp: DPS design & prepress services, Amsterdam
Omslagillustratie: © David Wyatt 2009
Zetwerk: CeevanWee, Amsterdam

Voor Sarah en Sam

Inhoud

Deel drie

Deel een

1

In het noorden

*F*reya werd vroeg wakker en bleef even in het donker liggen. Haar stad huiverde en deinde onder haar terwijl die aangedreven door machtige motoren over het ijs gleed. Ze wachtte slaperig op haar dienaressen, die haar uit bed moesten helpen. Pas na enige tijd wist ze weer dat die allemaal dood waren.

Ze gooide het beddengoed van zich af, stak de argonlampen aan en waadde door bestofte stapels neergesmeten kleding naar haar badkamer. Al wekenlang probeerde ze de moed te vinden om te douchen, maar ook die ochtend was ze niet opgewassen tegen het ingewikkelde mechaniek: het water weigerde warm te worden. Uiteindelijk vulde ze zoals gewoonlijk alleen het bekken en bespatte ze haar gezicht en handen. Er was nog een klein stukje zeep. Daarvan wreef ze een deel in haar haren, en toen hield ze haar hoofd onder water. Haar toiletdienaressen zouden reinigende spoelingen, lotions, zalven en allerlei aangenaam geurende balsems hebben aangebracht, maar ook zij waren allemaal dood, en het grote rek met flessen in de hoge badkamerkast maakte een intimiderende indruk op Freya. Geconfronteerd met zo'n enorme keuze, koos ze liever niets.

Gelukkig had ze wel ontdekt hoe ze zich moest aankleden. Ze raapte een van haar gekreukte gewaden van de vloer en legde het op het bed. Vervolgens kroop ze er vanaf de onderkant in en baande ze zich een weg naar boven totdat ze haar armen en hoofd door de juiste gaten kon steken. Het lange, met bont afgezette overkleed dat bij het gewaad hoorde, was veel makkelijker aan te krijgen, maar de knoopjes kostten veel hoofdbrekens. Haar dienstmaagden hadden de knoopjes altijd heel snel en gemakkelijk dicht gekregen, en hoewel ze daarbij praatten en lachten over de komende dag, hadden ze nooit ook maar één knoopje in het verkeerde knoopsgat gestoken. En ook zij waren allemaal dood.

Vloekend en trekkend bleef ze vijftien minuten friemelen. Toen bekeek ze het resultaat in de spiegel vol spinnenwebben. *Niet slecht*, dacht ze. *Alles welbeschouwd*. Met wat sieraden was het geheel misschien nog beter geweest, maar toen ze naar de juwelenkamer liep, bleken de meeste mooie stukken verdwenen. Tegenwoordig verdween altijd van alles. Freya kon zich niet voorstellen waar het allemaal bleef. Maar goed, eigenlijk had ze niets nodig: geen tiara op haar kleverige zeephaar, noch een ketting van amber en goud rond haar groezelige hals. Mama zou natuurlijk niet gewild hebben dat ze zich zonder sieraden vertoonde, maar mama was eveneens dood.

In de lege, stille gangen van het paleis lag het stof dik als poedersneeuw. Ze schelde de lakei en wachtte starend uit een raam zijn komst af. De vage poolschemering buiten wierp een grijze glans op de bevroren daken van de stad. De vloer trilde mee op het ritme van de tandraderen en zuigerstangen van het machinedek. Toch was van beweging weinig te merken, want dit was het Hoge IJs ten noorden van het noorden, waar het landschap vormloos was en alleen bestond uit een witte vlakte waarin de weerschijn van de hemel dof glom.

Haar lakei kwam, nog bezig om zijn gepoederde pruik recht te trekken.

'Goedemorgen, Zaagbek,' zei ze.

'Goedemorgen, Luisterrijke.'

Heel even wenste ze Zaagbek mee te nemen naar haar vertrekken om hem iets te laten doen aan het stof, de kleren op de grond en de verdwenen sieraden. En ook om zich te laten uitleggen hoe de douche werkte. Maar hij was een man, en het zou een on-denkbare breuk met de traditie zijn om een man in de privéver-trekken van een markgravin toe te laten. In plaats daarvan her-haalde ze wat ze elke ochtend zei: 'Je mag me naar de ontbijtzaal brengen, Zaagbek.'

Terwijl ze met hem in de lift naar de benedenverdieping stond, stelde ze zich voor hoe de stad zich over de ijskap repte als een zwarte kever over een groot wit bord. De vraag was: waar ging de stad heen? Zaagbek wilde dat heel graag weten. Dat zag ze aan zijn gezicht en aan de snelle, onderzoekende blikken die hij op haar wierp. Ook de Stuurgroep zou dat willen weten. Het was allemaal goed en wel om hongerige roofsteden te willen ont-lopen, maar het moment kwam dat Freya over de toekomst van haar stad moest beslissen. De bevolking van Anchorage liet zulke beslissingen al duizenden jaren lang aan het Huis Rasmussen over. De vrouwen van dat Huis waren immers heel bijzonder. Bestuurden zij de stad niet al sinds de Oorlog van Zestig Minu-ten? Spraken de IJsgoden niet tegen hen in hun dromen? Zij ver-telden waar de stad naartoe moest om zowel verraderlijk ijs als roofsteden te mijden en goede handelspartners te vinden.

Maar Freya was de laatste van haar geslacht, en de IJsgoden zwegen tegen haar. Tegenwoordig richtte bijna niemand meer het woord tot haar, en als dat wel gebeurde, dan was dat om op de beleefdst mogelijke manier na te gaan wanneer ze een beslis-sing over de koers ging nemen. Ze wilde dan roepen: *Waarom vragen jullie dat aan mij? Ik ben maar een meisje! Ik wil geen markgravin zijn!* Maar er was niemand anders aan wie ze het vra-gen konden.

Die ochtend had Freya echter een antwoord voor hen. Alleen wist ze niet of het hun zou bevallen.

Ze gebruikte het ontbijt alleen, op een zwarte stoel met hoge rug aan een lange, zwarte tafel. Het gerinkel van haar mes op haar bord en van haar lepeltje in haar theekop klonk in de dood-se stilte ondraaglijk hard. Vanaf de beschaduwde wanden staar-den de portretten van haar goddelijke voorouders enigszins ongeduldig op haar neer alsof ook zij wachtten tot ze eindelijk haar bestemming koos.

'Maak u maar geen zorgen,' zei ze tegen hen. 'Mijn besluit staat vast.'

Toen ze klaar was met ontbijten, verscheen haar kamerheer weer.

'Goedemorgen, Zaagbek.'

'Goedemorgen, Licht der IJsvelden. De Stuurgroep hoopt op uw aanwezigheid zodra het u schikt.'

Freya knikte. De kamerheer trok de deuren van de ontbijtzaal open om de Stuurgroep binnen te laten. Vroeger telde die groep drieëntwintig leden, van wie alleen de heer Duifkruid en juffer Pye over waren.

Windolene Pye was een lange, onopvallende dame van middelbare leeftijd die haar blonde haar had opgebonden in een knot, waardoor ze een platte koek op haar hoofd leek te balanceren. Ze was de secretaresse van de laatste hoofdnavigator geweest en begreep zijn kaarten en tabellen blijkbaar heel goed, maar was in de nabijheid van de markgravin altijd erg nerveus en maakte bij elke keer dat Freya ook maar snoof, een kleine reverence.

Haar collega, Søren Duifkruid, was heel anders. Al bijna sinds de stad mobiel was geworden, waren zijn voorvaderen hoofdmachinist geweest, en zijn functie was hoger dan alle andere, op die van Freya na. Als alles normaal was geweest, zou ze de volgende zomer met zijn zoon Alex getrouwd zijn. De markgravin koos vaak een man van het machinedek als gemaal om de klasse van de technici in de stad tevreden te houden. Maar niet alles was normaal, en Alex was dood. Freya was heimelijk blij dat Duifkruid niet haar schoonvader werd omdat hij zo'n strenge, trieste en zwijgzame man was. Zijn zwarte rouwkleding versmolt als een camouflagekostuum met het donker in de ontbijtzaal, zodat het witte dodenmasker van zijn gezicht tussen de schaduwen hing.

'Goedendag, Luisterrijke,' zei hij met een stijve buiging terwijl juffer Pye naast hem blozend en nerveus een reverence maakte.

'Wat is onze positie?' vroeg Freya.

'O, Luisterrijke, bijna tweehonderd mijl ten noorden van het Tannhäusergebergte,' kwetterde juffer Pye. 'We bevinden ons op betrouwbaar zee-ijs en er is geen andere stad in zicht geweest.'

'Het machinedek wacht op uw instructies, Licht der IJsvelden,' zei Duifkruid. 'Wenst u weer naar het oosten te trekken?'

'Nee!' Freya huiverde bij de gedachte aan de keer dat ze daar bijna waren opgeslokt. Als ze naar het oosten teruggingen of naar het zuiden trokken om aan de rand van het ijs handel te drijven, was het onvermijdelijk dat de Jagers van Arkangel ervan hoorden, en nu alleen sterk uitgedunde werkploegen de motoren konden bedienen, vreesde Freya dat haar Anchorage de grote roofstad niet opnieuw kon ontlopen.

'Bent u van mening dat we naar het westen moeten reizen, Luisterrijke?' wilde juffer Pye zenuwachtig weten. 'Er is misschien enige handel mogelijk.'

'Nee,' zei Freya ferm.

'Hebt u dan misschien een andere windrichting voor ogen, Luisterrijke?' vroeg Duifkruid. 'Hebben de IJsgoden tot u gesproken?'

Freya knikte plechtig. Eigenlijk was ze haar plan al meer dan een maand aan het overwegen geweest, en ze dacht niet dat het van een god afkomstig was. Ze zag alleen geen andere manier om haar stad voorgoed te behoeden voor roofsteden, plagen en spionnenschepen.

'Zet koers naar het Dode Continent,' zei ze. 'We gaan naar huis.'

2

Hester en Tom

ester Shaw begon gewend te raken aan het geluk. Na haar vele modderige hongerjaren in de greppels en aasdorpen van het Grote Jachtveld had ze eindelijk een plaats in de wereld veroverd. Ze had haar eigen luchtschip, de Jenny Haniver (als ze haar hals rekte, zag ze nog net de bovenste ronding van de rode envelop achter het specerijenschip uit Zanzibar aan balk zeventien) en ze had Tom – de milde, knappe, slimme Tom van wie ze met heel haar hart hield en die ondanks alles ook van haar leek te houden.

Ze was er heel lang van uitgegaan dat het niet lang zou duren. Ze verschilden sterk, en Hester was allerminst knap. Ze was een lange, lompe vogelverschrikster met koperrood haar in te strakke vlechten en een gezicht dat ooit door een zwaard gespleten was. Daarbij had ze één oog en een groot deel van haar neus verloren, en haar mond grijnsde eeuwig met vooruitstekende tanden. *Hij blijft niet lang,* had ze zich voorgehouden, al wachtend tot de scheepsbouwers van het Zwarte Eiland hun arme, gehavende luchtschip eindelijk gerepareerd hadden. *Hij blijft alleen maar uit medelijden,* had ze geweten toen ze naar Afrika vlogen en vandaar overstaken naar Zuid-Amerika. *Wat ziet hij in me?* had ze zich afgevraagd toen ze rijk werden met het transport van goederen naar de grote, olieborende steden van de Zuidpool en toen opeens weer arm waren omdat ze, boven Vuurland achtervolgd door luchtpiraten, een vracht moesten prijsgeven. Toen ze in een konvooi kooplieden terugvlogen over de Atlantische Oceaan, fluisterde ze tegen zichzelf: *Dit houdt een keer op.*

Maar het hield niet op. Ze waren nu al meer dan twee jaar samen. Hester zat in het septemberzonnetje op een balkon buiten de Kreukelzone – een van de vele koffiehuizen aan de Hoofdstraat van Luchtschut – en begon te geloven dat haar geluk eeuwig houdbaar was. Ze kneep onder de tafel in Toms hand en toonde haar scheve glimlach. Hij keek haar aan met evenveel liefde als toen ze hem voor het eerst kuste in het flakkerende licht van MEDUSA op de avond dat zijn stad ten onder ging.

Luchtschut was die herfst naar het noorden gevlogen en hing nu een paar duizend voet boven de Kale Vorstvlakte, waar zich in de maanden van de middernachtszon diep beneden hen een paar aasdorpen hadden verzameld om handel te drijven. De ene ballon na de andere steeg op om aan te meren aan de schoorbalken van de vliegende vrijhaven. Daaruit kwamen de kleurrijke Oudtech-kooplieden die hun goederen luidruchtig begonnen aan te prijzen zodra hun laarzen de lichtgewicht dekplaten raakten. Het ijskoude noorden was een goed jachtterrein voor de opgravers van vergeten technologie, en deze heren verkochten Sluiper-onderdelen, accu's van Tesla-geweren en talloze andere hebbedingen uit apparaten van wel een half dozijn verschillende beschavingen. Er waren zelfs onderdelen van een Oude vliegmachine, die sinds de Oorlog van Zestig Minuten onaangeroerd in het Hoge IJs had gelegen.

De Kale Vorstvlakte onder hen strekte zich naar het zuiden, oosten en westen schijnbaar eindeloos uit. Het was een koud en rotsachtig gebied waar de IJsgoden het acht maanden van het jaar voor het zeggen hadden. Op de beschaduwde bodem van elkaar willekeurig kruisende stadssporen lagen al sneeuwplakkaten. In het noorden verrees de zwarte basaltmuur van het Tannhäusergebergte, de keten van vulkanen die de noordelijke grens van het Grote Jachtveld vormde. Diverse vulkanen werkten, en het leek of hun grijze rookwolken als pilaren de hemel ondersteunden.

Daartussen zagen Hester en Tom achter een sluier van as nog net de eindeloze witheid van de IJswoestijn, en daar bewoog zich iets enorms, smerigs en onstuitbaars als een losgeslagen berg.

Hester haalde een verrekijker uit een van haar jaszakken en zette hem tegen haar oog. Ze draaide aan de focusring tot het vage beeld ineens scherp werd. Ze keek naar een stad: acht lagen van fabrieken en slavenbarakken en vuil uitbrakende schoorstenen. In het kielzog zweefde een luchttrein van parasiterende luchtschepen die de uitlaatgassen zeefden op mineraal afval. Eronder draaiden grote wielen, die zich spookachtig aftekenden tussen sneeuwsluiers en wolken verpulverd gesteente.

'Arkangel!'

Tom nam de verrekijker van haar over. 'Je hebt gelijk. Die blijft 's zomers in de noordelijke uitlopers van de Tannhäusers en verzwelgt de aasdorpen die over de passen komen. Het poolijs is tegenwoordig veel dikker dan vroeger, maar er zijn nog steeds delen die het gewicht van Arkangel pas aan het eind van de zomer kunnen dragen.'

Hester lachte. 'Wijsneus.'

'Ik kan er niets aan doen,' zei Tom. 'Vroeger was ik leerlinghistoricus, weet je nog? We moesten een lijst van 's werelds grootste tractiesteden uit ons hoofd leren, en Arkangel stond bijna bovenaan. Die vergeet ik dus niet gauw.'

'Opschepper,' zei Hester grommend. 'Ik wou dat het Zimbra of Xanne-Sandansky was geweest. Dan zou je niet zo pienter hebben geleken.'

Tom tuurde weer door de verrekijker. 'Een dezer dagen gaan de rupsbanden omhoog en de ijzeren glijders omlaag. Dan glijdt Arkangel weer weg om ijssteden en Sneeuwgekke aasdorpen te verslinden...'

Arkangel was echter voorlopig tevreden met handel. De stad was te uitgestrekt om zich door de smalle passen van de Tannhäusers te kunnen persen, maar luchtschepen vertrokken uit de havens en vlogen door de nevel zuidwaarts naar Airhaven. Het voorste baande zich arrogant een weg door de wirwar aan ballonnen rond de zwevende stad en zwierde naar balk zes om aan te meren, vlak onder de plek waar Tom en Hester zaten. Ze voelden de zwakke trillingen toen de afmeerklemmen de kade grepen. Het was een slank aanvalsschip voor de korte afstand. Op de zwarte romp was een rode wolf geschilderd en daaronder stond in gotische letters de naam Turbulentie bij Heldere Hemel.

Mannen kwamen zwierig uit de gepantserde gondel, liepen stampend over de kade en beklommen de trap naar de Hoofdstraat. Het waren grote, zwaargebouwde mannen met bontmantels en bontmutsen en uniformjasjes waarachter de kille glinstering van maliën te zien was. Een van hen droeg een stalen helm waaraan twee grote, gebogen grammofoonhoorns bevestigd waren. Vanaf de helm leidde een draad naar een koperen microfoon in de vuist van iemand anders, wiens versterkte stem dreunend door Luchtschut klonk terwijl hij over de trap naar boven liep.

'Gegroet, luchtlingen! Namens het grote Arkangel, Hamer van het Hoge IJs, Gesel van het Noorden, Verzwelger van Vast-Spitsbergen, gegroet! Wij hebben goud in ruil voor elke inlichting over de locatie van ijssteden! Dertig gouden ponden voor elke informatie die tot een vangst leidt!'

Hij begon zich een weg te banen tussen de tafeltjes van de Kreukelzone en bleef zijn dreunende aanbod herhalen, maar alle vliegeniers om hem heen schudden hun hoofd, trokken een lelijk gezicht en wendden hun blik af. Nu er nog maar weinig prooi over was, boden veel roofsteden vinderloon aan, maar meestal niet openlijk. Eerlijke luchtkooplieden begonnen te vrezen dat ze helemaal uit de kleinere ijssteden verbannen zouden worden, want welke burgemeester zou het riskeren om toestemming tot aanmeren te geven aan een schip dat de volgende dag misschien weer vertrok om de koers van het stadje te verraden aan een onverzadigbare stedenvreter als Arkangel? Toch waren er altijd anderen – smokkelaars, halfpiraten en kooplieden met tegenvallende winsten – die bereid waren roofgoud te aanvaarden.

'Kom me opzoeken in de Draagcel & Gondel als je deze zomer

gehandeld hebt in Kivitoo of Breidhavik of Anchorage en weet waar ze overwinteren!' drong de nieuwkomer aan. Hij was een jongeman die er dom, rijk en goed doorvoed uitzag. 'Dertig pond in goud, beste vrienden, genoeg om je schip een jaar van brandstof en luftgaz te voorzien...'

'Dat is Pjotr Masgard,' hoorde Hester iemand zeggen. Het was een Dinka-vliegenierster die aan de tafel ernaast met vriendinnen zat te praten. 'Hij is de jongste zoon van de Direktor van Arkangel en noemt zijn bende de Jagers. Ze trekken niet alleen openlijk spionnen aan, maar ik heb ook gehoord dat ze met hun schepen landen in vredige stadjes die te ver van Arkangel liggen. Ze dwingen zo'n plaats dan om te stoppen of om te keren, en onder bedreiging van zwaarden worden ze dan recht naar Arkangels kaken gedreven!'

'Maar dat is niet eerlijk!' riep Tom, die eveneens had meegeluisterd. Zijn woorden klonken helaas heel hard in de tijdelijke stilte tussen twee zinnen van Masgard. De Jager draaide zich om en grijnsde met een groot, lui en knap gezicht naar Tom.

'Niet eerlijk, luchtling? In deze wereld eet de ene stad de andere. Wist je dat niet?'

Hester verstrakte. Bij Tom bleef één ding haar verbazen: hij verwachtte altijd dat de dingen eerlijk toegingen. Dat kwam door zijn opvoeding, nam ze aan. Als hij een paar jaar op eigen kracht in een aasdorp had moeten leven, zou hij beter hebben geweten, maar hij was opgegroeid met alle regels en gewoonten van het Geschiedenisgilde. Het echte leven was dus aan hem voorbijgegaan, en ondanks alles wat hij sindsdien had meegemaakt, kwamen mensen zoals Masgard voor hem nog steeds als een schok.

'Ik bedoel alleen: het is tegen alle regels van het stadsdarwinisme,' legde Tom uit, opkijkend naar de grote man tegenover hem. Hij stond op maar merkte dat hij moest blijven opkijken, want de ellenlange Jager was minstens een voet groter. 'Snelle steden eten trage en sterke steden zwakke. Op die manier moet het functioneren, net als in de natuur. Vindersloon en de ontvoering van prooi verstoren het evenwicht,' vervolgde hij alsof Masgard een gewone tegenstander in een discussieclub van leerling-historici was.

Masgards grijns werd breder. Hij gooide zijn bontmantel open en trok zijn zwaard. Mensen gilden geschrokken. Overal vielen stoelen op de grond omdat iedereen in de buurt zich zo ver mogelijk terugtrok. Hester pakte Tom beet en trok hem weg zonder haar blik van het glanzende lemmet los te maken. 'Tom, idioot! Hou daarmee op!'

Masgard staarde haar een paar tellen aan maar begon toen te bulderen van het lachen en stak zijn zwaard weer weg. 'Moet je zien! Dat knappe mokkel van die luchtling moet zorgen dat hem niks overkomt!'

Ook zijn manschappen lachten. Hester bloosde vlekkerig en trok haar oude rode sjaal voor haar gezicht.

'Kom me maar eens opzoeken, meid!' riep Masgard. 'Voor een lekker ding zoals jij ben ik altijd thuis! En vergeet niet: als je me de koers van een stad vertelt, krijg je dertig pond in goud! Daarvan kun je een nieuwe neus kopen!'

'Ik zal het niet vergeten,' beloofde Hester, die Tom snel wegduwde. Woede klapwiekte in haar als een gevangen kraai. Ze wilde zich omdraaien en vechten. Ze wilde wedden dat Masgard niets klaarspeelde met het zwaard waarop hij zo trots was... Maar ze probeerde het duistere, wraakzuchtige element in haar karakter tegenwoordig zo goed mogelijk te verbergen. Ze trok dan ook alleen haar mes om de draad van Masgards microfoon bij het passeren ongemerkt door te snijden. De volgende keer dat hij een menigte wilde toespreken, wekte hij zelf de lachlust.

'Het spijt me,' zei Tom rouwmoedig terwijl ze zich naar de kade haastten, waar het nu wemelde van de handelaars en nieuwsgierigen uit Arkangel. 'Ik wou helemaal... ik dacht alleen...'

'Het is al goed,' zei Hester. Ze wilde tegen hem zeggen dat hij Tom niet zou zijn als hij niet af en toe zulke dappere, domme dingen deed, en dan zou ze misschien ook niet zo veel van hem houden. Maar dat was te veel om onder woorden te brengen, daarom duwde ze hem in een ruimte onder een steunbeer, en toen ze had vastgesteld dat niemand keek, wikkelde ze haar magere armen rond zijn nek, trok ze haar sluier omlaag en kuste ze hem. 'Laten we gaan.'

'Maar we hebben nog geen lading. We wilden uitkijken naar een bonthandelaar of...'

'Hier zijn geen bonthandelaars, alleen Oudtechs, en dat soort dingen willen we niet vervoeren, hè?' Hij keek onzeker, en daarom kuste ze hem opnieuw voordat hij nog iets kon zeggen. 'Ik heb genoeg van Luchtschut. Geef mij de Vogelroutes maar.'

'Het is al goed,' zei Tom. Glimlachend streelde hij haar mond, haar wang en de inkeping in haar wenkbrauw waar het litteken doorheen liep. 'Heel goed. We hebben genoeg gezien van de noordelijke hemel. We gaan.'

Maar zo gemakkelijk lukte dat niet. Toen ze bij balk zeventien kwamen, zat daar naast de Jenny Haniver een man te wachten op een reusachtig pakket van leer. Hester, nog enigszins uit haar humeur vanwege Masgards spotternij, verborg haar gezicht weer. Tom liet haar hand los en liep haastig naar de onbekende.

'Goedendag!' riep de man bij het opstaan. 'Meneer Natsworthy? Juffer Shaw? U bent de eigenaars van dit prachtige scheepje, neem ik aan. Goeie genade, in het havenkantoor zeiden ze dat u jong bent, maar ik besefte nog niet hoe jong! U bent nauwelijks uit de kinderschoenen!'

'Bijna achttien,' zei Tom defensief.

'Doet er niet toe, doet er niet toe,' zei de onbekende stralend. 'Leeftijd maakt geen verschil als het hart maar groot genoeg is, en ik weet zeker dat u een groot hart hebt. "Wie is die knappe knul?" vroeg ik aan mijn vriend de havenmeester, en hij zei: "Dat is Tom Natsworthy, piloot van de Jenny Haniver." "Polei," zei ik tegen mezelf, "die jongeman is misschien precies degene die je zoekt!" En hier ben ik dus!'

Hij was er inderdaad. Polei was een tamelijk kleine, kalende en iets te dikke man met een keurig verzorgde witte baard. Zijn kleding was kenmerkend voor een aaseter uit het noorden: een lange bontjas, een tuniek met veel zakken, een dikke pantalon en met bont afgezette laarzen. Tegelijkertijd leken zijn kleren te duur, alsof een modieuze kleermaker ze voor hem in elkaar had geflanst als kostuum voor een toneelstuk dat zich in de IJswoestijn afspeelde.

'En?' vroeg hij.

'En wat?' vroeg Hester, die deze ijdeltuit al op het eerste gezicht niet mocht.

Tom was veel beleefder en zei: 'Het spijt me, meneer, maar we begrijpen echt niet wat u wilt...'

'Honderdmaal excuus. Dat spijt me nu werkelijk bijzonder,' leuterde de onbekende. 'Laat ik het uitleggen! Mijn naam is Polei; Nimrod Beauregard Polei. Ik heb enig onderzoek gedaan tussen deze afschuwelijk hoge vuurbergen, en nu ga ik weer naar huis. Ik wil graag passage boeken op uw allercharmantste luchtschip.'

3

De passagier

De naam Polei kwam Tom wel degelijk bekend voor, maar hij kon hem desondanks niet plaatsen. Hij wist zeker dat hij hem had horen noemen tijdens een college in zijn tijd als leerling-historicus, maar hij kon zich niet herinneren wat Polei gezegd of gedaan had. Het moest een college waard zijn geweest, maar hij besteedde toen zo veel tijd aan dagdromen dat hij weinig aandacht voor zijn docenten had.

'We nemen geen passagiers mee,' zei Hester ferm. 'We gaan naar het zuiden en reizen alleen.'

'Het zuiden is voor mij juist geknipt!' zei Polei stralend. 'Mijn woonplaats is het vlot van Brighton, en dat reist deze zomer over de Middelzee. Ik moet zo snel mogelijk thuis zijn, juffer Shaw. Mijn uitgevers, Fewmet & Spraint, zien reikhalzend uit naar een manuscript van mij, dat ik bij het Maanfeest moet inleveren. Ik heb de rust en vrede van mijn eigen studeervertrek nodig om mijn aantekeningen uit te werken.'

Al pratend wierp hij een snelle blik achterom en bekeek hij de gezichten van de mensen op de afmeerring. Hij transpireerde een beetje, en Hester vond hem niet iemand met heimwee maar een regelrechte schurk. Tom daarentegen was gefascineerd. 'Bent u schrijver, meneer Polei?'

'*Professor* Polei,' zei de man stralend. De correctie klonk allervriendelijkst. 'Ik ben ontdekkingsreiziger, avonturier en alternatief historicus. U hebt misschien wel eens van mijn boeken gehoord: *Vergeten steden in het zand* bijvoorbeeld, of *Mooi Amerika – de waarheid over het Dode Continent...*'

Tom wist ineens weer waar hij die naam van kende. Chudleigh Pomeroy had de naam Nimrod B. Polei een keer genoemd in een college over moderne stromingen in de geschiedwetenschap. Polei had – aldus de oude geschiedkundige – geen enkel respect voor echt historisch onderzoek. Zijn gewaagde expedities waren ordinaire stunts, en hij vulde zijn boeken met wilde theorieën en bonte verhalen over romances en avonturen. Tom was zelf ook erg verzot op wilde theorieën en bonte verhalen en had Poleis boeken naderhand opgezocht in de museumbibliotheek. Het stijve Geschiedenisgilde had echter geweigerd om er schapruimte voor vrij te maken, en hij had de bestemming van Poleis expedities dus nooit ontdekt.

Hij wierp een blik op Hester. 'We hebben een hut voor een passagier, Het. En we kunnen het geld goed gebruiken...'

Hester fronste haar wenkbrauwen.

'O, maar het geld is geen enkel probleem,' beloofde Polei, die een dikke beurs tevoorschijn haalde en de inhoud liet rinkelen. 'Wat vindt u van vijf gouden ponden nu en vijf bij aankomst in Brighton? Dat is minder dan Pjotr Masgard uitlooft aan wie een arme stad verraadt, maar toch is het een flink bedrag, en u bewijst er de literatuur een grote dienst mee.'

Hester staarde naar een rol kabeltouw op de kade. Ze wist dat ze verloren had. De veel te vriendelijke vreemdeling wist precies hoe hij Tom moest bewerken, en zelfs zij moest toegeven dat tien gouden ponden niet ongelegen kwamen. Toch deed ze nog één poging om het onvermijdelijke te voorkomen. Ze schopte tegen Poleis pakket en vroeg: 'Wat zit er in uw bagage? We vervoeren geen Oudtech. We weten namelijk veel te goed wat iemand daarmee kan aanrichten.'

'Hemeltjelief!' riep Polei uit. 'Ik ben het volkomen met u eens! Ik ben dan misschien alternatief maar daarom nog geen idioot. Ook ik heb gezien wat er gebeurt met mensen die hun leven lang oude machines opgraven. Uiteindelijk worden ze vergiftigd door vreemde straling of opgeblazen door slecht werkende dingetjes. Nee, alles wat ik bij me heb, is schoon ondergoed en een paar duizend bladzijden aantekeningen en schetsen voor mijn nieuwe boek: *Vuurbergen – natuurverschijnsel of oeroude blunder?*'

Hester gaf een nieuwe schop tegen het pakket. Het viel traag op zijn kant, maar geen enkel metalig gerinkel verried dat Polei loog. Ze keek eerst naar de grond en toen nog dieper: dwars door de dekplaten van Luchtschut heen naar de vlakte, waar een stad langzaam naar het westen kroop en haar eigen schaduw achter zich aan sleepte. Nou ja, dacht ze. De Middelzee was warm en blauw, heel anders dan deze troosteloze vlakte, en het duurde normaal maar een week voordat ze er waren. Ze kon Tom toch wel één week met professor Polei delen? De rest van hun leven had ze hem voor zichzelf.

'Goed dan,' zei ze. Ze trok de beurs van de ontdekkingsreiziger uit diens handen en telde vijf gouden ponden af voordat de man de tijd kreeg om zich te bedenken. Tom zei tegen hem: 'We kunnen uw bed opmaken in het voorruim, professor, en u kunt de ziekenboeg desgewenst als studeerkamer gebruiken. Mijn plan is om hier vanavond te blijven en met zonsopgang te vertrekken.'

Polei wierp weer een vreemde, nerveuze blik op de afmeerring en zei: 'Als het u niet ontrieft, vertrek ik liever meteen. Ik mag mijn muze niet laten wachten...'

Hester haalde haar schouders op en draaide de beurs weer om. 'We vertrekken zodra de havenmeester toestemming geeft,' zei ze. 'Dat wordt dan twee gouden ponden extra.'

De zon ging als een gloeiend kooltje in de nevel van de westelijke Tannhäusers onder. In de verzameling handelsstadjes beneden stegen nog steeds ballonnen op. Vanuit de basalten hooglanden van Groot-Arkangel arriveerden nieuwe luchtschepen en zeppelins. Eén ervan was eigendom van een vriendelijke oude heer die Widgery Blinkoe heette, een handelaar in Oudtech-antiek die de eindjes aan elkaar knoopte door kamers te verhuren boven zijn winkel in Arkangels havenwijk. Bovendien was hij informant voor iedereen die hem betaalde.

Meneer Blinkoe liet het schip door zijn vrouwen aanmeren en haastte zich rechtstreeks naar het kantoor van de havenmeester, waar hij gebiedend vroeg: 'Hebt u deze man gezien?'

De havenmeester bekeek de foto die de ander over zijn bureau schoof, en zei: 'Wel, daar hebben we professor Polei, de beschaafde historicus.'

'Beschaafde historicus?! Een dief is het!' riep Blinkoe woedend. 'Hij heeft de afgelopen zes weken in mijn huis verbleven en is weggelopen zodra Luchtschut in zicht kwam zonder me ook maar één duit van het verschuldigde bedrag te betalen! Waar is hij? Waar vind ik deze onverlaat?'

'U komt te laat, beste vriend,' zei de havenmeester grijnzend omdat hij een zeker genoegen putte uit de doorgifte van slecht nieuws. 'Hij is in een van de eerste ballonnen uit Arkangel aangekomen en vroeg naar schepen die naar het zuiden gaan. Ik heb hem in contact gebracht met het jonge stelletje dat de Jenny Haniver vliegt. Ze zijn nog geen tien minuten geleden vertrokken en gaan naar de Middelzee.'

Blinkoe kreunde en haalde een vermoeide hand over zijn grote, bleke gezicht. Hij kon zich het verlies van de twintig gouden ponden die Polei beloofd had, slecht veroorloven. O, waarom, waarom, *waarom* had hij die schobbejak niet vooruit laten betalen? Hij was heel vereerd geweest toen Polei hem een gesigneerd exemplaar van *Mooi Amerika* had gegeven ('Voor mijn goede vriend Widgery met mijn allerbeste wensen') en zo opgewonden over de belofte dat hij in 's mans volgende boek genoemd zou worden, dat hij zelfs niets vermoedde toen Polei rekeningen van de wijnkoopman op de rekening van zijn kamer liet zetten. Hij had er niet eens bezwaar tegen gehad dat de man openlijk met de jongere dames Blinkoe was gaan flirten! Vervloekt zijn alle schrijvers!

Maar toen doorboorde een mededeling van de havenmeester de wolk van zelfmedelijden en beginnende hoofdpijn die Blinkoes gedachten vertroebelde. Een naam. Een bekende naam. Een waardevolle naam!

'Had u het over de Jenny Haniver?'

'Dat is juist, meneer.'

'Maar dat is onmogelijk! Dat schip ging verloren toen de goden Londen verwoestten!'

De havenmeester schudde zijn hoofd. 'Nee, meneer. U vergist zich volstrekt. Het schip is de afgelopen twee jaar onder vreemde hemelen geweest, en naar ik hoor dreven ze handel met de Nuevo-Mayaanse ziggoeratsteden.'

Meneer Blinkoe bedankte hem en rende naar de kade. Hij was een gezette man die niet vaak hardliep, maar ditmaal had hij er een reden voor. Bij de balustrade duwde hij een paar kinderen weg. Daar was een telescoop aangebracht waar ze om beurten door keken. Iets westelijk van het zuiden viel het laatste zonlicht op de achterste ramen van een luchtschip: een klein, rood luchtschip met een overnaadse gondel en twee gondels voor Jeunet-Carot-motoren.

Meneer Blinkoe haastte zich naar zijn eigen schip, de Tijdelijke Bliep, en zijn zwaarbeproefde vrouwen. 'Snel!' riep hij, toen hij naar binnen stormde. 'Zet de radio aan!'

'Polei is dus door zijn vingers geglipt,' zei een van de vrouwen.

'Wie had dat nou gedacht,' zei een ander.

'Zo ging het ook precies in Arkangel,' zei een derde.

'Stilte, vrouwen!' brulde Blinkoe. 'Dit is belangrijk!'

Zijn vierde vrouw trok een zuur gezicht. 'Polei is al die moeite nauwelijks waard.'

'Arme, lieve professor Polei,' zei de vijfde sentimenteel.

'Vergeet die Polei!' bulderde haar echtgenoot, terwijl hij zijn hoed afzette en de koptelefoon over zijn hoofd trok. Hij schakelde de radio naar een geheime frequentie, gebaarde ongeduldig naar vrouw nummer vijf dat ze moest ophouden met snotteren en draaide aan de startknop. 'Ik ken mensen die me goed betalen voor wat ik net gehoord heb! Polei is net vertrokken op het vroegere schip van Anna Fang!'

Tom had nooit beseft hoezeer hij het gezelschap van andere geschiedkundigen gemist had. Hester luisterde altijd graag naar de vreemde feiten en verhalen die hij zich uit zijn leerlingentijd herinnerde, maar had van haar kant weinig te bieden. Vanaf haar vroegste jeugd had ze zich zelfstandig staande moeten houden. Ze wist hoe je aan boord van een stad op snelheid komt, kon een kat vangen en villen en wist een aspirant-overvaller te raken daar waar het pijn deed, maar ze had nooit de moeite genomen om veel over de geschiedenis van haar wereld te achterhalen.

Nu was daar ineens professor Polei, en zijn aangename persoonlijkheid vulde de cabine van de Jenny. Hij had overal een theorie of anekdote over, en als Tom naar hem luisterde, kreeg hij bijna heimwee naar de oude tijd in het museum van Londen, waar hij te midden van boeken, feiten, relieken en geleerde debatten had gewoond.

'Neem bijvoorbeeld deze bergen,' zei Polei met een gebaar naar het raam aan stuurboord. Ze volgden een lange keten Tannhäusers naar het zuiden, en de gloed van de lava in een actieve krater flakkerde over het gezicht van de ontdekkingsreiziger. 'Die worden het onderwerp van mijn nieuwe boek. Waar komen ze vandaan? In de Oudheid bestonden ze niet. Dat weten we van bewaard gebleven landkaarten. Hoe zijn ze zo snel ontstaan? Wat is daarvan de oorzaak? Voor de verre Zhan Shan idem dito. Dat is de hoogste berg ter wereld maar wordt in de Oude archieven nooit genoemd. Zijn die nieuwe bergen het resultaat van een natuurlijk vulkanisme, zoals ons altijd geleerd is? Of staan we voor de resultaten van een Oude technologie die gruwelijk uit de hand liep? Waren ze misschien een experimentele energiebron of een verschrikkelijk wapen? Een vulkanenmaker! Stel je eens voor wat dát voor een vondst zou zijn, Tom!'

'We hebben geen belangstelling voor het vinden van Oudtech,' zei Hester automatisch. Ze zat aan de kaartentafel en probeerde een koers uit te zetten, en Polei begon haar steeds meer te ergeren.

'Natuurlijk niet, lieve!' riep Polei met een blik op de patrijspoort naast hem (hij kon nog steeds niet naar haar gezicht kijken zonder ineen te krimpen). 'Natuurlijk niet! Een heel nobel en verstandig vooroordeel. Maar toch...'

'Het is geen vooroordeel,' snauwde Hester, terwijl ze met een passer naar hem wees, en wel op zo'n manier dat hij voor ernstige verwondingen begon te vrezen. 'Mijn moeder was archeologe en net zo'n ontdekkingsreiziger en avonturier en geschiedkundige als u. Ze ging naar de dode landen van Amerika en groef iets op en nam het mee. Ze noemde dat ding MEDUSA. De heersers van Londen kregen er lucht van en stuurden hun ondergeschikte Valentijn om haar vanwege dat ding te doden, en toen hij toch bezig was, nam hij ook mijn gezicht onder handen. Hij nam MEDUSA mee terug naar Londen, de technici wisten het aan de praat te krijgen, maar BENG! Het knalde uit elkaar en toen was het weg.'

'Ach, ja,' zei Polei erg beschaamd. 'Dat is een beroemd incident. Ik weet nog precies wat ik toen deed. Ik was aan boord van de Cittàmotore in het gezelschap van een verrukkelijke jonge vrouw genaamd Minty Hapbrood. We zagen de flits op een halve wereld afstand aan de oostelijke hemel...'

'Nou, wij zaten ernaast. We werden door de schokgolf weggeslingerd en zagen de volgende ochtend wat er van Londen over was. De hele stad – Toms stad – tot slakken verbrand door iets wat mijn moeder had opgegraven. Daarom blijven we ver uit de buurt van Oudtech.'

'Wat vreselijk,' zei Polei, die zich volstrekt niet meer op zijn gemak voelde.

'Ik ga naar bed,' zei Hester. 'Ik heb koppijn.' Dat was waar. Na een paar uur college van Polei kreeg ze een felle, pulserende pijn achter haar blinde oog. Ze liep naar de pilotenstoel en wilde Tom welterusten kussen maar had daar geen zin in als Polei toekeek. Daarom raakte ze even zijn oor aan en zei: 'Roep me maar als je even wilt rusten.' Daarna liep ze naar de hut in het achterschip.

'Oei,' zei Polei toen ze weg was.

'Ze is nogal lichtgeraakt,' gaf Tom toe. Hij schaamde zich over

Hesters uitbarsting. 'Maar in wezen is ze een schat. Ze is alleen een beetje verlegen. Als je haar echt leert kennen...'

'Natuurlijk, natuurlijk,' zei Polei. 'Je ziet meteen dat ze achter haar onconventionele uiterlijk buitengewoon eh...' Maar hij kon niets goeds over het meisje bedenken en liet zijn stem wegsterven. Door een van de ramen zag hij de maanverlichte bergen en de lampen van een stadje op de vlakte beneden voorbijglijden.

'Ze heeft alleen geen gelijk over Londen,' zei hij uiteindelijk. 'Ik bedoel: over die slakken. Ik heb mensen gesproken die er geweest zijn. Er zijn nog veel ruïnes over. Hele delen van de Onderbuik staan nog ingestort in het Oudland ten westen van Batmoench Gompa. Een archeologe die ik ken, een charmante jonge vrouw genaamd Cruwys Morchard, beweert zelfs in een van de grotere fragmenten binnen te zijn geweest. Stel je voor! Overal verkoolde skeletten en grote brokken van gesmolten gebouwen en machinerie. De nog aanwezige straling van MEDUSA zorgt voor kleurige lichtjes die tussen het puin heen en weer glijden als dwaallampjes... of moet ik zeggen: dwaallichtjes?'

Nu was het Toms beurt voor een onbehaaglijk gevoel. De verwoesting van zijn stad deed nog steeds pijn. Het was al tweeënhalf jaar geleden, maar de naglans van die enorme explosie verlichtte zijn dromen nog steeds. Hij wilde niet over de vernietiging van Londen praten en leidde het gesprek dus weer naar professor Poleis favoriete onderwerp: professor Polei.

'U zult wel heel interessante plaatsen hebben bezocht, denk ik.'

'Interessante? Daar weet je nog niet de helft van, Tom! De dingen die ik gezien heb... Zodra we op de luchthaven van Brighton landen, ga ik meteen naar een boekhandel en koop ik voor jou mijn volledige werken. Het verbaast me dat zo'n pientere knaap als jij ze nooit gelezen heeft.'

Tom haalde zijn schouders op. 'De museumbibliotheek had ze helaas niet...'

'Natuurlijk niet! Dat zogenaamde Geschiedenisgilde! Bah! Oude, ingedutte blaaskaken... Ik heb me daar een keer bij aangemeld, weet je, maar hun hoofdhistoricus Thaddeus Valentijn wees me vierkant af. Gewoon omdat mijn bevindingen over Amerika hem niet aanstonden!'

Tom vond dat intrigerend. Het was niet prettig om zijn voormalige gilde als 'ingedutte blaaskaken' te horen omschrijven, maar Valentijn was een ander verhaal. Valentijn had hem proberen te doden en had Hesters ouders vermoord. Iedereen die door Valentijn was afgewezen, kon op Toms sympathie rekenen.

'Maar wat hebt u daar dan ontdekt, professor?'

'Daar zit een heel lang verhaal aan vast, Tom! Wil je het horen?'

Tom knikte. Nu de wind uit het zuiden blies, mocht hij de hele nacht niet uit de besturingsgondel weg, en hij hoorde graag een verhaal om wakker te blijven. Poleis gepraat had hoe dan ook iets in hem losgemaakt, een herinnering aan simpeler tijden, toen hij zich onder zijn beddengoed in de leerlingenslaapzaal van de derde klasse over zijn boek had gebogen en bij het licht van een lantaarn de verhalen van de grote ontdekkingsreizigers annex historici had gelezen: Monkton Wylde en Chung-Mai Spofforth, Valentijn en Vismorgen en Compton Cark.

'Graag, professor,' zei hij.

4

Waar helden huizen

'Noord-Amerika,' begon Polei, 'is een dood continent. Dat weet iedereen. Het is in 1924 ontdekt door de grote reiziger en speurder Christoffel Columbo en werd de basis van een rijk dat ooit de hele wereld beheerste maar in de Oorlog van Zestig Minuten volledig werd verwoest. Dat is het land van spookachtig rode woestijnen, gifmoerassen, atoombomkraters, roest en levenloze rotsen. Alleen een paar onbevreesde onderzoekers wagen zich daar: archeologen zoals Valentijn en de arme moeder van je jeugdige vriendin. Ze gaan erheen om resten Oudtech te winnen uit oeroude bunkercomplexen. Toch zijn er nog steeds geruchten. Verhalen van dronken luchtveteranen in verlopen karavanserais voor piloten. Verslagen over luchtschepen die uit hun koers werden geslagen en ineens boven een heel ander soort Amerika vlogen, namelijk een groen landschap van bossen en weidegrond met enorme blauwe meren. Een jaar of vijftig geleden zou een vlieger genaamd Snøri Ulvaeusson echt geland zijn in een groene enclave die hij Wijnland noemde. Hij maakte er voor de burgemeester van Reykjavik een kaart van, maar toen moderne onderzoekers die kaart in de bibliotheek van Reykjavik gingen zoeken, vonden ze er natuurlijk geen spoor van. Wat de andere verhalen betreft, is de clou altijd identiek: de vliegenier is jaren bezig om de plek weer te vinden, maar dat lukt nooit. Of anders zet hij zijn toestel aan de grond en ontdekt hij dat het groen dat er vanuit de hemel zo uitnodigend uitzag, in werkelijkheid alleen uit giftige algen bestaat die welig tieren in een kratermeer.'

Polei zweeg even. Toen zei hij: 'Maar echte geschiedkundigen zoals wijzelf, Tom, weten dat in zulke legenden vaak een kern van waarheid schuilt. Ik heb alle verhalen verzameld die ik gehoord had, en stelde vast dat het de moeite waard was om het na te gaan. Was Amerika echt dood? Wijzen zoals Valentijn hadden dat altijd beweerd. Of was er een plaats, ver ten noorden van de dode steden met hun gravende Oudtech-jagers, waar rivieren vol smeltwater uit de rand van de IJswoestijn het gif hadden weggespoeld waardoor het Dode Continent er weer in bloei stond?'

Poleis blik werd uitgesproken zelfvoldaan. 'Ik, Polei, besloot de waarheid aan het licht te brengen! In de lente van het jaar '89 vertrok ik om te zien wat er te vinden was. Ikzelf en vier metgezellen aan boord van mijn luchtschip de Allan Quatermain. We staken het noorden van de Atlantische Oceaan over en landden even later op de Amerikaanse kust, dicht bij een plaats die op oude kaarten New York heet. Het landschap was er zo dood als men altijd beweerde: een reeks reuzenkraters, waarvan de zijkanten door de felle hitte van dat millennia oude conflict gesmolten zijn tot een substantie die amorf glas heet. We stegen weer op en vlogen westwaarts naar het hart van het Dode Continent. Daar werden we door rampen getroffen. Door stormen van een schier bovennatuurlijke woestheid verongelukte mijn arme Allan Quatermain in een immense, vervuilde wildernis. Drie van mijn metgezellen kwamen bij de klap om, de vierde stierf een paar dagen later, vergiftigd door water uit een poel die er helder uitzag maar kennelijk bezoedeld was door een afgrijselijke Oudtech-substantie. De man werd helemaal blauw en begon naar oude sokken te stinken.'

Hij zweeg opnieuw peinzend. 'Eenzaam wankelde ik naar het noorden. Ik stak de Kratervlakte over waar ooit de legendarische steden Chicago en Milwaukee hebben gestaan. Elke verwachting om mijn groene Amerika te vinden, was in rook opgegaan. Mijn enige hoop was nog dat ik de rand van de Woestijn kon bereiken waar ik door een troep rondzwervende Sneeuwgekken gered zou kunnen worden. Uiteindelijk vervloog ook die hoop. Verzwakt door uitputting en watergebrek bleef ik liggen in een droog dal tussen hoge kartelbergen. In mijn wanhoop riep ik: "Is dit werkelijk het eind van Nimrod Polei?" en de stenen leken te antwoorden: "Inderdaad." Er was namelijk alle reden tot wanhoop, snap je? Ik legde mijn ziel in handen van de Doodsgodin en sloot mijn ogen in de verwachting dat ik die pas weer als geest in het Zonloze Land zou openen. Maar toen ik weer bij kennis kwam, was ik in bont gewikkeld en lag ik in een kano die door een paar charmante jongeren naar het noorden werd gepeddeld. Ze waren geen medeonderzoekers uit het Jachtveld, zoals ik eerst dacht, maar inheemsen!'

Tom begon sceptisch te kijken, maar Polei vervolgde: 'Toch wel! In het noordelijkste deel van dat Dode Continent woont echt een stam! Tot dan toe had ik het traditionele verhaal geslikt, het verhaal dat je ongetwijfeld ook bij het Geschiedenisgilde gehoord hebt, namelijk dat de paar stakkers die de ondergang van Amerika overleefden, naar het noordelijke ijs vluchtten en opgingen in de Inuit, waardoor het huidige Sneeuwgekkenras ontstond. Maar sinds die ontmoeting weet ik dat sommigen waren achtergebleven! De woeste, onbeschaafde afstammelingen van een natie aan wier inhaligheid en zelfzucht de wereld ten onder ging. Toch waren ze menselijk genoeg om een verhongerende stumper als Polei te redden. Met tekens en gebaren kon ik algauw gesprekken met mijn redders voeren. Het waren een meisje en een jongen en ze heetten Wasvoorschrift en Uiterste Houdbaarheidsdatum. Ze bleken me gevonden te hebben terwijl ze aan een eigen expeditie bezig waren. In een oeroude stad die Duluth heette, groeven ze namelijk naar amorf glas. (Ik ontdekte overigens dat de leden van hun woeste stam evenveel waarde hechtten aan een halsketting van amorf glas als elke chic geklede dame in Parijs of Traktiongrad. Mijn twee nieuwe vrienden droegen allebei armbanden en oorringen van dat spul.) Ze overleefden de verschrikkelijke woestijnen van Amerika heel bekwaam; ze keerden stenen om, vingen eetbare larven en vonden water door op de groeipatronen van bepaalde soorten algen te letten. Maar die woestenij was niet hun woongebied. Nee, ze kwamen dieper uit het noorden en bleken nu met mij naar hun stam terug te gaan! Je kunt je mijn opwinding voorstellen, Tom. Stroomopwaarts over die rivier varen was een soort terugkeer naar het allereerste begin van de wereld. Aanvankelijk zagen we niets dan kale rotsen, hier en daar voorzien van versleten stenen of de verwrongen steunbalken als enige resten van een groot, Oud gebouw. Maar op een dag viel mijn blik op een plak groen mos, en even later zag ik er nog een. Een paar dagen later, verder in het noorden, begon ik op beide oevers plukken gras, varens en biezen te zien. Het rivierwater werd helderder en Uiterste Houdbaarheidsdatum ving vis, die Wasvoorschrift elke avond op de oever voor ons bakte. En dan die bomen, Tom! Het hele landschap was bedekt met berken, eiken en dennen. De rivier verbreedde zich tot een groot meer, en daar stonden op de oever de primitieve onderkomens van de stam. Wat een aanblik voor een historicus! Na al die duizenden jaren leefde Amerika weer!' Ontroering maakte zich van Polei meester.

'Ik zal je niet vervelen met de manier waarop ik drie jaar bij die stam woonde. Ook zal ik zwijgen over hoe ik Postcode, de mooie dochter van het stamhoofd, redde van een hongerige beer, over het feit dat ze verliefd op me werd en over de manier waarop ik aan haar woedende verloofde moest ontsnappen. Geen woord ook over mijn nieuwe reis naar het noorden, waarna ik na nog talloze nieuwe avonturen op het Grote Jachtveld terugkwam. Als we eenmaal in Brighton zijn, kun je dat allemaal nalezen in mijn interstedelijke bestseller *Mooi Amerika*.'

Tom bleef nog een hele tijd zwijgend zitten, zijn hoofd vol van de heerlijke visioenen die Polei geschilderd had. Het was nauwelijks te geloven dat hij nooit eerder van deze ontdekking gehoord had. Het was wereldschokkend! Monumentaal! Wat een dwaasheid dat het Geschiedenisgilde zo'n man had afgewezen!

Uiteindelijk vroeg hij: 'Maar bent u nooit teruggegaan, professor? Een nieuwe expeditie, beter uitgerust, moet toch...'

'Helaas, Tom,' zei Polei zuchtend. 'Ik heb nooit iemand kunnen vinden die een nieuwe tocht wilde financieren. Je mag niet vergeten dat mijn camera's en instrumentarium voor het nemen van monsters in de neergestorte Allan Quatermain vernietigd waren. Bij mijn vertrek uit de stam heb ik een paar kunstnijverheidsproducten meegenomen, maar tijdens de thuisreis zijn die verloren gegaan. Zonder bewijzen was niemand bereid om geld te steken in een nieuwe reis. Ik heb gemerkt dat het woord van een alternatieve historicus niet genoeg is.' Na een kort zwijgen vervolgde hij triest: 'Er zijn zelfs nog steeds mensen die denken dat ik helemaal nooit in Amerika geweest ben.'

5

De Vossengeesten

Poleis stem schalde nog steeds door de besturingsgondel toen Hester de volgende ochtend wakker werd. Had hij daar de hele nacht gezeten? Vermoedelijk niet, besefte ze terwijl ze haar gezicht waste aan het kleine bekken in de kombuis van de Jenny. Anders dan die arme Tom was hij naar bed gegaan tot hij zich door de geur van Toms kop ochtendkoffie liet verleiden om terug te komen.

Terwijl ze haar tanden reinigde, keek ze door de patrijspoort van de kombuis naar buiten – alles liever dan in de spiegel boven het bekken haar gezicht te moeten zien. De hemel had de kleur van custardpoeder uit een pakje en was met rabarberkleurige wolken doorspekt. Midden in haar blikveld hingen drie zwarte vlekjes. Vuiltjes op het glas, dacht Hester, maar toen ze die met haar manchet probeerde weg te vegen, merkte ze dat ze zich vergiste. Haar wenkbrauwen fronsend pakte ze de verrekijker en bekeek ze de vlekjes aandachtig. Toen fronste ze ook haar voorhoofd.

Toen ze in de besturingsgondel kwam, bleek Tom zich klaar te maken om een dutje te gaan doen. De storm was nog niet gaan liggen, maar ze waren nu ruim uit de buurt van de bergen. De wind vertraagde hun snelheid weliswaar, maar er bestond geen gevaar meer dat ze door een wolk vulkanische as werden weggeblazen of tegen een rotswand te pletter sloegen. Hij was moe maar tevreden en keek Hester stralend aan toen ze gebukt door het luikgat binnenkwam. Polei zat op de stoel van de tweede piloot en had een mok met de beste koffie van de Jenny in zijn hand.

'De professor heeft me over een paar van zijn expedities verteld,' zei Tom enthousiast terwijl hij opstond om Hester achter de knoppen de ruimte te geven. 'Hij heeft de ongelooflijkste avonturen beleefd!'

'Dan kan ik ze maar beter niet geloven,' zei Hester instemmend. 'Het enige wat ik op dit moment wil weten, is waarom er een eskadron gevechtsschepen op ons afkomt.'

Polei krijste van angst en sloeg toen snel zijn hand voor zijn mond. Tom liep naar het raam aan bakboord en keek in de richting die Hesters vinger aanwees. De vlekjes waren dichterbij gekomen. Het waren overduidelijk drie luchtschepen naast elkaar.

'Het zijn misschien kooplieden op weg naar Luchtschut,' zei hij hoopvol.

'Het is geen konvooi maar een aanvalsformatie,' zei Hester.

Tom pakte de verrekijker van de haak onder het bedieningspaneel. De luchtschepen waren nog tien mijl bij hen vandaan, maar hij zag dat ze snel en zwaarbewapend waren. Op hun romp was een soort groen embleem geschilderd, maar voor de rest waren ze egaal wit. Daardoor leken ze absurd sinister – geesten van luchtschepen die door de dageraad stormden.

'Het zijn gevechtsvliegtuigen van de Liga,' zei Hester vlak. 'Ik herken de wijd uitlopende motorkappen. Vossengeesten van Murasaki.'

Ze klonk angstig, en daar had ze alle reden voor. Zij en Tom waren de laatste twee jaar zorgvuldig uit de buurt van de Anti-Tractieliga gebleven, want de Jenny Haniver was ooit eigendom geweest van de arme omgekomen Anna Fang, die een agent van de Liga was. Ze hadden het schip niet echt gestolen, maar vreesden dat de Liga daar anders over dacht. Ze hadden verwacht dat ze in het noorden veilig zouden zijn omdat de troepen van de Liga sinds de val van Vast-Spitsbergen, een jaar eerder, heel grofmazig verspreid waren.

'Je kunt beter keren,' zei Hester. 'Dan hebben we de wind in de rug en kunnen we een ontsnapping proberen. Of anders schudden we ze in de bergen af.'

Tom aarzelde. De Jenny was veel sneller dan zijn houten gondel en motorkappen van de schroothoop deden vermoeden, maar hij betwijfelde of hij de Vossengeesten het nakijken kon geven. 'Als we vluchten, lijken we schuldig,' zei hij. 'We hebben niets verkeerd gedaan. Ik praat wel met ze en vraag wat ze willen...'

Hij wilde de radio pakken, maar Polei greep zijn hand. 'Niet doen, Tom! Ik heb over deze witte schepen gehoord. Het zijn geen normale schepen van de Liga maar horen bij de Groene Storm, een fanatieke nieuwe splintergroep die opereert vanaf geheime bases hier in het noorden. Extremisten die gezworen hebben om alle steden te verwoesten – met alle stedelingen erin! Grote goden, als je je door hen laat vangen, vermoorden ze ons allemaal in deze gondel!'

Het gezicht van de ontdekkingsreiziger had de kleur van dure kaas gekregen. Zweetdruppeltjes parelden op zijn voorhoofd en neus. De hand rond Toms pols beefde. Tom begreep aanvankelijk niet wat er aan de hand was. Een man die zo veel avonturen had beleefd als professor Polei, kon toch niet *bang* zijn?

Hester keek net op tijd uit het raam om te zien dat een van de naderende luchtschepen tegen de wind in een raket afvuurde als signaal aan de Jenny Haniver om bij te draaien en toe te staan dat men aan boord kwam. Ze wist niet of ze Polei moest geloven, maar van die schepen ging wel degelijk iets dreigends uit. Voor haar stond vast dat ze de Jenny niet bij toeval waren tegengekomen. Ze waren uitgestuurd om het schip te vinden.

Ze raakte Toms arm aan. 'Ga.'

Tom manipuleerde de roerinstallatie en keerde de Jenny tot het schip naar het noorden wees en de storm in de rug had. Hij duwde een rij koperen hefbomen naar voren, en het gedreun van de motoren zwol aan. Na nog een hefboom gingen de kleine luchtzeilen open. Dat waren halfronde stukken siliconenzijde tussen de motorgondels en de flanken van de draaggascellen, die een beetje extra stuwkracht gaven om de Jenny door de lucht te duwen.

'We lopen uit!' riep hij, door de periscoop naar het korrelige, omgekeerde beeld achter het schip kijkend. Maar de Vossengeesten waren hardnekkig. Ze verlegden hun koers naar het voorbeeld van de Jenny en persten meer vermogen uit hun eigen motoren. Nog geen uur later waren ze zo dichtbij dat Tom en Hester het geschilderde symbool op hun flanken konden zien: niet het kapotte wiel van de Anti-Tractieliga, maar een groene, kartelige bliksemschicht.

Tom speurde het grijze landschap beneden af in de hoop een stad of dorp te vinden waar ze hun toevlucht konden zoeken, maar zag niets anders dan een stel trage, Lapse boerendorpen die ver in het oosten hun kuddes rendieren over de toendra leidden. Die kon hij niet bereiken zonder dat de Vossengeesten hem de pas afsneden. Het Tannhäusergebergte versperde de horizon recht vooruit, en de rotskloven en puimsteenwolken daar boden zijn enige hoop op dekking.

'Wat doen we?' vroeg hij.

'Doorgaan,' zei Hester. 'We raken ze in de bergen misschien kwijt.'

'Maar als ze ons nu eens met raketten beschieten?' jammerde Polei. 'Ze zijn al vreselijk dichtbij! Wat doen we als ze gaan schieten?'

'Ze willen de Jenny niet beschadigen,' zei Hester tegen hem. 'Ze zullen het risico van raketten niet nemen.'

'Willen ze de Jenny? Waarom wil iemand deze ouwe bak?' Polei werd prikkelbaar door de spanning, en toen Hester het uitlegde, schreeuwde hij: 'Was dit het schip van Anna Fang? Grote Clio! Almachtige Poskitt! Maar de Groene Storm aanbidt Anna Fang! Hun beweging is gesticht in de as van de Noordelijke Luchtvloot, en hun leden zwoeren wraak voor de mensen die door de Londense agenten in Batmoench Gompa vermoord zijn! Natuurlijk willen ze haar schip terug! Genadige goden, waarom hebben jullie niet gezegd dat dit schip gestolen is? Ik eis al mijn geld terug!'

Hester duwde hem weg en liep naar de kaartentafel. 'Tom?' zei ze, hun kaarten van de Tannhäusers bestuderend. 'Er zit een gat in de keten van vulkanen ten westen van hier: de Drachenpas. Daar is misschien een stad waarop we kunnen landen.'

Ze vlogen door, klommen naar de dunne lucht boven de besneeuwde toppen en gleden één keer gevaarlijk dicht langs een dikke rookpluim, uitgebraakt door de strot van een jonge vulkaan. Ze zagen echter geen pas of stad, en na nog eens een uur waarin de drie Vossengeesten gestaag inliepen, passeerde een stel raketten hun raampjes waarna ze vlak buiten de boeg aan stuurboord ontploften.

'O, Quirke!' riep Tom – maar Quirke was de god van Londen geweest, en als hij niet eens zin had gehad om zijn eigen stad te redden, kwam hij natuurlijk ook geen gebutst luchtscheepje te hulp dat in de zwavelrijke thermiek van de Tannhäusers verzeild was geraakt.

Polei probeerde zich onder de kaartentafel te verbergen. 'Ze schieten wél met raketten!'

'Dank u zeer! We vroegen ons al af wat dat voor een luidruchtige dingen waren,' zei Hester boos omdat haar voorspelling onjuist was gebleken.

'Maar jij zei dat ze dat niet zouden doen!'

'Ze mikken op de motorgondels,' zei Tom. 'Als ze die uitschakelen, hangen we onbestuurbaar in de lucht, en dan sturen ze enteraars hierheen...'

'Maar kun je dan niets doen?' vroeg Polei met veel aandrang. 'Kun je niet terugvechten?'

'Wij hebben geen raketten,' zei Tom ellendig. Na die laatste, vreselijke luchtslag boven Londen, toen hij de Lift naar de 13de uit de lucht had gehaald en de bemanning in de brandende gondel om het leven had zien komen, had hij gezworen dat de Jenny een vreedzaam schip zou zijn. De raketwerpers waren sindsdien leeg geweest. Nu betreurde hij zijn gewetensbezwaren. Dankzij hem waren Hester en professor Polei straks de gevangenen van de Groene Storm.

Een volgende raket zoefde voorbij. Het werd tijd voor iets wanhopigs. Hij riep Quirke opnieuw aan, wendde de Jenny scherp naar bakboord en liet zijn schip zo ongeveer in de doolhof van de bergen vallen. Toen joeg hij door de schaduwen van de door de wind uitgesleten basaltrotsen en vloog het zonlicht weer in.

Onder hem – diep onder hem en voor hem uit – bleek een andere jacht plaats te vinden. Een aasetersdorp haastte zich door een scheur in het gebergte naar het zuiden, achtervolgd door een grote, roestige, drie verdiepingen hoge tractiestad met wijd open kaken.

Tom stuurde de Jenny erheen en wierp af en toe een blik door zijn periscoop. De drie Vossengeesten hielden zijn spoor hardnekkig vast. Polei beet op zijn nagels en raaskalde de namen van obscure goden: 'O, grote Poskitt! O, Deeble, bescherm ons!' Hester zette de radio weer aan, zocht contact met de snel naderende stad en vroeg toestemming om te landen.

Het bleef even stil. Een raket ontplofte met veel stoom en splinters op een berghelling, zo'n dertig meter van het achterschip. Toen knetterde een vrouwenstem uit de radio. Ze sprak Airsperanto met een zwaar Slavisch accent. 'Hier het havenbestuur van Novaja-Nizjni. Uw verzoek is afgewezen.'

'Wat?!' schreeuwde Polei.

'Maar dat is niet...' zei Tom.

'Maar we zijn in nood!' riep Hester door de radio. 'We worden achtervolgd!'

'Dat is hier bekend,' antwoordde de spijtige maar ferme stem. 'Wij willen geen moeilijkheden. Novaja-Nizjni is een vreedzame stad. Blijf alstublieft uit de buurt. Anders zullen we schieten.'

Een raket uit de voorste Vossengeest kwam wentelend op hen af en ontplofte vlak bij het achterschip. De barse stemmen van de Groene Storm-vliegeniers verdrongen de dreigementen van Novaja-Nizjni even, maar toen was de hardnekkige vrouwenstem terug: 'Uit de buurt, Jenny Haniver. Anders schieten we.'

Tom kreeg een idee.

Hij had geen tijd om Hester uit te leggen wat hij van plan was, en dacht ook niet dat ze ermee zou instemmen, want hij had de manoeuvre ontleend aan Valentijn, en wel aan een episode in diens *Avonturen van een Praktische Historicus*. Dat was een van de boeken die hij in zijn leerlingentijd – voordat hij ontdekte hoe echte avonturen aanvoelden – met rode oortjes verslonden had. Gas spuwend uit zijn dorsaalpijpen viel de Jenny in het pad van de naderende stad en stormde toen op ramkoers vooruit. De stem op de radio gilde ineens, en Hester en Polei deden dat ook. Tom stuurde het schip laag over de roestige fabrieken op de rand van het middenniveau en tussen de twee enorme pilaren in de schaduwen van het niveau erboven. Twee van de Vossengeesten achter hem verminderden pijlsnel vaart, maar de voorste durfde meer en volgde hem naar het hart van de stad.

Dit was Toms eerste bezoek aan Novaja-Nizjni, en meer dan een vluchtige ontmoeting werd het niet. Afgaand op wat hij zag, was de stad ongeveer zo aangelegd als het arme oude Londen: vanaf het midden van elk niveau waaierden brede straten uit. Langs een ervan raasde de Jenny Haniver ter hoogte van de straatverlichting. Vanuit de bovenste ramen staarden geschokte gezichten op het luchtschip neer, terwijl voetgangers op de trottoirs ijlings dekking zochten. Bij de as van het niveau verrees een woud van steunberen en liftschachten, en het luchtschip beschreef een slalomkoers met links en rechts maar een paar centimeter speling. De romp liep een paar schrammen op en van de stuurvinnen werd verf geschraapt. De achtervolgende Vossengeest had minder geluk. Tom en Hester konden niet goed zien wat er gebeurde maar hoorden boven het lawaai van de motoren uit een oorverdovende knal, en de periscoop toonde een wrak dat verkreukeld op het dek viel terwijl de gondel dronken aan een trambaan op de bovenverdieping bengelde.

Toen vlogen ze ineens weer in verblindend zonlicht aan de andere kant van de stad. Het leek erop dat ze ontsnapt waren. Zelfs de doodsbange Polei juichte van blijdschap met de anderen mee. Maar zo makkelijk gaf de Groene Storm het niet op. De Jenny zwiepte door de wolk uitlaatgassen achter de stad, en onder de heldere hemel verderop wachtten de twee andere Vossengeesten.

Een raket vloog de stuurboordmotoren in. De ramen van de besturingsgondel werden weggeblazen en Hester sloeg tegen de grond. Toen ze wankelend overeind was gekomen, zat Tom nog steeds over het bedieningspaneel gebogen. Zijn haar en kleren waren met verpulverd glas bestoven. Polei hing slap tegen de kaartentafel. Bloed sijpelde uit een snee in zijn kale hoofd, waar een van Jenny's koperen brandblussers hem al vallend geraakt had. Hester sleepte hem naar een stoel bij een raam. Hij ademde nog wel, maar zijn ogen waren zodanig verdraaid dat onder de leden alleen twee witte halvemaantjes te zien waren. Zo te zien bestudeerde hij iets heel interessants aan de binnenkant van zijn schedel.

Nieuwe raketten raakten het schip. Een verbogen propeller-blad vloog zoevend voorbij en wentelde als een mislukte boeme-rang naar de besneeuwde grond. Tom worstelde nog steeds met het bedieningspaneel, maar de Jenny Haniver gehoorzaamde niet meer: de roeren waren weg of de bedieningskabels waren geknapt. Een felle windvlaag joeg door een gat tussen de bergen en dreef de Jenny naar de Vossengeesten. De dichtstbijzijnde voerde een plotselinge manoeuvre uit om een botsing te voorko-men en botste in plaats daarvan tegen zijn zusterschip.

De explosie op nauwelijks twintig meter van Jenny's stuur-boord wierp een felle gloed in de besturingsgondel. Toen Hester weer iets kon zien, was de hemel met vallend puin gevuld. Ze hoorde het lawaaiige geratel waarmee grotere onderdelen van de Vossengeesten stuiterend over de berghellingen naar de pas be-neden vielen. Ze hoorde ook de grommende motoren van Nova-ja-Nizjni, een paar mijl achter haar, en het gepiep en gedreun van de rupsbanden die de stad naar het zuiden sleurden. Ze hoorde bovendien haar eigen hart kloppen, zo hard en snel dat het ineens tot haar doordrong: de motoren van de Jenny waren uitgevallen. Afgaand op de steeds koortsachtiger manier waarop Tom de knoppen en hendels bewerkte, zag het ernaar uit dat hij de motoren niet opnieuw aan de praat kreeg. Een bitterkoude wind blies door de verbrijzelde ramen naar binnen en bracht sneeuwvlokken en de koude, schone geur van ijs mee.

Ze zei een snel gebed voor de zielen van de dode Groene Storm-vliegeniers in de hoop dat hun geesten zich naar het Zonloze Land zouden haasten en niet ter plaatse bleven hangen om nieuwe moeilijkheden te scheppen. Daarna kwam ze met stijve spieren naast Tom staan. Hij staakte zijn hopeloze strijd met de knoppen en legde zijn armen om haar heen. Zo stonden ze elkaar omhelzend naar het uitzicht in de verte te kijken. De Jenny zweefde over de schouder van een hoge vulkaan. Daar voorbij waren geen bergen meer, alleen een eindeloze, wit-met-blauwe vlakte die zich tot de horizon uitstrekte. Ze waren overgeleverd aan de genade van de wind, en die dreef hen onstuitbaar de IJswoestijn in.

6

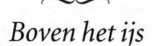

Boven het ijs

'*H*et heeft geen zin,' zei Tom. 'Ik kan de motorschade niet repareren zonder te landen, maar als we dat doen...'

Verder hoefde hij niets te zeggen. Sinds de ramp in de Drachenpas waren drie dagen verlopen, en onder het zwevende wrak van de Jenny Haniver lag een landschap zo vijandig als een bevroren maan: een kriskras doorsneden woestenij van dik, oeroud ijs. Hier en daar stak een bergtop door de laag heen, maar ook die waren wit, levenloos en onherbergzaam. Er was geen spoor van steden, dorpen of zwervende bendes Sneeuwgekken, en de regelmatige noodsignalen van de Jenny werden niet beantwoord. Hoewel de middag nog maar net begonnen was, ging de zon al onder – een dofrode schijf die geen warmte gaf.

Hester legde haar armen om Tom heen en voelde hem in zijn dikke, met bont gevoerde vliegeniersjas huiveren. Het was hier angstaanjagend koud. De kou leek wel iets levends dat zich tegen je lichaam perste en een manier zocht om door je poriën naar binnen te kruipen en de steeds krimpende kern van warmte in je binnenste te doven. Hester had het gevoel dat die kou al in haar beenderen was gedrongen. Ze voelde het geknaag aan de groef die Valentijns zwaard in haar schedel had achtergelaten. Toch was ze warmer dan die arme Tom, die het laatste uur op de motorgondel aan stuurboord had gezeten in een poging om het daar afgezette ijs weg te hakken en reparaties uit te voeren.

Ze bracht hem naar het achterschip en zette hem op de brits in hun hut. Daarna legde ze dekens en reservejassen over hem heen en vlijde ze zich tegen hem aan om haar eigen kleine beetje warmte met hem te delen.

'Hoe gaat het met professor Polei?' vroeg hij.

Hester gromde. Het was moeilijk te zeggen. De ontdekkings-reiziger was nog niet bij kennis, en ze had de indruk dat dat zo zou blijven. Ze had in de kombuis een bed voor hem gemaakt, en daar lag hij nu onder zijn eigen beddengoed en een paar dekens waarvan Hester vond dat zij en Tom die eigenlijk niet konden missen. 'Steeds als ik denk dat hij de pijp uit is en het tijd wordt om hem overboord te zetten, merk ik dat hij zich beweegt of iets mompelt, en dan kan ik het niet.'

Ze doezelde weg. Slapen was makkelijk en prettig. In haar dromen hing er een vreemd licht in hun hut: een flakkerende gloed die opvlamde en verschoof als het MEDUSA-licht. Bij de herinnering aan die nacht drukte ze zich dichter tegen Tom aan en zocht ze zijn mond met de hare. Toen ze haar ogen opende, was het droomlicht er nog steeds. Het rimpelde over zijn mooie gezicht.

'Aurora borealis,' fluisterde hij.

Hester sprong op. 'Wie? Waar?'

'Oftewel: het noorderlicht.' Lachend wees hij naar het raam. Aan de nachtelijke hemel hing een glinsterende sluier van kleur boven het ijs. Die was nu eens groen, dan weer rood of goudgeel of al die tinten tegelijk. Soms doofde het licht bijna helemaal om vervolgens weer kolkend op te laaien in oogverblindende wim-pels.

'Ik heb het altijd al willen zien,' zei Tom. 'Sinds ik erover gele-zen heb in *Een seizoen bij de Sneeuwgekken*, dat boek van Chung-Mai Spofforth. En hier is het dan. Alsof het speciaal voor ons is aangestoken.'

'Gefeliciteerd,' zei Hester, die haar gezicht in de zachte holte onder zijn kaak drukte om het licht niet te hoeven zien. Het was inderdaad mooi, maar op een overweldigende, onmenselijke manier, en binnenkort werd dit haar begrafenisverlichting, want het kon niet lang duren voordat het ijs dat op de envelop en het tuig werd afgezet, het schip tot dalen zou dwingen, en daar in de donkere fluisterkou zouden zij en Tom verzinken in een slaap waaruit geen ontwaken mogelijk was.

Ze was er niet erg bang voor. Het was prettig om in Toms slaperige armen te doezelen en de warmte uit zich te voelen wegstromen. En iedereen wist dat geliefden die in elkaars armen stierven, als lievelingen van de Doodsgodin samen naar het Zonloze Land afdaalden.

Het enige probleem was dat ze moest plassen. Hoe meer ze dat probeerde te negeren, hoe meer ze zich probeerde te beheersen om kalm op de aanraking van de donkere godin te wachten, des te zwaarder werd de druk op haar blaas. Ze wilde niet sterven terwijl ze werd afgeleid, maar ze wilde het ook niet in haar broek doen: een kletsnatte tocht naar het hiernamaals was lang niet zo romantisch.

Grommend en vloekend wurmde ze zich onder het beddengoed vandaan en kroop – uitglijdend op het ijs dat op het dek ontstaan was – naar voren. Het chemische toilet achter de besturingsgondel was door een van de raketten grondig vernield, maar waar het ding gestaan had, zat nu een handig gat in de vloer. Ze hurkte erboven en deed – hijgend van de felle kou – zo snel mogelijk haar behoefte.

Ze wilde meteen teruggaan naar Tom, en wenste later dat ze dat gedaan had, maar door een onbegrijpelijke impuls gedreven ging ze in plaats daarvan naar de stille besturingsgondel. Het was mooi daarboven vanwege de zwakke gloed van de bedieningspanelen die dwars door laagjes ijs heen glinsterde. Ze knielde voor het kleine heiligdom waar de beeldjes van de Hemelgodin en de God van de Vliegeniers stonden. De meeste vliegeniers sierden hun heiligdom in de besturingsgondel met afbeeldingen van hun voorouders. Maar Tom en Hester hadden geen foto's van hun overleden ouders en hadden daarom een foto opgehangen van Anna Fang, die ze in een kist in de gondel gevonden hadden terwijl de Jenny gerepareerd werd. Hester richtte een gebedje tot haar, hopend dat ze in het Zonloze Land vriendschap met hen wilde sluiten.

Toen ze opstond om naar Tom terug te gaan, wierp ze een blik op het ijs en zag ze de verzameling lichtjes. Eerst hield ze dat voor de weerschijn van het vreemde vuur aan de hemel waarover Tom zo in zijn nopjes was. Maar het waren vaste puntjes die niet van kleur veranderden. Ze twinkelden alleen een beetje in de ijskoude lucht. Hester liep wat dichter naar het verbrijzelde raam. Haar ogen werden waterig van de kou, maar na een tijdje onderscheidde ze een grote, donkere massa rond de lampjes en bleek er een lichte sliert mist of damp boven te hangen. Ze keek naar een kleine ijsstad die een mijl of tien aan de lijzijde van hen naar het noorden gleed.

Ze probeerde haar vreemde, ondankbare gevoel van teleurstelling te bedwingen en ging Tom wekken door op zijn gezicht te tikken tot hij kreunend in beweging kwam en vroeg: 'Wat is er?'

'Een van de goden is ons blijkbaar welgezind,' zei ze. 'We zijn gered.'

Toen hij eenmaal in de besturingsgondel stond, was de stad al dichterbij gekomen, want de gunstige wind blies hen er bijna recht naartoe. Het was een klein geval van twee verdiepingen dat op brede, ijzeren glijders over de sneeuw gleed. Tom richtte er zijn verrekijker op en zag de gebogen, schuin hangende kaken die nu dicht waren en een soort sneeuwploeg vormden. Ook zag hij het grote wiel met haken aan de achterkant, dat het geheel over het ijs dreef. Het was een elegante stad met halfronde complexen van hoge, witte huizen op het bovenste niveau. Bij de achterkant stond een uitgestrekt paleis, maar daar hing een trieste sfeer omheen. Het was hier en daar verroest en vertoonde veel lichtloze ramen.

'Ik begrijp niet waarom we hun baken niet hebben opgevangen,' zei Hester, met de knoppen van de radio frunnikend.

'Misschien hebben ze geen baken,' zei Tom.

Hester speurde alle golflengtes af en zocht het melodieuze ge-kweel van een gericht peilbaken. Ze vond niets. Het leek haar vreemd en enigszins sinister – deze eenzame stad die geluidloos naar het noorden kroop. Maar toen ze zich op het open kanaal meldde, antwoordde een bijzonder vriendelijke havenmeester in het Angels, en een half uur later kwam de neef van de haven-meester zoevend aangevlogen aan boord van een groen sleep-tuigje dat de Graculus heette en de Jenny Haniver op sleeptouw nam.

Ze landden op een bijna verlaten luchthaven aan de voorkant van het bovenniveau. De havenmeester en zijn vrouw – vriende-lijke, gezette, kastanjebruine mensen in parka's en bontmutsen – brachten de Jenny naar een gewelfde hangar die als een bloem openging en droegen Polei op een brancard naar hun huis achter het havenkantoor. In de warme keuken werden de nieuwkomers met koffie, spek en hete koekjes begroet, en terwijl Tom en Hes-ter toetastten, stonden hun gastheer en gastvrouw stralend van instemming toe te kijken. Ze zeiden: 'Welkom, reizigers! Wel-kom, welkom, welkom in Anchorage!'

7

Spookstad

*H*et was woensdag, en op woensdag liet Freya zich altijd door haar chauffeur naar de Tempel van de IJsgoden rijden om tot hen om leiding te bidden. De tempel lag op nauwelijks tien passen van haar paleis en op dezelfde verhoging bij de achterkant van de stad. Al die moeite om haar chauffeur te schellen, in haar officiële voertuig te stappen, het korte stukje te rijden en weer uit te stappen was dus eigenlijk onnodig, maar Freya deed er geen afstand van want het zou ongepast zijn geweest dat de markgravin liep.

Ze knielde opnieuw in het gedempte kaarslicht van de koele tempel en keek op naar de mooie ijsbeelden van de Heer en de Vrouwe. Ze wilde dat ze zeiden wat ze doen moest, of op zijn minst met een teken lieten blijken dat ze tot dan toe juist gehandeld had. Maar ook nu geen reactie: geen wonderbaarlijk licht, geen fluisterstemmen in haar hoofd, geen patronen in het ijs die op de grond een boodschap werden. Alleen het gestage gebrom van de motoren die de dekplaten onder haar knieën deden trillen, en het winterse schemerlicht dat door de ramen viel. Haar geest dwaalde af en begon aan domme, ergerlijke dingen te denken, zoals de spullen die uit het paleis verdwenen waren. Het maakte haar boos en ook wel een beetje bang dat iemand haar vertrekken binnendrong om haar spullen mee te nemen. Ze probeerde de IJsgoden te vragen wie de dief was, maar kreeg natuurlijk ook daarop geen antwoord.

Uiteindelijk bad ze voor papa en mama en vroeg ze zich af hoe ze het in het Zonloze Land vonden. Door hun dood was ze gaan beseffen dat ze hen eigenlijk nooit gekend had. Of in elk geval niet zoals andere mensen hun ouders kenden. Altijd hadden kindermeisjes en dienstmaagden voor Freya gezorgd, en ze zag mama en papa alleen aan het avondeten en bij formele gelegenheden. Ze had hen toen 'Luisterrijke' en 'Heer' genoemd. Nooit waren ze intiemer geweest dan op sommige zomeravonden, wanneer ze in de ijsaak van de markgravin gingen picknicken. Dat was een echt gezinsuitje geweest: alleen Freya en mama en papa plus hoogstens zeventig dienaren en hovelingen. Toen kwam de plaag en mocht ze hen niet eens zien. Daarna waren ze dood. Een paar dienaren legden hen in de aak, staken het geheel in brand en stuurden de boot het ijs op. Freya had door het raam naar de rook staan kijken met het gevoel dat haar ouders nooit bestaan hadden.

Haar chauffeur wachtte haar buiten de tempel op. Hij liep te ijsberen en kraste met de punt van zijn laars patronen in de sneeuw. 'Naar huis, Zaagbek,' verklaarde ze. En terwijl hij ijlings de klep van het voertuig openmaakte, wierp ze een blik op de voorkant van de stad en bedacht ze hoe vreselijk weinig lichtjes tegenwoordig in de bovenstad brandden. Ze wist nog dat ze een proclamatie over de lege huizen had uitgegeven. Daarin stond dat alle arbeiders uit de groezelige flatjes van het machinedek desgewenst naar de lege villa's bovenin mochten verhuizen. Daarvan hadden maar weinig mensen gebruikgemaakt. Misschien hielden ze wel van hun groezelige flatjes. Misschien hadden ze net zo veel behoefte aan vertrouwde dingen als zij.

Op de luchthaven beneden viel een felle vlek rood uit de toon tussen alle tinten wit en grijs.

'Zaagbek? Wat is dat? Er zal toch geen luchtschip zijn aangekomen?'

De chauffeur maakte een buiging. 'Vannacht gearriveerd, Luisterrijke. Een koopvaardijschip dat de Jenny Haniver heet. Uit de hemel geschoten door luchtpiraten of zoiets en volgens havenmeester Aakiuq dringend aan reparatie toe.'

Freya bekeek het schip aandachtig en probeerde de details te onderscheiden, maar de wolken poedersneeuw die van de daken werden geblazen, belemmerden het zicht. Vreemd te bedenken dat er na al die tijd weer vreemdelingen door Anchorage liepen!

'Waarom heb je dat niet eerder gezegd?'

'De markgravin wordt in het algemeen niet ingelicht over de aankomst van gewone koopvaardijschepen, Luisterrijke.'

'Maar wie is daar aan boord? Interessante mensen?'

'Twee jonge vliegeniers, Luisterrijke, plus een oudere man, hun passagier.'

'O,' zei Freya, die haar belangstelling begon te verliezen. Heel even was ze bijna opgewonden geweest en had ze zich voorgesteld dat ze de nieuwkomers in haar paleis zou uitnodigen, maar het gaf natuurlijk geen pas dat de markgravin van Anchorage zich afgaf met rondzwervende vliegeniers en een man die zich niet eens een eigen luchtschip kon permitteren.

'Natsworthy en Shaw waren de namen die de heer Aakiuq noemde, Luisterrijke,' vervolgde Zaagbek terwijl hij haar in het voertuig hielp. 'Natsworthy en Shaw en Polei.'

'Polei? Toch niet professor *Nimrod* Polei?'

'Ik meen van wel, Luisterrijke.'

'Maar dan... maar dan...' Freya draaide zich alle kanten op, zette haar bonnet recht en schudde haar hoofd. De tradities waaraan ze zich had vastgeklampt sinds iedereen dood was, zeiden niet wat te doen wanneer er wonderen plaatsvonden. 'O!' fluisterde ze. 'O, Zaagbek, ik moet hem welkom heten! Ga naar de luchthaven! Breng hem naar de raadskamer... nee, naar de grote audiëntiezaal! Ga zodra je me hebt thuisgebracht, of nee: ga nu meteen! Ik loop wel naar huis!'

En ze rende weer de tempel in om de IJsgoden te danken voor het langverwachte teken dat ze gestuurd hadden.

Zelfs Hester had van Anchorage gehoord. De stad was klein maar ook een van de beroemdste van alle ijssteden omdat haar naam tot het oude Amerika terugging. Vlak voordat de Oorlog van Zestig Minuten uitbrak, was een groep vluchtelingen uit het oorspronkelijke Anchorage vertrokken. Zij hadden op een door stormen geteisterd noordelijk eiland een nieuwe nederzetting gesticht. Daar hadden ze alle epidemieën, aardbevingen en ijstijden overleefd totdat de grote Tractiegolf ook het noorden bereikte. Toen moest elke stad mobiel worden, want een stad die dat niet deed, werd opgeslokt door steden die dat wel hadden gedaan. De inwoners van Anchorage herbouwden hun nederzetting en begonnen aan hun eindeloze tochten over het ijs.

Anchorage was geen roofstad, en de kleine kaken aan de voorkant dienden alleen om bruikbaar afval te verzamelen of zoetwaterijs voor de boilers binnen te halen. De bevolking leefde van de handel langs de rand van de IJswoestijn, waar ze met elegante bruggetjes aanmeerden bij andere vreedzame steden en dorpen. Zo ontstond een grote markt waar aaseters en archeologen zich konden verzamelen om de dingen te verkopen die ze uit het ijs hadden gehaald.

Maar wat deed de stad zo veel mijlen verwijderd van de handelsroutes? Wat had Anchorage bij het naderen van de winter zo hoog in het noorden te zoeken? Die vragen knaagden aan Hester terwijl ze de Jenny Haniver hielp afmeren, en knaagden nog steeds toen ze in het huis van de havenmeester uit een lange, verkwikkende slaap ontwaakte. In de korrelige schemering die hier voor daglicht doorging, zag ze dat de witte, halfronde herenhuizen met uitzicht op de luchthaven veel roestvlekken vertoonden. Veel huizen hadden kapotte ramen met duisternis erachter als de oogkassen van een skelet. De haven zelf leek bijna onder een tij van afval te verdwijnen: de bitterkoude wind blies hopen rommel en sneeuw tegen de lege hangars, en een broodmagere hond tilde zijn poot op naast een berg koppelingen voor een luchttrein.

'Het is toch zo jammer, zo jammer,' zei mevrouw Aakiuq, de vrouw van de havenmeester, terwijl ze een tweede ontbijt voor haar jonge gasten kookte. 'Jullie hadden de prachtige stad vroeger moeten zien. Overal zag je rijkdom om je heen en overal kwamen en gingen mensen. Toen ik nog een meisje was, hingen de luchtschepen vaak twintig stuks boven elkaar, wachtend op een aanlegplaats. Luchtjachten, kleine scheepjes en wedstrijdsloepen kwamen tijdens de Regatta van het Noorden hun geluk beproeven, maar er arriveerden ook prachtige grote lijnschepen die genoemd waren naar heel oude filmkoninginnen, zoals de Audrey Hepburn en de Gong Li.'

'Wat is er toen gebeurd?' vroeg Tom.

'De wereld om ons heen is veranderd,' zei mevrouw Aakiuq triest. 'De prooi werd schaars, en grote roofsteden zoals Arkangel, die ons ooit geen tweede blik waardig gekeurd zouden hebben, jagen nu op ons waar ze kunnen.'

Haar man knikte en schonk mokken vol dampende koffie voor zijn gasten. 'En toen kwam dit jaar de plaag. We namen een paar aasetende Sneeuwgekken aan boord. Die hadden net delen gevonden van een oud ruimteplatform dat in het ijs bij de pool was neergestort. Het bleek besmet te zijn met een gruwelijk, kunstmatig virus uit de Oorlog van Zestig Minuten. Maar kijk niet zo bezorgd: die oude oorlogsvirussen doen hun werk snel en muteren dan tot iets onschuldigs. Maar destijds verspreidde het zich als een bosbrand door de stad. Honderden mensen zijn overleden, zelfs de oude markgravin en haar gemaal. En toen alles voorbij was en de quarantaine was opgeheven, zagen veel mensen geen toekomst meer voor Anchorage. Met medeneming van alle luchtschepen die er waren, vertrokken ze om in andere steden een nieuw leven op te bouwen. Ik betwijfel of er in de hele stad nog meer dan vijftig mensen over zijn.'

'Niet meer?' Tom was stomverbaasd. 'Maar hoe kunnen zo weinig mensen een stad van deze omvang draaiend houden?'

'Dat kunnen ze niet, althans niet voor eeuwig,' antwoordde Aakiuq. 'Maar de heer Duifkruid, onze oude machinist, heeft wonderen verricht met een heleboel geautomatiseerde systemen, slimme Oudtech-snufjes en dergelijke. Hij zal ons lang genoeg draaiend houden.'

'Lang genoeg voor wat?' vroeg Hester wantrouwig. 'Waar gaan jullie heen?'

De glimlach van de havenmeester verdween. 'Dat kan ik niet zeggen, juffer Hester. Wie garandeert dat u niet wegvliegt om onze koers aan Arkangel of een andere roofstad te verkopen? We willen niet graag dat ze op het Hoge IJs een hinderlaag voor ons leggen. Maar eet nu uw zeehondenburgers op, dan ga ik eens kijken of ik niet een paar reserveonderdelen kan opduikelen om jullie ouwe gebutste Jenny Haniver te repareren.'

Na het eten liepen ze achter hem aan over de kaden naar een enorm pakhuis dat wel een walvisrug leek. In het vaag verlichte interieur streden wankele stapels oude machinekappen en panelen van gondels om ruimte met onderdelen die uit bedieningsgondels van ontmantelde luchtschepen waren gehaald, en gebogen reuzenribben van aluminium voor een romp. Aan het plafond deinden hangende propellers in alle maten mee met de bewegingen van de stad.

'Dit is vroeger van een neef van mij geweest,' zei Aakiuq, die de stapels schroot met een elektrische lantaarn bescheen. 'Maar hij is bij de plaag gestorven. Het zal nu dus wel van mij zijn. Maar wees maar niet bang. Een luchtschip is niet gauw zo kapot dat ik het niet kan repareren, en tegenwoordig heb ik weinig anders te doen.'

Terwijl ze hem door het roestige schemerdonker volgden, rinkelde er iets kleins dat tussen de stapels goederen in de ijzeren schappen verdween. Hester, wantrouwig als altijd, keek meteen die kant op en speurde met haar ene oog de schaduwen af. Niets bewoog. Maar in een uitdragerij zoals dit oude magazijn vielen natuurlijk altijd kleine dingen op de grond, want het was een gebouw op onbetrouwbare schokdempers die zwaaiden en huiverden terwijl Anchorage over het ijs ploegde. Toch kon ze het gevoel niet van zich afzetten dat ze werd gadegeslagen.

'De motoren zijn van Jeunet-Carot, niet?' vroeg meneer Aakiuq. Hij mocht Tom kennelijk graag – iedereen mocht Tom graag – en deed zijn uiterste best om te helpen door heen en weer te lopen tussen de stapels onderdelen en aantekeningen te controleren in een reusachtig, met schimmelplekken bezaaid register. 'Ik heb wel iets geschikts, denk ik. Jullie draaggascellen zijn Tibetaans, zo te zien. Als we de gaten niet kunnen plakken, vervangen we ze door de mooie RJ50's van een Zhang-Chen Pijlstaart. Ja, volgens mij kan jullie Jenny Haniver binnen drie weken weer de lucht in.'

In de blauwe duisternis diep beneden keken drie paar ogen geconcentreerd naar een klein scherm met het korrelige beeld van Tom, Hester en de havenmeester. Drie paar oren zo wit als ondergrondse zwammen werden gespitst om de blikkerige, misvormde stemmen op te vangen die fluisterend uit de bovenwereld omlaag zweefden.

Toen ze weer in het huis van de havenmeester terug waren, voorzag mevrouw Aakiuq haar twee jonge gasten van overlaarzen, sneeuwschoenen, thermisch ondergoed, dikke truien van geoliede wol, moffen, sjaals en parka's. Ze kregen ook koumaskers: leren lappen met een fleecevoering, oogglazen van mica en een ademfilter. Mevrouw Aakiuq zei er niet bij waar die dingen vandaan kwamen, maar Hester had de foto's met rouwlinten gezien die op het huisheiligdom stonden, en nam aan dat zij en Tom de kleren kregen die van Aakiuqs dode kinderen waren geweest. Ze hoopte dat de ziektekiemen inderdaad zo dood waren als de havenmeester beloofd had, maar het masker beviel haar wel.

Eenmaal teruggekeerd in de keuken bleek Polei bij het fornuis met zijn voeten in een bak dampend water te zitten. Zijn hoofd was verbonden en zijn gezicht was bleek, maar voor de rest was hij weer helemaal de oude. Hij dronk slurpend uit een mok met mevrouw Aakiuqs mosthee en begroette Tom en Hester opgewekt. 'Ik ben blij te zien dat jullie veilig zijn! Wat hebben we een avonturen beleefd, hè? Dat kan best iets voor mijn volgende boek zijn...'

Een koperen telefoon aan de muur bij het fornuis rinkelde

blikkerig. Mevrouw Aakiuq nam haastig de hoorn van de haak en luisterde aandachtig naar het bericht dat haar vriendin mevrouw Umiak in de centrale doorgaf. Er verscheen een brede glimlach op haar gezicht, en toen ze weer had opgehangen en zich tot haar gasten wendde, kon ze van opwinding nauwelijks praten.

'Groot nieuws, lieverds! De markgravin staat jullie een audiëntie toe! De markgravin zelf! Ze stuurt haar chauffeur om jullie naar het Winterpaleis te brengen! Wat een eer! Stel je voor: vanuit mijn nederige keuken gaan jullie rechtstreeks naar de audiëntiezaal van de markgravin!'

8

Het Winterpaleis

'**W**at is een markgravin?' siste Hester tegen Tom toen ze weer buiten in de felle kou stonden. 'Het klinkt als iets wat je op je brood smeert...'

'Het zal wel een soort burgemeesteres zijn,' zei Tom.

Polei onderbrak hen. 'Een markgravin is een vrouwelijke markgraaf. Veel van die kleine steden in het noorden hebben zoiets: een familie van erfelijke heersers die hun titels van de ene generatie op de andere doorgeven. Markgraaf. Schout. Vicomte. De elector urbanus van Eisenstadt. De Direktor van Arkangel. Iedereen is hier verzot op traditie.'

'Nou, ik snap niet waarom we haar niet gewoon burgemeesteres kunnen noemen, en klaar,' zei Hester knorrig.

Een kever wachtte hen bij de poort van de luchthaven op. Het was een elektrisch wagentje van de soort die Tom zich van Londen herinnerde, maar hij had nog nooit zo'n mooi exemplaar gezien als dit. Het was felrood geschilderd en droeg een gouden R tussen krullen op zijn zijkant. Het enkele wiel aan de achterkant was groter dan bij een normale kever en vertoonde noppen om houvast in de sneeuw te hebben. Op de gebogen spatborden boven de twee voorwielen waren grote, elektrische lantaarns gemonteerd, en sneeuwvlokken dansten bezeten in de dubbele lichtstraal.

De chauffeur zag hen aankomen en liet de glastic kap openglijden. De man droeg een rood uniform met gouden tressen en epauletten, maar toen hij zich tot zijn volle lengte oprichtte en salueerde, bleek hij slechts tot Hesters middel te reiken. Een kind, dacht ze eerst, maar toen zag ze dat hij in werkelijkheid veel ouder was dan zij. Het hoofd van een volwassen man rustte op een klein, gedrongen lichaam. Ze wendde haar blik snel af, beseffend dat ze hem op precies de kwetsende, borende, medelijdende manier had aangestaard als anderen soms bij haar deden.

'Mijn naam is Zaagbek,' zei hij. 'Hare Luisterrijke stuurt me om u naar het Winterpaleis te brengen.'

Ze klommen de kever in en persten zich op de achterbank links en rechts van Polei, die ondanks zijn geringe omvang verrassend veel ruimte innam. Zaagbek trok de kap dicht, en toen vertrokken ze. Tom keek achterom en wilde naar de Aakiuqs zwaaien die uit een raam van hun huis stonden te kijken, maar de luchthaven bleek al in de sneeuwvlagen en het winterse donker verdwenen te zijn. De kever reed over een brede verkeersader, die aan beide kanten door overdekte zuilengalerijen omzoomd was. Winkels, restaurants en royale villa's gleden voorbij, maar allemaal waren ze even doods als donker. 'Dit is de Rasmussen Prospekt,' meldde Zaagbek. 'Heel elegante straat. Loopt dwars door het midden van de bovenstad, van de ene kant naar de andere.'

Tom bekeek het door de kap van de kever en was onder de indruk van deze fraaie, verlaten stad. Toch werd hij nerveus van de leegte. Waar ging deze stad naartoe – in dit ijltempo naar het dode noorden? Hij huiverde in zijn warme kleren en moest denken aan zijn verblijf aan boord van een ander dorp op de verkeerde plaats, dat eveneens een geheimzinnige bestemming had gehad: Tonbrug-op-Wielen, dat opgejaagd door een krankzinnige burgemeester in de Kozakkenzee ten onder was gegaan.

'We zijn er,' zei Zaagbek ineens. 'Het Winterpaleis, al achthonderd jaar de woning van het Huis Rasmussen.'

De achterkant van de stad doemde op. De elektrische motor bracht hen zwoegend en jankend over een lange helling omhoog. Op de top stond het paleis waarop Tom de avond ervoor al even een blik had geworpen: een grote krul van wit metaal met torens en balkons, alles in een dikke laag ijs. De bovenste verdiepingen maakten een lege en verlaten indruk, maar achter sommige ramen op de lagere verdiepingen brandde licht, en buiten de ronde voordeur flakkerden gasvlammen op bronzen driepoten.

De kever kwam knarsend tot stilstand op de berijpte oprijlaan, en Zaagbek hield de kap vast terwijl de passagiers naar buiten klommen. Daarna rende hij de paleistrap op, waar hij de buitenste deur opentrok en hen binnenliet in een kamertje dat een warmteslot heette. Hij trok de buitenste deur weer dicht en wachtte een paar tellen. Toen de koude lucht die met de bezoekers naar binnen was gekomen, was opgewarmd door de hittebronnen in het plafond en de muren, ging de binnendeur open. Ze volgden Zaagbek door een betimmerde gang met wandtapijten aan de muren. Verderop doemde een enorme dubbele deur op die met onbetaalbare Oudtech-legeringen bedekt was. Zaagbek klopte aan en mompelde: 'Wacht hier, alstublieft', voordat hij door een zijgang weg dribbelde. Het gebouw kraakte een beetje en deinde met de rijdende stad mee. Het rook er naar meeldauw.

'Het staat me niks aan,' zei Hester met een blik op de dikke flarden spinnenwebben die rond de kroonluchters hingen en aan de verwarmingsbuizen bengelden. 'Waarom heeft ze ons uitgenodigd? Het kan best een valstrik zijn.'

'Kletskoek en onzin, juffer Shaw,' zei Polei berispend. Hij probeerde zijn schrik over haar suggestie niet te laten blijken. 'Een valstrik? Waarom zou de markgravin ons in een hinderlaag lokken? Vergeet niet dat ze een heel hoogstaand iemand is. Een soort burgemeesteres.'

Hester haalde haar schouders op. 'Ik heb maar twee burgemeesters gekend, en die waren allebei niet bepaald hoogstaand. Die waren allebei bepaald en volslagen kierewiet.'

De deuren gleden ineens met een ruk open en piepten daarbij een beetje over hun lagers. Aan de andere kant stond Zaagbek, maar nu in een lang, blauw gewaad met een zeskante steek en een ambtsstaf die tweemaal zo lang was als hijzelf. Hij heette de gasten plechtig welkom alsof hij hen nooit eerder had gezien, en bonsde toen driemaal met zijn staf op de metalen vloer. 'Professor Nimrod Polei en gezelschap,' kondigde hij aan, waarna hij een stap opzij deed om toegang te verschaffen tot de van talloze pilaren voorziene zaal.

Een rij argonbollen hing aan het gewelfde plafond. Allemaal wierpen ze een ronde lichtplas op de vloer eronder zodat een soort stapstenen van licht naar de andere kant van de enorme zaal leidden. Daar zat iemand te wachten, onderuitgezakt in een rijkversierde troon op een hoog podium. Hester tastte naar Toms hand, en zij aan zij liepen ze achter Polei aan door schaduw en licht, schaduw en licht, tot ze aan de voet van het podiumtrappetje stonden en opkeken naar het gezicht van de markgravin.

Om de een of andere reden hadden ze allebei een bejaarde vrouw verwacht. Alles in dit stille, roestende paleis straalde ouderdom en verval uit en sprak van oeroude gewoonten die in stand bleven hoewel hun oorspronkelijke doel allang vergeten was. Maar het meisje dat hooghartig op hen neerkeek, was nog jonger dan zij en beslist geen dag ouder dan zestien. Een lang, knap meisje in een rijk, ijsblauw gewaad en een witte mantel met een kraag van vossenbont. Haar gezicht had wel iets weg van Inuit, zoals Aakiuq en zijn vrouw, maar ze had een heel lichte huid en goudblond haar. *De kleur van herfstbladeren,* dacht Hester terwijl ze haar gezicht verborg. Vergeleken met de schoonheid van de markgravin voelde ze zich klein, onbeduidend en nutteloos, en ze begon gebreken te zoeken. *Ze is veel te dik. En ze moet haar hals een keer wassen. En haar mooie jurk is door de motten aangevreten en alle knopen zitten in het verkeerde knoopsgat...*

Tom, die naast haar stond, dacht: *Ze is nog zo jong en leidt een hele stad! Geen wonder dat ze zo triest kijkt!*

Polei maakte een diepe buiging en zei: 'Edelachtbare, sta mij toe te zeggen hoe dankbaar ik ben voor de vriendelijkheid die u

en uw onderdanen bewezen hebben aan mij en mijn jonge metgezellen...'

'U dient me "Luisterrijke" te noemen,' zei het meisje. 'Of
"Licht der IJsvelden".'

Er viel een ongemakkelijke stilte. Zachte schraap- en klikgeluidjes kwamen uit de dikke verwarmingsbuizen die over het
plafond kronkelden en het paleis met gerecycleerde hitte uit de
motoren verwarmden. Het meisje staarde naar haar gasten. Even
later zei ze: 'Bent u echt Nimrod Polei? Waarom bent u dan veel
dikker en kaler dan op uw boek?'

Ze pakte een boek van een bijzettafeltje en hield het omhoog
om het zwarte omslag te laten zien. Daarop stond een schilde-
ring van iemand die Poleis stoerdere jonge broer had kunnen
zijn.

'Ach, u weet wel. Artistieke vrijheid,' zei de ontdekkingsreiziger zelfvoldaan. 'Die domme schilder ook. Ik heb nog zo tegen
hem gezegd dat hij me moest afbeelden zoals ik ben, inclusief
pens en hoog voorhoofd, maar u kent die artistieke types net zo
goed als ik. Ze zijn dol op idealiseren en beelden graag iemands
innerlijk af...'

De markgravin glimlachte. (Die glimlach stond haar nog beter. Hester stelde vast dat ze een gloeiende hekel aan haar had.)
'Ik wilde alleen maar controleren of ik de echte professor Polei
voor me had,' zei ze. 'Ik weet heel goed hoe het werkt met een
portret. In de tijd voor de plaag heb ik altijd moeten poseren
voor borden en zegels en munten en zo, maar het werd bijna altijd niks...'

Ze zweeg ineens alsof een inwendig kindermeisje haar eraan
herinnerde dat een markgravin in aanwezigheid van gasten niet
hoort te babbelen als een opgewonden tiener. 'U mag plaatsne-
men,' zei ze veel formeler dan eerst, waarna ze in haar handen
klapte. Achter de troon vloog een deur open, en Zaagbek kwam
met een paar stoeltjes toegesneld. Hij had inmiddels alweer een
nieuwe vermomming aan: een rond hoedje en een lakeienjasje
met een hoge kraag. Tom vroeg zich even af of de markgravin

soms werkelijk drie identieke mannetjes in dienst had, maar toen hij wat aandachtiger keek, zag hij dat het telkens dezelfde Zaagbek was; de man was nog buiten adem van zijn snelle ver- kleedpartijen, en zijn kamerherenpruik stak nog uit zijn zak.

'Schiet eens een beetje op,' zei de markgravin.

'Mijn verontschuldigingen, Luisterrijke.' Zaagbek zette de drie stoelen tegenover de troon neer en verdween weer in de schadu- wen. Even later kwam hij terug, ditmaal achter een verwarmd karretje met een pot thee en een schaal amandelkoekjes. Hij had inmiddels gezelschap gekregen: een lange, ernstige en bejaarde man die volledig in het zwart gekleed was. Hij knikte de nieuw- komers toe en ging naast de troon staan terwijl Zaagbek thee in kleine kopjes van amorf glas schonk en de gasten bediende.

'Ik neem dus aan dat u mijn werk kent, Licht der IJsvelden,' zei Polei met een ietwat onnozele glimlach.

Het masker van de markgrafelijke hofetiquette gleed weer weg, en de opgewonden tiener kwam opnieuw tevoorschijn. 'Ja, natuurlijk! Ik ben dol op verhalen en avonturen. Ik heb ze alle- maal gelezen, maar dat was in de tijd voordat... nou ja, voordat ik markgravin werd. Alle klassieken ken ik: Valentijn en Spofforth en Tamarton Foliot. Maar de uwe zijn altijd mijn lievelingsboe- ken geweest, professor Polei. Daardoor kwam ik op het idee om...'

'Pas op, markgravin,' zei de man naast haar. Zijn stem rom- melde zachtjes als een goed afgestelde motor.

'Nou ja, dat doet er niet toe,' zei de markgravin. 'Het is heerlijk dat de IJsgoden u hierheen hebben gestuurd. Het is namelijk een teken. Een teken dat ik de juiste beslissing heb genomen en dat we zullen vinden wat we zoeken. Als u ons wilt helpen, kunnen we niet mislukken.'

'Gek als een deur,' fluisterde Hester heel zachtjes tegen Tom.

'Ik begrijp het niet helemaal, Luisterrijke,' gaf Polei toe. 'Mijn intellect is vermoedelijk nog steeds een beetje in de war na die klap op mijn hoofd. Ik ben bang dat ik u niet echt kan volgen.'

'Het is anders heel simpel,' zei de markgravin.

'Markgravin...' waarschuwde de man naast haar opnieuw.

'Ach, wees toch niet altijd zo'n zwartkijker, meneer Duifkruid!' zei ze scherp. 'Dit is professor Polei! Hem kunnen we vertrouwen!'

'Daaraan twijfel ik niet, Luisterrijke,' zei Duifkruid. 'Mijn bezorgdheid geldt zijn jonge vrienden. Als zij lucht krijgen van onze koers, bestaat het gevaar dat ze verdwijnen om ons aan Arkangel te verkopen zodra hun schip gerepareerd is. Direktor Masgard zou mijn motoren maar wat graag in handen krijgen.'

'Zoiets zouden wij nooit doen!' riep Tom, en als Hester hem niet had tegengehouden, zou hij naar voren zijn gesprongen om de oude man een toontje lager te laten zingen.

'Ik denk dat ik voor mijn bemanning kan instaan, Luisterrijke,' zei Polei. 'Kapitein Natsworthy is historicus zoals ik en opgeleid in het museum van Londen.'

De markgravin draaide zich om en bestudeerde Tom voor het eerst – met een zo bewonderende blik dat hij blozend naar de grond keek. 'Dan heet ik u van harte welkom, meneer Natsworthy,' zei ze zacht. 'Ik hoop dat ook u hier wilt blijven om ons te helpen.'

'Helpen met wat?' vroeg Hester bot.

Het meisje antwoordde: 'Met onze tocht naar Amerika natuurlijk.' Ze draaide het boek in haar handen om en liet de voorkant zien. Daarop stond een gespierde, veel te knappe Polei die met een beer aan het vechten was en werd aangemoedigd door een meisje in een bikini van bont. Het was de eerste druk van *Mooi Amerika*.

'Dit is altijd mijn lievelingsboek geweest,' legde de markgravin uit. 'De IJsgoden zullen me daarom wel het idee hebben gegeven om naar Amerika te gaan. We banen ons over het ijs een weg naar de nieuwe groene wildernis die professor Polei ontdekt heeft. Daar vervangen we onze glijders door wielen, kappen we de bomen voor brandstof, gaan we handeldrijven met de wilden en brengen we hen de voordelen van het stadsdarwinisme bij.'

'Maar, maar, maar...' Polei omklemde de armleuningen van

zijn stoel alsof hij in een achtbaan zat. 'Ik bedoel eh... de Canadese ijskap – ten westen van Groenland – geen stad heeft ooit geprobeerd om...'

'Ik weet het, professor,' zei het meisje instemmend. 'Het wordt een lange en gevaarlijke reis, net als voor u, toen u te voet uit Amerika kwam en weer op het ijs belandde. Maar we hebben de goden aan onze kant. Dat kan niet anders. Anders zouden ze u niet naar ons toe hebben gestuurd. Ik ga u tot ere-hoofdnavigator benoemen, en ik weet dat we ons nieuwe jachtveld met uw hulp veilig zullen bereiken.'

Tom, die zich door de stoutmoedige visie van de markgravin liet meeslepen, wendde zich tot Polei: 'Wat een gelukkig toeval, professor!' zei hij blij. 'Nu kunt u toch nog terug naar Amerika!'

Polei uitte een gorgelend geluid en zijn ogen begonnen uit te puilen. 'Ik... hoofdnavigator? Dat is te vriendelijk van u, Licht der IJsvelden, te vriendelijk...' Hij viel flauw. Zijn glazen kopje gleed daarbij uit zijn vingers en verbrijzelde op de ijzeren vloer. Zaagbek maakte afkeurende geluidjes omdat het kopje een oud erfstuk van het Huis Rasmussen was geweest, maar dat liet Freya koud. 'Professor Polei is nog verzwakt van zijn avonturen,' zei ze. 'Stop hem in bed! Lucht kamers in de gastenverblijven voor hem en zijn gezelschap. We moeten zorgen dat hij zo snel mogelijk weer op krachten is. En hou op met zeuren over dat kopje, Zaagbek. Als de professor ons eenmaal naar Amerika heeft gebracht, delven we zo veel amorf glas als we willen!'

9

Welkom in de Fabriek

*D*iep in het zuiden, voorbij de randen van het ijs, verrees een eiland uit een koude zee. Het eiland was zwart en de vele rotspunten waren beklad met de uitwerpselen van de meeuwen en grote jagers die op de richels hun nesten hadden. Het lawaai van de vogels was op mijlen afstand te horen, want ze ratelden, krijsten en ruzieden, doken in de golven op zoek naar vis of cirkelden in grote troepen rond de hoge top. Soms zaten ze op de daken van de plompe gebouwen die zich aan de rotsen vastklampten of op de roestige balustrades van de hachelijke metalen looppaden die aan steile wanden ontsproten als boomzwammen aan een stronk. Want het eiland leek onbewoonbaar maar was wel degelijk bewoond. Hangars voor luchtschepen waren met explosieven in de rotsen uitgehold en complexen van bolronde brandstoftanks verdrongen zich als spinneneitjes in smalle spleten. Dit was de Schurkenburcht, waar Rode Loki en zijn legendarische bende luchtpiraten hun arendsnest hadden gebouwd.

Loki was er niet meer, en de littekens van raketinslagen op sommige gebouwen bewezen dat hij niet vrijwillig gegaan was. Een overvalcommando van de Groene Storm had zich op een rustige avond op zijn hoofdkwartier gestort, de piraten afgemaakt en de Schurkenburcht overgenomen. Daarmee ontstond een basis waartegen elke hongerige stad machteloos stond.

De zon ging onder. Aan de oostelijke hemel groeiden rode en

purperen en donkeroranje vegen waardoor het eiland nog sinisterder leek toen de Tijdelijke Bliep vanaf de loefkant puffend binnenkwam. Batterijen kanonnen volgden het plompe, oude luchtschip en draaiden als gepantserde koppen. Terwijl het langzaam naar de hoofdhangar gleed, werd het door Vossengeesten omcirkeld als herdershonden die een onwillige ooi weer naar de kudde dreven.

'Wat een uitdragerij!' klaagde een van Widgery Blinkoes vrouwen, die door de ramen van de gondel naar buiten keek.

'Je zei dat de melding van dat oude luchtschip geluk en rijkdom zou brengen,' zei een andere instemmend. 'Volgens jou konden we gaan zonnen op een vakantievlot in plaats van hier over de rand van de wereld te vallen.'

'Je hebt nieuwe jurken en slaven beloofd!'

'Stilte, vrouwen!' schreeuwde Blinkoe, die zich op zijn stuurhendels probeerde te concentreren terwijl de grondbemanning hem met gekleurde vlaggen de hangar in leidde. 'Toon een beetje respect! Dit is een basis van de Groene Storm! Het is een eer om hier te worden uitgenodigd: een teken dat ze mijn diensten op prijs stellen!' Maar in feite was hij even ontzet als zij over het feit dat hij naar de Schurkenburcht was geroepen. Hij had de Stormbasis in de Tannhäusers via de radio laten weten dat hij de Jenny Haniver had gezien, en had toen enige dankbaarheid en misschien wel een prettig geldbedrag verwacht zonder te vermoeden dat hij bij zijn vertrek uit Luchtschut door een troep Vossengeesten besprongen zou worden om helemaal hierheen te worden gesleept.

'Meen je dat nou?' gromden zijn vrouwen, elkaar aanstotend.

'Wat jammer dat de Groene Storm minder respect heeft voor hem dan hij voor hen!'

'Stellen ze zijn diensten echt op prijs?'

'Denk maar eens aan alle inkomsten die we mislopen door hier rond te hangen!'

'Mijn moeder heeft me nog zó voor hem gewaarschuwd!'

'De mijne ook!'

'En de mijne ook!'

'Hij weet best dat hij voor niks is gekomen. Dat zie je aan zijn bezorgde blik!'

Meneer Blinkoe keek nog steeds bezorgd toen hij uit de Tijdelijke Bliep stapte en in de chaos van de echoënde hangar terechtkwam, maar die uitdrukking maakte plaats voor een toegeeflijke glimlach toen een knappe ondergeschikte saluerend op hem afkwam. Widgery Blinkoe had een zwak voor knappe jonge vrouwen. Daarom was hij met vijf van hen getrouwd hoewel ze allemaal schel bleken te praten, koppig waren en de neiging hadden om één lijn te trekken tegen hem. Onwillekeurig speelde hij met de gedachte om de ondergeschikte te vragen om nummer zes te worden.

'Meneer Blinkoe?' vroeg ze. 'Welkom in de Fabriek.'

'Ik dacht dat het hier de Schurkenburcht heette, lieve.'

'De commandant heeft liever dat we dit complex de Fabriek noemen.'

'Juist.'

'Ik breng u naar haar toe.'

'Naar haar? Ik had niet begrepen dat er zo veel dames in uw organisatie zitten.'

De glimlach van het meisje verdween. 'De Groene Storm ziet voor zowel mannen als vrouwen een rol weggelegd in de komende oorlog tegen de tractionistische barbaren om de Aarde weer groen te maken.'

'Ja, ja, natuurlijk, natuurlijk,' zei meneer Blinkoe vlug. 'Ik ben het daar van harte mee eens.' Hij hield niet van zulk gepraat want het was verschrikkelijk slecht voor de omzet. Maar de laatste paar jaar was het de Anti-Tractieliga slecht vergaan: Londen was bijna tot de poorten van Batmoench Gompa opgerukt en zijn agenten hadden de Noordelijke Luchtvloot in brand gestoken. Er waren dus geen reserveschepen meer om Vast-Spitsbergen te hulp te komen toen Arkangel de stad de afgelopen winter aanviel, waarna de laatste grote anti-tractionistische stad van het noorden in de buik van de roofstad verdween. Het sprak vanzelf dat sommige jongere officieren van de Liga ongeduldig werden over het geweifel van de Hoge Raad en snakten naar wraak. Hopelijk ging het allemaal als een nachtkaars uit.

Achter de ondergeschikte aan lopend probeerde hij de kracht van deze kleine basis in te schatten. Hij zag een paar goed bewapende Vossengeesten paraat staan op hun steiger. En er waren veel soldaten in witte uniformen met bronzen helmen in de vorm van een krabbenpantser. Allemaal droegen ze armbanden met het bliksemflitsembleem van de Groene Storm. *Zwaarbeveiligd*, dacht hij terwijl hij zijn blik snel over hun stoommitrailleurs liet glijden. Maar waarom? Was hier, diep in de leegte, iets gaande dat zulke maatregelen verdiende? Een rij soldaten passeerde hem marcherend. Ze droegen grote, goed gesloten metalen kisten met gesjabloneerde woorden zoals BREEKBAAR en TOPGEHEIM erop. Een kaal mannetje met een doorzichtige plastic jas over zijn uniform liep zenuwachtig tegen de soldaten te schreeuwen: 'En nou goed oppassen jullie! Ga niet lopen dringen! Dit zijn kwetsbare instrumenten!' Hij voelde Blinkoes blik en staarde terug. Tussen zijn wenkbrauwen had hij een kleine tatoeage in de vorm van een rood wiel.

'Wat doen jullie hier eigenlijk?' vroeg Blinkoe aan zijn begeleidster toen hij met haar de hangar uit liep en haar door klamme tunnels en via trappen naar het hart van de rots volgde.

'Dat is geheim,' zei ze.

'Maar ik mag het toch wel weten?'

De ondergeschikte schudde haar hoofd. Blinkoe vond haar een onbeschaafd, bemoeiziek, overdreven gezagsgetrouw meisje, dat niet voor nummer zes in aanmerking kwam. Hij wijdde zijn aandacht aan de posters die op de muren van de gang bevestigd waren. Ze beeldden luchtschepen van de Liga af die mobiele steden met raketten bestookten, onder woedende leuzen die de lezer opriepen tot de VERNIETIGING VAN ALLE STEDEN. Tussen de posters wezen gesjabloneerde symbolen de weg naar cellenblokken, kazernes, allerlei artillerienesten en een laboratorium. Ook dat vond hij vreemd. De Anti-Tractieliga had altijd op de wetenschap neergekeken en vond elke technologie die ingewikkelder was dan een luchtschip of een raketwerper, even barbaars als nutteloos. De Groene Storm hield er kennelijk andere ideeën op na.

Meneer Blinkoe begon een beetje bang te worden.

Het kantoor van de commandant lag in een van de oude gebouwen op de top van het eiland. Dit waren ooit de privévertrekken van Rode Loki geweest, en de muren waren toen versierd met pikante voorstellingen die de nieuwe commandant zedig had laten wegkalken. Maar de witkalk was dun, en hier en daar drongen er vage, geschilderde gezichten doorheen alsof de geesten van dode piraten afkeurend neerkeken op de nieuwe bewoners van de Burcht. In de verste muur bood een groot, rond raam uitzicht op niet veel bijzonders.

'Ben jij Blinkoe? Welkom in de Fabriek.'

De commandant was heel jong. Meneer Blinkoe had ook gehoopt dat ze heel jong zou zijn, maar ze bleek een streng kijkend kattenkopje met kortgeknipt haar en een hard, turfkleurig gezicht. 'Ben jij de agent die in Luchtschut de Jenny Haniver heeft gezien?' vroeg ze. De hele tijd spande en ontspande ze haar handen alsof het drukke bruine spinnen waren. En hoe ze hem dan met die grote, donkere ogen aankeek! Blinkoe vroeg zich af of ze wel helemaal goed wijs was.

'Ja, edelachtbare,' zei hij nerveus.

'En weet je zeker dat het haar schip was? Geen misverstand mogelijk? Of heb je het bedacht om de Groene Storm geld af te troggelen?'

'Nee, nee!' zei Blinkoe haastig. 'Bij de goden, helemaal niet. Het was het schip van Windbloem. Glashelder.'

De commandant keerde hem de rug toe, liep naar het raam en staarde door het korrelige glas naar het snel vervagende daglicht. Even later zei ze: 'Een gevechtseenheid van Vossengeesten steeg vanaf een van onze geheime bases op om de Jenny Haniver te onderscheppen. Geen enkel toestel is teruggekeerd.'

Widgery Blinkoe wist niet goed wat hij zeggen moest. 'O hemeltje,' stamelde hij.

Ze keek hem weer aan, maar hij kon haar uitdrukking niet zien omdat ze stond afgetekend tegen het licht uit het raam. 'De twee barbaarse infiltranten die de Jenny in Batmoench Gompa gestolen hebben, lijken misschien boefjes uit het Buitengebied, maar in werkelijkheid zijn ze hoogopgeleide agenten op de Londense loonlijst. Met hun duivelse listen zijn ze onze schepen ongetwijfeld te slim af geweest. Die schepen zijn nu vernietigd, en zelf zijn ze naar de IJswoestijn in het noorden gevlucht.'

'Eh... dat lijkt me zeker mogelijk, commandant,' beaamde Widgery Blinkoe, die intussen bedacht hoe onwaarschijnlijk het klonk.

Ze kwam dicht bij hem staan – een kort, slank meisje met een brandende blik in haar ogen. 'We hebben veel Vossengeesten. De Groene Storm groeit met de dag. Veel commandanten van de Liga staan aan onze kant en zijn bereid soldaten en schepen te sturen om onze bases te beschermen. Wat we missen, is een inlichtingennetwerk. Daarvoor moeten we jou hebben, Blinkoe. Ik wil dat je de Jenny voor me opspoort plus de barbaren die erin vliegen.'

'Dat eh... nou ja, dat moet kunnen,' zei Blinkoe.

'We zullen je er goed voor betalen.'

'Hoe goed? Ik wil niet inhalig lijken maar ik heb wel vijf vrouwen te onderhouden...'

'Tienduizend bij aflevering van het schip.'

'Tiendui...'

'De Groene Storm beloont zijn dienaren goed,' verzekerde de commandant hem. 'Maar we straffen hen die ons verraden. Als je ook maar één woord loslaat over deze zaak of over wat je op de basis gezien hebt, dan zullen we je vinden en doden. Op een extra pijnlijke manier. Begrijp je dat?'

'Tuurlijk!' piepte Blinkoe, die de pet in zijn handen almaar ronddraaide. 'Maar eh... mag ik vragen waarom? Ik bedoel:

waarom is dat schip zo belangrijk? Ik snap best dat het sentimentele waarde heeft als een soort symbool van de Liga, maar
het lijkt niet veel meer waard dan...'

'Het is waard wat ik je aanbied.' De commandant glimlachte
voor het eerst, maar het was een dun, kil en moeizaam glimlachje als van iemand die een verre verwant dankt voor de bijwoning
van een begrafenis. 'De Jenny Haniver en de barbaren die het
schip gestolen hebben, kunnen voor ons werk hier cruciaal zijn,'
zei ze. 'Meer hoef je niet te weten. Spoor het schip op en breng
het hier, Blinkoe.'

10

De Wunderkammer

*A*lle artsen van Anchorage waren dood. De beste verpleegster die voor professor Polei beschikbaar was, was Windolene Pye van de Stuurgroep, die ooit een EHBO-cursus had gedaan. Ze zat bij zijn bed in een luxe gastenvertrek hoog in het Winterpaleis, had zijn pols tussen haar slanke vingers en controleerde zijn hartslag aan de hand van haar zakhorloge.

'Volgens mij is hij gewoon flauwgevallen,' verklaarde ze. 'Bijvoorbeeld van uitputting of door een vertraagde shock na al die vreselijke avonturen. Arme man.'

'Maar hoe komt het dan dat wij niet op apegapen liggen?' wilde Hester weten. 'Wij hebben net zulke avonturen beleefd als hij, maar je ziet ons niet bezwijmen als de eerste de beste ouwe vrijster.'

Juffer Pye, die ook zelf ongetrouwd was, keek Hester strak aan. 'Ik denk dat u de professor beter met rust kunt laten. Hij heeft stilte en permanente zorg nodig. Dus nu allemaal snel weg...'

Hester, Tom en Zaagbek trokken zich op de gang terug, en Windolene Pye deed de deur goed achter hen dicht. Tom zei: 'Hij zal wel erg van streek zijn. Jarenlang heeft hij iemand proberen te vinden die een tweede expeditie naar Amerika wil financieren, en nu ontdekt hij ineens dat de markgravin haar hele stad daarheen brengt...'

Hester begon te lachen. 'Dat kan helemaal niet. Dat mens is gek!'

'Juffer Shaw!' riep Zaagbek geschrokken. 'Hoe kunt u zoiets zeggen? De markgravin is onze heerseres en vertegenwoordigt de IJsgoden op Aarde. Haar voorouder Dolly Rasmussen bracht de overlevenden van het eerste Anchorage buiten Amerika in veiligheid. Het spreekt dus vanzelf dat een Rasmussen ons weer naar ons vaderland brengt.'

'Ik weet niet waarom je haar verdedigt,' zei Hester gemelijk. 'Ze behandelt je als iets dat ze onder haar schoenzool heeft gevonden. En hopelijk weet je dat niemand zich door je verkleedpartijen laat beetnemen. We zien heus wel dat jij steeds een ander pak aantrekt.'

Zaagbek antwoordde met immense waardigheid: 'De markgravin moet door bepaalde dienaren en functionarissen worden bijgestaan: chauffeurs, koks, kamerheren, lakeien, enzovoort. Die zijn helaas allemaal dood. Daarom neem ik hun rol over. Ik draag mijn steentje bij aan de handhaving van de oude tradities.'

'Maar wat was je in het begin? Chauffeur of kamerheer?'

'Ik was de dwerg van de markgravin.'

'Waar heeft ze een dwerg voor nodig?'

'Het hof van de markgravin heeft *altijd* een dwerg gehad. Namelijk om de markgravin te amuseren.'

'Hoe dan?'

Zaagbek haalde zijn schouders op. 'Door klein te zijn, denk ik.'

'Is dat amusant?'

'Het is onze traditie, juffer Shaw. Sinds de komst van de plaag zijn we in Anchorage erg blij geweest met onze tradities. Hier zijn uw kamers.'

In de gang even voorbij Poleis vertrekken gooide hij de deuren van twee kamers open. In allebei zagen ze hoge ramen, een groot bed en dikke verwarmingsbuizen. Elke kamer was zo groot als de hele gondel van de Jenny Haniver.

'Ik vind ze prachtig,' zei Tom dankbaar. 'Maar we hoeven er maar één.'

'Geen denken aan,' zei Zaagbek, die in de eerste kamer al druk bezig was om de verwarmingsknoppen bij te stellen. 'Het zou ongehoord zijn dat twee ongetrouwde leden van verschillend geslacht in het Winterpaleis een kamer delen. Dan zijn vormen van knuffelen niet uitgesloten. Volstrekt ondenkbaar.' Hij werd even afgeleid door een geratel in een van de leidingen en wendde zich toen met een lepe knipoog weer tot Hester en Tom. 'Er is echter ook een verbindingsdeur tussen deze twee kamers, en als iemand die besluit te gebruiken, komt niemand dat te weten...'

Maar sommigen wisten vrij nauwkeurig wat er in Anchorage plaatsvond. Die waarnemers staarden in de blauwe duisternis naar hun schermen en zagen een korrelig, fisheye-beeld van Tom en Hester die de dwerg naar de tweede kamer volgden.

'Wat is ze lelijk!'

'Ze kijkt ook niet erg blij.'

'Zou jij dat doen als je zo'n gezicht had?'

'Nee, daar gaat het niet om. Ze is jaloers. Zag je Freya niet naar haar vriendje kijken?'

'Wat een saai stelletje. Laten we doorschakelen.'

Het beeld versprong naar andere scènes: de Aakiuqs in hun woonkamer, de eenzame Duifkruid in zijn huis, het gestage en geduldige werk op het machinedek en het landbouwareaal...

'Moeten we geen bericht naar de Aakiuqs sturen?' vroeg Tom terwijl Zaagbek de verwarming in de tweede kamer afstelde en aanstalten maakte om weg te gaan. 'Ze verwachten ons misschien terug.'

'Dat is al gebeurd, meneer,' zei Zaagbek. 'U bent nu de gast van het Huis Rasmussen.'

'Dat zal meneer Duifkruid niet erg prettig vinden,' zei Hester. 'Hij schijnt weinig met ons op te hebben.'

'De heer Duifkruid is een pessimistisch mens,' zei Zaagbek. 'Daar kan hij niets aan doen. Hij is weduwnaar en zijn zoon Axel stierf tijdens de plaag. Hij heeft zijn verlies moeilijk kunnen verkroppen. Maar hij kan niet verhinderen dat de markgravin u haar gastvrijheid aanbiedt. U bent in het Winterpaleis allebei bijzonder welkom. Als u iets nodig hebt, schel dan gewoon een bediende... eh... mij natuurlijk. We eten vanavond om zeven uur, maar als u iets eerder naar beneden wilt komen, wenst de markgravin u haar Wunderkammer te laten zien.'

Haar wat? dacht Hester, maar ze had in Toms aanwezigheid al veel te vaak dom en onwetend geleken en hield dus haar mond. Zodra Zaagbek weg was, maakten ze de verbindingsdeur open en gingen ze op Toms bed zitten om al wippend de vering te beproeven.

'Amerika! Stel je voor!' zei Tom. 'Wat is die Freya Rasmussen dapper. Er zijn nauwelijks steden die zich ten westen van Groenland wagen, en geen enkele stad heeft ooit geprobeerd om het Dode Continent te bereiken.'

Hester zei zuur: 'Nee. Juist omdat het dóód is. Ik zou geen hele stad in de waagschaal stellen op gezag van Poleis boeken.'

'Professor Polei weet waar hij het over heeft,' zei Tom loyaal. 'Bovendien is hij niet de enige met verhalen over groene plekken in Amerika.'

'Je bedoelt zeker die oude vliegenierslegenden.'

'Ja, inderdaad. En de kaart van Snøri Ulvaeusson.'

'Is dat de kaart waarover je me verteld hebt, en die zo prettig verdween voordat iemand hem kon controleren?'

'Bedoel je dat de professor liegt?' vroeg Tom.

Hester schudde haar hoofd. Ze wist niet goed wat ze eigenlijk bedoelde maar vond Poleis verhaal over maagdelijke bossen en nobele wilden moeilijk te geloven. Maar wie was ze eigenlijk dat ze zo aan hem twijfelde? Polei was een beroemde ontdekkingsreiziger die boeken had geschreven, en Hester had zelfs nog nooit een boek gelézen. Tom en Freya geloofden in hem en wisten over zulke dingen veel meer dan zij. Maar het bange mannetje dat huiverde en jammerde bij elke keer dat er een raket in de buurt van de Jenny Haniver kwam, bleef moeilijk te rijmen met de dappere ontdekkingsreiziger die met beren vocht en vriendschap sloot met wilde Amerikanen. 'Morgen zoek ik Aakiuq op om te kijken of hij het werk aan de Jenny kan versnellen,' zei ze.

Tom knikte maar keek haar niet aan. 'Ik vind het hier prettig,' zei hij. 'Ik bedoel: hier in deze stad. Het is er droevig maar ook mooi en doet me aan de betere delen van Londen denken. En Anchorage vreet geen andere steden zoals Londen deed.'

Hester had de indruk dat er tussen hen tweeën een kloof ontstond – een breuk in het ijs die nu nog smal was maar mettertijd waarschijnlijk breder werd. Ze zei: 'Het is gewoon een tractiestad, Tom. Handelaars en roofsteden – allemaal één pot nat. Bovenin heel aardig, maar onderin zie je de slaven en het vuil en het leed en de verloedering. Hoe eerder we weg zijn, hoe beter.'

Zaagbek kwam hen om zes uur halen en bracht hen via lange wenteltrappen naar een ontvangkamer beneden, waar Freya Rasmussen zat te wachten.

De markgravin bleek een poging te hebben gedaan om iets interessants met haar kapsel te doen en die halverwege te hebben opgegeven. Toen ze haar gasten zag, knipperde ze met haar ogen achter haar lange pony. Ze zei: 'Professor Polei is nog onwel, ben ik bang, maar ik weet zeker dat alles in orde komt. De IJsgoden zouden hem nooit hierheen hebben gestuurd om hem alleen maar te laten sterven, denk je niet? Dat zou niet eerlijk zijn. Maar jij als historicus uit Londen hebt ongetwijfeld belangstelling voor mijn Wunderkammer, Tom.'

'Oké, wat is een Wunderkammer?' vroeg Hester, die geen zin meer had om zich door deze verwende tiener te laten negeren.

'Mijn privémuseum,' zei Freya. 'Mijn kabinet vol wonderen.' Ze nieste en wachtte even tot een dienares haar neus kwam afvegen. Maar toen wist ze weer dat al haar dienaressen dood waren, en haalde ze haar neus over haar mouw. 'Ik ben verzot op geschiedenis, Tom. Al die oude dingen die de mensen opgraven. Doodgewone dingen die ooit door doodgewone mensen gebruikt zijn maar door de tijd iets bijzonders zijn geworden.' Tom knikte gretig, en Freya begon te lachen bij het besef dat ze een verwante ziel had getroffen. 'Toen ik nog klein was, wilde ik helemaal geen markgravin zijn. Ik wilde geschiedkundige worden zoals jij en professor Polei. Daarom heb ik mijn eigen museum gesticht. Ga maar mee.'

Zaagbek ging voorop en de markgravin produceerde een stroom opgewekt gebabbel terwijl ze door nieuwe gangen liepen en een enorme balzaal passeerden waar kroonluchters schuilgingen onder stofhoezen. Uiteindelijk bereikten ze een glazen kruisgang. In het donker buiten brandde licht dat warrelende sneeuw en een bevroren fontein bescheen. Hester, die achter Tom liep, stak haar handen in haar zakken en balde ze tot vuisten. *Ze is niet alleen knap maar heeft ook dezelfde boeken gelezen als hij. Ze weet alles van geschiedenis en denkt nog steeds dat de goden ons eerlijk zullen behandelen,* dacht ze. *Ze is Toms evenbeeld. Daar kan ik toch niet tegenop?*

De tocht eindigde in een ronde hal bij een deur die door twee Sluipers bewaakt werd. Toen Tom hun hoekige gestalten herkende, deinsde hij terug en schreeuwde hij het bijna uit van angst, want precies zo'n oeroude, gepantserde vechtmachine had hem en Hester ooit over het halve Jachtveld achternagezeten. Maar Zaagbek knipte een argonbol aan, en toen zag hij dat deze Sluipers relieken waren: exoskeletten van verroest metaal, uit het ijs gehakt en hier bij wijze van decoratie voor de ingang van Freya Rasmussens Wunderkammer gezet. Hij wierp een blik op Hester om te zien of zij even bang was als hij, maar ze had haar blik afgewend, en voordat hij haar aandacht kon trekken, had Zaagbek de deur opengemaakt en ging de markgravin hen voor naar binnen.

Tom volgde haar met een vreemd gevoel van thuiskomst naar de stoffige en vaag verlichte ruimte. Die ene, grote zaal leek weliswaar meer op een uitdragerij dan op de uitstalling van nette vitrines waaraan hij in Londen gewend was geweest, maar het was net zo goed een schatkamer. Sinds de Oorlog van Zestig Minuten waren in de IJswoestijn minstens twee beschavingen opgekomen en ten onder gegaan, en Freya bezat van allebei belangrijke relieken. Er was ook een maquette van hoe het immobiele Anchorage er misschien ooit had uitgezien, een plank met vazen uit de

Blauwmetaalcultuur en een paar foto's van ijskringen, een geheimzinnig verschijnsel dat op het Hoge IJs soms voorkwam.

Omdat hij als een slaapwandelaar door de collectie zwierf, merkte hij niet dat Hester hem met veel tegenzin volgde. 'Kijk!' riep hij met een verrukte blik achterom. 'Kijk, Hester!'

Hester keek en zag dingen die ze door haar gebrekkige opleiding niet begreep. Ze zag alleen haar eigen akelige gezicht in het glas van de vitrines weerspiegeld. Ze zag Tom van haar wegdrijven. Hij riep enthousiaste dingen over een oud en toegetakeld stenen beeld en leek er zo op zijn plaats dat haar hart bijna brak.

Een van Freya's favoriete schatten hing in een vitrine achter in de zaal. Het was een bijna volmaakt vel van een vliesdun, zilverwit metaal dat tijdens het Amerikaanse Rijk overal op stortplaatsen was gegooid. De Ouden hadden het 'aluminiumfolie' genoemd. Ze kwam naast Tom staan, staarde ernaar en genoot van de weerspiegeling van hun gezichten op het rimpelende oppervlak. 'Die Ouden hadden zo vreselijk veel díngen!'

'Het is inderdaad geweldig,' beaamde Tom fluisterend. Dit ding in de vitrine was zo oud en kostbaar dat het wel heilig leek: aangeraakt door de godin van de geschiedenis. 'Stel je voor: ooit zijn de mensen zo rijk geweest dat ze dingen als dit konden weggooien! Zelfs de allerarmsten leefden toen als burgemeesters.'

Ze liepen naar de volgende vitrine: een collectie van de vreemde, metalen ringen die vaak op Oude vuilstortplaatsen werden aangetroffen. Sommige waren nog voorzien van een druppelvormige hanger met het woord TREKKEN.

'Professor Polei wil niet geloven dat deze dingen zijn weggegooid,' zei Freya. 'Volgens hem waren de locaties die de moderne archeologen een "vuilstort" noemen, in werkelijkheid godsdienstige centra waar de Ouden kostbare voorwerpen aan hun Consumptiegoden offerden. Heb je zijn boek daarover niet gelezen? Dat heet *Vuilnis? Kletskoek!* Ik zal het je lenen...'

'Dank u,' zei Tom.

'Dank u, *Luisterrijke*,' zei Freya corrigerend, maar ze glimlachte er zo lief bij dat hij het moeilijk vond om zich gekwetst te voelen.

Terwijl ze haar hand door het stof op een vitrine haalde, vervolgde ze: 'Wat mijn Wunderkammer natuurlijk eigenlijk nodig heeft, is een curator. Vroeger had ik er een, maar die is bij de plaag omgekomen. Of anders is hij weggelopen – dat weet ik niet meer. Tegenwoordig ligt alles onder het stof en zijn er dingen gestolen, zoals mooie oude juwelen en een paar machines, hoewel ik niet snap wie die zou willen hebben, en ook niet hoe de dieven binnen zijn gekomen. Maar als we eenmaal in Amerika zijn, is het van belang om aan het verleden te denken.' Ze keek hem weer glimlachend aan. 'Je zou hier kunnen blijven, Tom. Wat een heerlijke gedachte dat een echte Londense historicus mijn kleine museum leidt! Je kunt het uitbreiden en openstellen voor het publiek en het gaat het Rasmussen Instituut heten...'

Tom ademde diep in – museumlucht met de muffe geuren van stof, boenwas en mottige dieren. Toen hij nog leerling-historicus was, snakte hij naar ontsnapping en avonturen, maar nu zijn hele leven één groot avontuur was, was de gedachte aan werken in een museum ineens merkwaardig aantrekkelijk. Toen keek hij langs Freya heen en zag hij dat Hester hem gadesloeg: een magere, eenzame gestalte, half verborgen in de schaduwen bij de deur, die met één hand haar oude rode sjaal voor haar gezicht trok. Voor het eerst irriteerde ze hem. Wat zou het prettig zijn als ze wat knapper en vriendelijker was!

'Het spijt me,' zei hij. 'Hester wil hier vast niet blijven. Ze is alleen in de lucht gelukkig.'

Freya keek het andere meisje woedend aan. Als ze mensen een functie aanbood, wezen die haar niet af. Ze was deze knappe jonge geschiedkundige heel aardig gaan vinden en begon zich zelfs af te vragen of de IJsgoden hem soms gestuurd hadden als compensatie voor het feit dat er aan boord van Anchorage geen geschikte jongens meer waren. Maar waarom hadden ze dan in vredesnaam besloten om Hester Shaw met hem mee te sturen? Het meisje was niet alleen lelijk maar zelfs ronduit stuitend en stond tussen Freya en deze aardige jongeman als een demon die een betoverde prins bewaakte.

'Nou ja,' zei ze op een toon alsof een weigering er niet toe deed. 'Het zal Aakiuq wel een paar weken kosten om je schip te herstellen. Je hebt dus ruimschoots de tijd om erover na te denken.' *En ruimschoots de tijd,* dacht ze zwijgend, *om die vreselijke vriendin te lozen.*

11

Rusteloze geesten

om sliep die nacht goed en droomde van musea. Maar Hester, die naast hem lag, deed bijna geen oog dicht. Het bed was zo groot dat ze net zo goed in de andere kamer had kunnen blijven. Ze sliep het liefst dicht tegen Tom aan op de smalle brits van de Jenny Haniver – haar gezicht in zijn haren, haar knieën in de holtes van de zijne... en twee lichamen die in elkaar pasten als stukjes van een legpuzzel. Op dit grote, weke matras rolde hij zachtjes bij haar vandaan en liet hij haar in een bezwete wirwar van lakens alleen. Het was bovendien te warm in de kamer; de droge, hete lucht deed pijn aan haar voorhoofdsholtes, en uit de buizen aan het plafond klonk een metalig geratel en een zacht maar angstaanjagend geluid alsof er ratten doorheen liepen.

Uiteindelijk trok ze haar jas en laarzen aan en liep ze het paleis uit door de verdovende kou van de straten om drie uur 's nachts. Een wenteltrap bracht haar via een warmteslot naar het machinedek, waar een gestaag dreunend lawaai heerste en enorme stookovens en brandstoftanks zich tussen de steunberen als woekerende zwammen verdrongen. Op weg naar de achtersteven dacht ze: ik wil wel eens zien hoe ons Sneeuwkoninginnetje haar arbeiders behandelt. Ze verheugde zich erop om Tom zo hevig te laten schrikken dat zijn warme gevoelens voor deze stad in rook opgingen. Wat zou het heerlijk zijn om zijn ontbijt te verpesten met een verslag over de toestand op het benedenniveau!

Ze nam een ijzeren voetbrug waar links en rechts van haar reusachtige, krakende tandraderen zoemend ronddraaiden als in de ingewanden van een reuzenklok. Ze volgde een enorme, gelede buis naar een diep subniveau waar zuigerstangen rezen en daalden, aangedreven door een stel in elkaar geflanste Oudtechmotoren van een soort die ze nog nooit gezien had: gepantserde bollen die kwelend en neuriënd violet licht uitstootten. Mannen en vrouwen met gereedschapskisten liepen doelgericht rond of bestuurden grote, veelarmige werkmachines, maar nergens zag Hester de ploegen geketende slaven of arrogant paraderende opzichters die ze verwacht had. Freya Rasmussens slappe gezicht staarde vanaf posters aan de steunbalken omlaag, en de arbeiders bogen hun hoofd respectvol als ze haar afbeelding passeerden.

Tom heeft misschien gelijk, dacht Hester terwijl ze ongezien langs de randen van de motorkuil sloop. Anchorage was misschien inderdaad zo beschaafd en vreedzaam als het leek. Hij kon hier misschien wel gelukkig zijn. Als de stad dan ook nog haar tocht naar Amerika overleefde, dan kon hij als Freya Rasmussens curator aan boord blijven en de wilde stammen vertellen over de wereld die hun verre voorouders tot stand hadden gebracht. De *Jenny* was dan het privéjacht waarmee hij de spookachtige woestijn op zijn vrije dagen uitkamde op Oudtech...

Maar daarbij kan hij jou missen als kiespijn, zei een verbitterd stemmetje in haar hoofd. *En wat ga jij zonder hem doen?*

Ze probeerde zich een leven zonder Tom voor te stellen maar kon het niet. Ze had altijd geweten dat het niet eeuwig zou duren, maar nu het eind in zicht was, wilde ze roepen: *Nog niet! Ik wil meer! Gewoon nog één jaar gelukkig leven. Of hoogstens twee...*

Ze veegde de tranen weg die haar blikveld bleven vertroebelen, en liep haastig naar het achterdek. Ergens voorbij de reusachtige installatie voor het hergebruik van de stadswarmte voelde ze koude, open lucht. De cadans van de vreemde motoren achter haar stierf weg en werd vervangen door een gestaag, snerpend gesis dat aanzwol naarmate ze dichter bij de achtersteven kwam. Een paar minuten later bereikte ze een overdekt looppad dat over de hele breedte van de stad liep. Er stond een veiligheidsscherm bestaand uit panelen van stalen roosters, en aan de andere kant glinsterde het noorderlicht in de onverstoorbaar voortdenderende massa van het enorme achterwiel van de stad.

Hester stak het pad over, legde haar gezicht tegen het koude rooster en keek erdoorheen. Het wiel was spiegelglad gepolijst, en in de stortvloed van weerkaatsingen zag ze de metalen sporen die haar op hun weg omlaag eindeloos passeerden, in het ijs beten en Anchorage voortstuwden. Het veroorzaakte een koud regentje van smeltwater, en brokjes opgeworpen ijs vlogen rinkelend en ratelend tegen het scherm. Maar er waren ook heel grote brokken bij. Op een paar voet van Hester was een deel van het scherm losgeslagen. Steeds als dat door een ijsblok geraakt werd, zwaaide het naar binnen en werd het pad door kleinere ijssplinters bestookt.

Wat zou het makkelijk zijn om zich door dat gat te werken! Ze zou dan heel eventjes vallen. Daarna rolde het wiel over haar heen. Wat overbleef, was een snel vergeten rode veeg op het ijs. Zou dat niet beter zijn dan moeten toekijken hoe Tom bij haar wegdreef? Kon ze niet beter dood zijn dan opnieuw eenzaam?

Ze stak haar hand uit naar het klapperende uiteinde van het rooster, maar ineens greep een hand haar arm en riep een stem in haar oor: 'Axel?'

Hester draaide zich bliksemsnel om en tastte naar haar mes. Achter haar stond Søren Duifkruid. Toen ze hem aankeek, blonken zijn ogen van hoop en ongeplengde tranen, maar zijn ongelukkige blik kwam terug zodra hij haar herkende. 'Juffer Shaw,' zei hij nors. 'Ik hield u in het donker voor...'

Hester zette een stap naar achteren en verborg haar gezicht. Ze vroeg zich af hoe lang hij haar had gadegeslagen. 'Wat doet u hier? Wat wilt u?' vroeg ze.

Duifkruid werd boos van verlegenheid. 'Ik kan u hetzelfde vragen, vliegenierster! U bent hier om mijn motordek te bespioneren, nietwaar? U zult het wel allemaal goed bekeken hebben.'

'Ik heb geen belangstelling voor uw motoren,' zei Hester.

'O nee?' Duifkruid stak zijn hand weer uit en greep haar pols. 'Dat vind ik moeilijk te geloven. De Duifkruid-bollen worden al twintig generaties lang door mijn familie vervolmaakt. Het is een van de efficiëntste aandrijvingssystemen ter wereld geworden. Ik wil wedden dat je maar wat graag naar Arkangel of Ragnaroll gaat om te vertellen welke rijkdommen ze zullen vinden als ze ons opvreten.'

'Praat niet zo stom,' snauwde Hester. 'Geld van een roofstad zou ik nooit aannemen!' Er kwam ineens een gedachte boven, hard en koud als de ijssplinters die tegen het rooster achter haar sloegen. 'Maar wie is Axel eigenlijk? Was dat niet uw zoon? De jongen over wie Zaagbek het had? Die dood is? Dacht u dat ik zijn geest was of zoiets?'

Duifkruid liet haar arm los. Zijn woede zakte snel weg als een vuur dat geblust werd. Zijn blik schoot naar het aandrijfwiel en toen naar de lichtjes aan de hemel. Hij keek alle kanten op, maar zijn blik meed Hester. 'Zijn geest loopt hier ergens,' mompelde hij.

Hester uitte een onaangenaam lachje maar zweeg toen. De oude man meende wat hij zei. Hij keek haar even aan en wendde zijn blik weer af. In het flakkerende, onzekere licht stond zijn gezicht ineens vriendelijk. 'De Sneeuwgekken geloven dat de zielen van de doden het noorderlicht bewonen, juffer Shaw. Ze zeggen dat ze over het Hoge IJs komen lopen als het noorderlicht op zijn felst is.'

Hester zweeg. Ze kromde alleen haar schouders uit onbehagen over al die waanzin en al dat leed. Toen zei ze onhandig: 'Uit het Zonloze Land keert niemand terug, meneer Duifkruid.'

'Maar dat doen ze wel degelijk.' Duifkruid knikte er heel ernstig bij. 'Sinds het begin van onze tocht naar Amerika hebben we dingen waargenomen. Bewegingen. Uit afgesloten kamers verdwijnen dingen. Mensen horen voetstappen en stemmen in delen van het dek die sinds de plaag zijn afgesloten en verlaten.

Daarom kom ik hier beneden als het werk het toestaat en het noorderlicht fel schijnt. Ik heb nu tweemaal een glimp van hem opgevangen: hij is een blonde jongen die vanuit de schaduwen naar me kijkt en verdwijnt zodra ik hem zie. In deze stad wonen geen blonde jongens meer. Daarom weet ik dat het Axel is.'

Hij staarde nog even naar de lichtgevende hemel, draaide zich toen om en liep weg. Hester keek hem na tot zijn lange gestalte om de hoek aan de andere kant van de zuilengalerij verdween. En intussen vroeg ze zich van alles af. Geloofde hij echt dat deze stad Amerika kon bereiken? Kon hem dat iets schelen? Of liet hij de markgravin haar geschifte plannen smeden in de hoop dat de geest van zijn zoon hem op het Hoge IJs opwachtte?

Ze huiverde. Nu pas drong tot haar door hoe koud het bij de achtersteven was. Duifkruid was weg, maar ze hield het gevoel dat ze bekeken werd. Haar nekhaartjes begonnen te kriebelen. Ze wierp een blik achterom, en daar – aan het begin van een steegje – zag ze de bleke vlek van een gezicht, of dacht ze dat te zien. Hoe dan ook, het verdween snel in het donker en liet alleen het nabeeld van een lichtblond hoofd achter.

Uit het Zonloze Land keert niemand terug. Hester wist het, maar elk spookverhaal dat ze ooit gehoord had, werd evengoed nu gewekt en roerde zich in haar gedachten. Ze draaide zich om en rende holderdebolder door de ineens dreigende schaduwen naar drukkere straten.

Achter haar, in de wirwar van buizen en leidingen boven in de galerij, rinkelde even iets metaligs, dat toen weer zweeg.

12

Ongenode gasten

Meneer Duifkruid had zowel gelijk als ongelijk over de geesten. Zijn stad werd inderdaad bezocht, maar niet door dode zielen.

De bezoeking was bijna een maand eerder begonnen, en niet in Anchorage maar in Grimsby, een werkelijk heel vreemde en geheime stad. Het begon allemaal met een zacht geluidje: een holle klik, alsof een nagel één keer tegen de strakke huid van een kinderballon tikte. Daarna zuchtende ruis en het gekraak van een microfoon die werd opgepakt. Even later begon het oor aan Helms plafond tegen hem te praten.

'Opstaan, jongen. Wakker worden. Ik ben Oom. Ik heb werk voor je, Helm. Inderdaad.'

Helm, die door een laag dromendrijfhout bovenkwam, besefte geschrokken dat de stem geen grap was. Hij rolde van zijn brits en stond slaapdronken op. Zijn kamer was weinig groter dan een kast, en afgezien van zijn plankbrede brits en een paar spectaculaire vochtvlekken bevatte de ruimte maar één ding: een wirwar van draden midden aan het plafond, waar een camera en een microfoon broederlijk naast elkaar hingen. De jongens noemden die de 'Oren en Ogen van Oom'. Geen woord over Ooms mond. En toch praatte de man tegen hem.

'Wakker, knul?'

'Ja, Oom,' zei Helm, die zijn best deed om niet te slaperig te klinken. De vorige dag had hij hard gewerkt in de Roverij. Hij had er een stel jongere jongens proberen te pakken die rondkropen door het gangen- en trappenlabyrint dat Oom gebouwd had om hen op te leiden in de kunst van de subtiele, onzichtbare diefstal. Hij was doodmoe naar bed gegaan en had kennelijk uren geslapen. Toch had hij het gevoel dat het licht nog maar een paar minuten uit was. Zijn hoofd kwam met een ruk omhoog, en hij probeerde het slaperige gevoel uit zijn hoofd te krijgen. 'Ik ben wakker, Oom.'

'Goed.'

De camera gleed omlaag naar Helm: een lange, glanzende slang van metalen segmenten die hem met zijn ene, strak starende blik hypnotiseerde. Hij wist dat zijn gezicht in Ooms vertrekken, hoog in het oude stadhuis, op een surveillancescherm werd scherpgesteld. Impulsief pakte hij de sprei van het bed om zijn naakte lichaam te verbergen. 'Wat wilt u van me, Oom?' vroeg hij.

'Ik heb een stad voor je,' antwoordde de stem. 'Anchorage. Leuk ijsstadje maar op zijn retour. Rijdt naar het noorden. Jij neemt de klis Schroefworm en berooft het.'

Helm probeerde een verstandige reactie te bedenken – slechts gekleed in een doorgestikte sprei terwijl de camera hem strak aanstaarde.

'Nou?' snauwde Oom. 'Wil je die klus niet, jongen? Vind je jezelf niet goed genoeg om een klis te besturen?'

'Natuurlijk wel! Ja zeker,' riep Helm gretig. 'Ik dacht alleen... ik dacht dat de Schroefworm Lipvis' schip was. Moet hij niet gaan? Of een van de andere jongens?'

'Trek mijn bevelen niet in twijfel, jongen. Oom weet wat het beste is. Ik stuur Lipvis namelijk op een andere missie naar het zuiden, en daarom komen we mensen tekort. Normaal gesproken zou ik geen jonge jongen de leiding van een roofschip geven, maar volgens mij ben je er klaar voor en Anchorage is een te mooie buit om te laten lopen.'

'Ja, Oom.' Helm had horen praten over die geheimzinnige opdracht in het zuiden, waaraan steeds meer oudere jongens en betere klissen deelnamen. Het gerucht ging dat Oom de meest gewaagde roof van zijn hele carrière van plan was, maar niemand wist wat die inhield. Dat liet Helm overigens koud, zeker als Lipvis' afwezigheid betekende dat hij een eigen klis onder zijn bevel kreeg!

Helm was veertien en was bij een dozijn missies lid van een klisbemanning geweest, maar hij had gedacht dat hij nog minstens twee seizoenen moest wachten totdat hij zijn eigen bevel kreeg aangeboden. Kliscommandanten waren meestal oudere jongens, die met veel glamour omgeven waren en op de bovenverdiepingen een eigen huis hadden – niet te vergelijken met de hokjes waar Helm altijd gewoond had, hier op de vochtige niveaus boven de Roverij, waar rond de roestende klinknagels zout water naar binnen sijpelde en strakgespannen metaal de nachten met sombere muziek vulde. Het was bekend dat hele kamers onverwacht implodeerden, waarbij alle inzittende jongens omkwamen. Als hij van deze missie een succes maakte en spullen mee terug bracht die Oom mooi vond, zou hij deze sjofele onderkomens voorgoed vaarwel kunnen zeggen!

Oom zei: 'Je neemt Prikker mee en ook die nieuweling Gorgel.'

'Gorgel!' riep Helm, die te laat probeerde om niet ongelovig te klinken. Gorgel was het sulletje van de hele jaargroep: zenuwachtig, onhandig en met een persoonlijkheid die oudere jongens tot treitergedrag aanzette. Hij was nooit verder gekomen dan niveau twee van de Roverij zonder gesnapt te worden. Meestal was Helm degene die hem snapte en snel naar buiten trok voordat hij het slachtoffer werd van andere opleiders, zoals Prikker, die niets liever deed dan mislukte leerlingen slaan. Helm wist allang niet meer hoe vaak hij de bleke, snotterende jongen naar de slaapzaal van de nieuwelingen had moeten brengen. En nu verwachtte Oom van hem dat hij dat arme joch meenam op een echte missie!

'Gorgel is een beetje traag maar ook slim,' zei Oom. (Oom wist altijd wat je dacht, zelfs als je niets zei.) 'Hij is goed met machines. Goed met camera's. Ik heb hem in de archieven aan het werk gezet en overweeg hem permanent naar boven te halen, maar eerst wil ik dat je hem meeneemt en hem laat zien wat het leven van een Straatjongen inhoudt. Ik vraag dat aan jou omdat je geduldiger bent dan Lipvis en Schildpad en de rest.'

'Ja, Oom,' zei Helm. 'U weet alles het beste.'

'Daar zeg je een waar woord, knul. Zodra de dagploeg begint, ga je aan boord van de Schroefworm. Breng een paar mooie dingen voor me mee, Helm. En verhalen. Ik krijg nooit genoeg van verhalen.'

'Ja, Oom.'

'En Helm...'

'Ja, Oom?'

'Laat je niet pakken.'

Een maand later en op honderden mijlen afstand van Grimsby zat Helm ademloos op zijn hurken te wachten tot het geroffel van Hesters rennende voeten was weggestorven. Wat bezielde hem eigenlijk? Sinds zijn aankomst hier nam hij voortdurend zulke risico's. Een goede inbreker liet zich nooit zien, maar Helm wist bijna zeker dat de jonge vliegenierster hem had opgemerkt, en wat Duifkruid betrof... Hij huiverde bij de gedachte aan wat er zou gebeuren als Oom hiervan hoorde.

Toen hij zeker wist dat hij weer alleen was, glipte hij uit zijn schuilplaats en liep hij snel en bijna onhoorbaar via een geheime weg naar de Schroefworm, die in de oliedonkere schaduwen van de onderbuik hing, niet ver van het aandrijfwiel van de stad. De klis was roestig en bouwvallig, maar Helm was er trots op. En hij was ook trots op het feit dat het ruim steeds voller raakte met dingen die hij en zijn bemanning uit de verlaten werkplaatsen en villa's in de stad boven gepikt hadden. Hij zette zijn nieuwste zak met buit bij de rest en gleed tussen de hoog opgetaste balen en pakketten naar het voorste compartiment. Daar, bij het zachte gezoem van de machines en het gestage, blauwe geflakker van de schermen, zat de rest van de uit drie jongens bestaande Schroefworm-bemanning op hem te wachten. Ze hadden natuurlijk alles gezien. Terwijl Helm geruisloos over het machinedek achter Hester aan was gelopen, hadden zij haar met hun geheime camera's gevolgd, en ze grinnikten nog na over haar gesprek met de hoofdmachinist.

'Wauw! Lollig!' zei Prikker grijnzend.

'Helm, Helm,' riep Gorgel vrolijk. 'Die ouwe Duifkruid denkt dat je een geest bent! Z'n dooie zoon kwam effe gedag zeggen!'

'Dat weet ik. Ik heb het gehoord,' zei Helm. Hij werkte zich langs Prikker heen en ging op een van de krakende leren stoelen zitten. Na de frisse kou van de stad boven ergerde de overvolle en bedompte Schroefworm hem ineens. Hij wierp een blik op de anderen, die hem nog steeds met een domme grijns aankeken en verwachtten dat hij aan hun bespotting van Duifkruid meedeed. Ook zij leken ineens kleiner en minder vitaal vergeleken met de mensen die hij daarnet had gadegeslagen.

Prikker was even oud als Helm maar groter, sterker en zelfverzekerder. Helm vond het soms vreemd dat Oom niet Prikker de leiding over de missie had gegeven, en vanwege de scherpte die soms in Prikkers grappen doorklonk, vermoedde hij dat Prikker hetzelfde dacht. Gorgel was pas tien. Zijn ogen stonden altijd wijd open en straalden van trots over zijn eerste inbraakmissie; hij voelde de spanning tussen de twee anderen kennelijk niet. Hij was net zo onhandig en nutteloos gebleken als Helm gevreesd had: een waardeloze inbreker die verstijfde van angst als er een Droogkloot in zijn buurt kwam. Van de meeste expedities in de stad kwam hij met trillende handen en een kletsnatte broek terug. Prikker, die andermans zwakheden altijd meedogenloos uitbuitte, zou hem zonder genade bespot en gekoeioneerd hebben, maar Helm weerhield hem daarvan. Hij herinnerde zich nog zijn eerste opdracht met een stel onvriendelijke oudere jongens in een klis onder Zeestadt Gdansk. Elke inbreker begon onderop.

Prikker grijnsde nog steeds. 'Je wordt onvoorzichtig, Helm! Je vertoont je! Mazzel dat die ouwe vent gek is. Een geest, hè? Een spook, hè? Wacht maar tot we thuis zijn en ik het aan de anderen vertel! Helm de Grafgeest! Woeoeoeoe!'

'Het is niet lollig, Prik,' zei Helm. De dingen die meneer Duifkruid gezegd had, wekten een vreemde spanning in hem maar hij wist niet waarom. Hij bekeek zijn spiegelbeeld in het cabineraam maar zag weinig gelijkenis met de portretten van Axel die hij gezien had toen hij Duifkruids kantoor doorzocht. De lange, knappe, blauwogige zoon van Duifkruid was veel ouder geweest dan hij. Helm had de bouw van een inbreker, was mager als een lat en had zwarte ogen. Maar ze hadden hetzelfde woeste, lichtblonde haar. En een oude man met een gebroken hart, die in het donker of de mist ineens een blond hoofd zag, liet zich natuurlijk makkelijk misleiden.

Hij besefte geschrokken dat Prikker al een tijdje tegen hem aan het praten was. '... en je weet wat Oom zegt. De eerste wet van een inbreker: laat je niet pakken.'

'Ik laat me dan ook niet pakken, Prik. Ik kijk wel uit.'

'Maar waarom ben je dan gezien?'

'Iedereen heeft wel eens pech. Het vorige seizoen moest Grote Mus van de Braakhaak een Droogkloot neersteken die hem op de onderdekken van Arkangel had gezien.'

'Dat is iets anders. Jij zit te vaak naar de Droogkloten te koekeloeren. Da's best als je dat op 't scherm doet, maar jij hangt daar boven rond en bekijkt ze in 't echt.'

'Ja, dat klopt,' beaamde Gorgel, die graag in de smaak viel. 'Ik heb hem gezien.'

'Hou je kop,' zei Prikker, die de kleinere jongen afwezig een trap gaf.

'Ik vind ze interessant,' zei Helm.

''t Zijn Droogkloten!' zei Prikker ongeduldig. 'Je weet wat Oom over de Droogkloten zegt. Die zijn net vee. Hun hersens gaan trager dan de onze. Daarom is 't oké dat wij hun spullen jatten.'

'Dat weet ik,' zei Helm. Net als bij Prikker was hem dit met de paplepel ingegoten toen hij in de Roverij nog maar een groentje was. 'Wij zijn de Straatjongens, de beste inbrekers ter wereld. Alles wat niet nagelvast zit, is van ons.' Maar hij wist dat Prikker gelijk had. Hij had soms het gevoel dat hij helemaal niet voor Straatjongen in de wieg was gelegd. Hij sloeg de mensen liever gade dan dat hij hen beroofde.

Hij kwam lenig uit zijn stoel en pakte het laatste rapport van de plank boven de camerabediening: dertien vellen van Freya Rasmussens beste officiële schrijfpapier, bedekt met zijn grote, grove hanenpoten. Hij zwaaide ermee naar Prikker voordat hij naar het achterschip liep. 'Dit stuur ik naar de basis. Oom wordt kwaad als hij niet elke week een nieuw verslag krijgt.'

'Maar hij wordt nog veel kwaaier als jij zorgt dat we gepakt worden,' mopperde Prikker.

Het vissenvak van de Schroefworm lag onder de slaaphut van de jongens en had dezelfde geur van verschaald zweet en ongewassen sokken gekregen. Er waren rekken voor tien postvissen, maar drie daarvan waren al leeg. Helm voelde een opwelling van spijt toen hij nummer vier ging klaarmaken voor lancering. Over nog maar zes weken zou de laatste vis weg zijn. Dan werd het voor de Schroefworm tijd om zich los te koppelen van Anchorage en de terugweg te aanvaarden. Hij zou Freya en haar onderdanen missen. Maar dat was toch stom? Het waren gewoon maar stomme Droogkloten. Alleen maar beelden op een scherm.

De postvis zag eruit als een slanke, zilveren torpedo, en als het dier rechtop had gestaan, zou het langer zijn geweest dan Helm. Zoals altijd controleerde hij met iets van ontzag de brandstoftank van de vis en deponeerde hij het opgerolde rapport in het waterdichte compartiment bij de neus. Overal in het noorden stuurden kliscommandanten net als hij vissen naar Oom, want Oom moest weten wat er overal gebeurde. Dan kon hij nog gewaagdere inbraken voorbereiden. Daardoor groeide Helms schuldgevoel over zijn sympathie voor de Droogkloten. Het was een geweldig geluk om een Straatjongen te zijn, een geweldig geluk om voor Oom te werken. Oom wist alles het beste.

De postvis gleed een paar minuten later uit de buik van de Schroefworm en liet zich onzichtbaar vanuit de schaduwen aan de onderkant van Anchorage op het ijs zakken. Terwijl de stad doorreed naar het noorden, boorde de vis zich geduldig een weg door het ijs – steeds dieper en dieper totdat hij ten slotte in het zwarte water onder de ijskap lag. Zijn Oudtech-computerbrein tikte en gromde. Echt slim was het ding niet, maar het wist de weg naar huis. Het stak stompe vinnen en een propeller uit en koos meteen zoemend een koers naar het zuiden.

13

Het Stuurhuis

Hester vertelde Tom niets over haar vreemde ontmoeting. Ze wilde niet dat hij haar een dommerdje vond dat over geesten kletste. De gestalte die haar vanuit de schaduwen geobserveerd had, was gezichtsbedrog geweest, en meneer Duifkruid was gewoon gek. De hele stad was trouwens gek als ze geloofden in Freya en Polei en hun beloften van een nieuw, groen jachtveld voorbij het ijs, maar Tom was niet minder verknipt. Het had geen zin om er ruzie over te maken of pogingen te doen om hem zijn verstand terug te geven. Ze kon zich beter concentreren op een manier om hem veilig weg te krijgen.

Dagen en weken gingen voorbij. Anchorage gleed naar het noorden over brede vlakten van zee-ijs en scheerde langs het bergachtige Groenlandschild. Hester begon een groot deel van haar tijd in de luchthaven door te brengen en sloeg meneer Aakiuq gade terwijl hij aan de Jenny Haniver werkte. Ze kon hem nauwelijks helpen omdat ze geen monteur was, maar ze gaf hem wel gereedschap aan, haalde dingen uit de werkplaats, schonk koppen gloeiend hete donkerpaarse cacao uit zijn oude thermosfles en had het gevoel dat ze alleen al door haar aanwezigheid het moment bespoedigde waarop de Jenny klaar was om haar weg te halen uit deze behekste stad.

Tom voegde zich soms bij haar in de hangar maar hij bleef meestal weg. 'Meneer Aakiuq wil niet dat we daar allebei rondhangen,' zei hij tegen Hester. 'We lopen alleen maar in de weg.'

Maar ze kenden allebei de echte reden: hij genoot te veel van zijn nieuwe leven in Anchorage. Pas nu besefte hij hoezeer hij het leven aan boord van een rijdende stad gemist had. Dat kwam door de motoren, maakte hij zich wijs: het zwakke, behaaglijke getril waardoor de gebouwen leken te leven, het gevoel dat je ergens naartoe ging en elke ochtend bij het wakker worden een ander uitzicht uit je slaapkamerraam had.

Maar misschien – hij gaf het niet graag toe – had het ook wel iets met Freya te maken. Hij trof haar vaak in de Wunderkammer of de paleisbibliotheek, en dat waren nogal formele gesprekken, altijd in aanwezigheid van Zaagbek of juffer Pye, maar Tom had het gevoel dat hij de markgravin steeds beter leerde kennen. Ze intrigeerde hem. Ze was heel anders dan Hester en leek veel op de meisjes over wie hij als eenzame leerling in Londen gedagdroomd had: knap en wereldwijs. Het was waar dat ze ook enigszins snobistisch praatte en bezeten was van rituelen en etiquette, maar dat vond hij te begrijpen als je bedacht hoe ze was opgegroeid en wat ze had meegemaakt. Hij vond haar steeds aardiger.

Professor Polei was helemaal hersteld en naar de officiële residentie van de hoofdnavigator verhuisd. Zijn woning lag in een hoge, bijlvormige toren die het Stuurhuis heette en op het terrein van het Winterpaleis bij de tempel stond. Op de bovenste verdieping bevond zich de panoramabrug van de stad, maar daaronder lag een luxe appartement waar Polei zich met veel vertoon van tevredenheid vestigde. Hij had altijd al een hoge dunk van zichzelf gehad, en het was prettig om aan boord te zijn van een stad waar iedereen het met hem eens was.

Hij had natuurlijk geen idee hoe de feitelijke navigatie van een ijsstad in zijn werk ging en de praktische besturing bleef in handen van Windolene Pye. Zij en Polei vergaderden elke ochtend een uur en bekeken dan de paar vage landkaarten van het westelijke ijs die de stad bezat. De rest van de tijd ontspande hij zich in zijn sauna of luierde hij in zijn salon of kamde hij de verlaten boetieks van de Rasmussen Prospekt en de Ultima Arcade uit op zoek naar dure kleren die bij zijn functie pasten.

'Toen we op Anchorage landden, hadden we echt een mazzeltje, Tom, beste jongen!' zei hij toen Tom hem een keer op een nachtdonkere poolmiddag kwam bezoeken. Hij wapperde met een beringde hand naar zijn enorme zitkamer met zijn fraaie tapijten, ingelijste schilderijen, laaiende vuren in bronzen driepoten en grote ramen. Over de daken heen had hij uitzicht op het voorbijglijdende ijs. Buiten stak een harde wind op die sneeuw door de stad dreef, maar in de vertrekken van de hoofdnavigator heersten rust en warmte.

'Hoe is het overigens met je luchtschip?' vroeg Polei.

'Het gaat langzaam,' zei Tom. In feite was hij al in geen dagen op de luchthaven geweest en wist hij niet hoe het werk aan de Jenny Haniver vorderde. Hij dacht er niet graag veel over na, want als alle reparaties waren uitgevoerd, wilde Hester natuurlijk vertrekken en sleepte ze hem weg uit deze heerlijke stad, bij Freya vandaan. *Maar het is aardig dat de prof belangstelling toont*, dacht hij.

'En hoe zit het met de tocht naar Amerika?' vroeg hij. 'Gaat alles naar wens, professor?'

'Beslist!' riep Polei, die op een sofa ging zitten en zijn doorgestikte gewaden van siliconenzijde herschikte. Hij schonk nog een beker wijn in en bood er ook Tom een aan. 'Er liggen een paar uitstekende oogsten in de kelder hier, en het lijkt me verspilling als we niet zo veel mogelijk soldaat maken voordat... eh...'

'U moet de beste bewaren voor uw heildronk bij uw aankomst in Amerika,' zei Tom, plaatsnemend op een stoeltje bij de voeten van de grote man. 'Hebt u de koers al bepaald?'

'Eh... ja en nee,' zei Polei luchthartig, terwijl hij een gebaar maakte met zijn beker en daarbij wijn morste op de bonten kleedjes van de sofa. 'Ja en nee, Tom. Eenmaal ten westen van Groenland is de rest een fluitje van een cent. Windolene en Duifkruid waren iets heel ingewikkelds van plan en wilden zich tussen een heleboel eilanden door werken die misschien niet eens meer bestaan, om daarna door te rijden naar de Amerikaanse westkust. Ik heb hun gelukkig een veel makkelijker route kunnen wijzen.' Hij wees naar een landkaart aan de muur. 'We sjezen over Baffin Island naar de Hudsonbaai. Daar heb je goed, dik, stevig zee-ijs dat tot in het hart van Noord-Amerika doorloopt. Die weg heb ik tijdens mijn thuisreis genomen. Daar zoeven we overheen, hijsen het aandrijfwiel op en rijden gewoon op onze rupsbanden het groene land in. Geen centje pijn.'

'Ik wou dat ik met u mee kon,' zei Tom zuchtend.

'Nee, nee, beste jongen!' zei de ontdekkingsreiziger scherp. 'Jouw plaats is op de Vogelroutes. Zodra het schip van jou en je eh... aanminnige reisgenoot weer op orde is, moeten jullie het luchtruim in. Ik hoor overigens dat Hare Lijvigheid de markgravin je een paar van mijn boeken heeft geleend.'

Tom bloosde bij deze verwijzing naar Freya.

'En, wat vind je ervan?' vervolgde Polei terwijl hij zich nog wat wijn inschonk. 'Goeie lectuur, hè?'

Tom wist niet goed wat hij zeggen moest. Poleis boeken waren inderdaad opwindend, maar er was één probleem: een deel van het verhaal van deze alternatieve historicus was een tikje té alternatief naar Toms, in Londen geschoolde smaak. In *Mooi Amerika* beweerde hij de steunbalken van oeroude wolkenkrabbers uit het stof van het Dode Continent te hebben zien steken – maar geen enkele andere ontdekkingsreiziger had ooit zoiets beschreven, en de balken moesten al talloze eeuwen geleden door wind en roest verteerd zijn. Had Polei gehallucineerd toen hij ze zag? En in *Vuilnis? Kletskoek!* had hij beweerd dat de kleine speelgoedtreintjes en grondwagens die soms op Oude vindplaatsen werden aangetroffen, helemaal geen speelgoed waren geweest. Hij schreef: 'Deze apparaatjes werden zonder enige twijfel bestuurd door piepkleine mensjes, die genetisch gemanipuleerd waren door de Ouden om redenen die alleen zijzelf kennen.'

Tom betwijfelde niet dat Polei een groot ontdekkingsreiziger was, maar had ook de indruk dat zijn verbeeldingskracht met hem op de loop ging zodra hij achter een schrijfmachine ging zitten.

'En, Tom?' vroeg Polei. 'Kom er gerust mee voor de draad. Een goede schrijver heeft nooit bezwaar tegen neerbouwende crustiek. Ik bedoel natuurlijk afbouwend cretinisme...'

'O, professor Polei!' blèrde de stem van Windolene Pye uit een koperen praatbuis aan de muur. 'Kom snel! De uitkijkposten melden iets op het ijs voor ons uit!'

Tom voelde zich verkillen bij de gedachte aan een roofstad die voor hen op de loer lag, maar Polei haalde alleen zijn schouders op. 'Wat denkt die stomme koe dat ik eraan kan doen?' vroeg hij.

'Nou ja, u bént de hoofdnavigator, professor,' hielp Tom hem herinneren. 'Op een moment als dit dient u misschien op de brug te zijn.'

'*Ere*-hoofdnavigator, Tim,' zei Polei, en Tom begreep dat hij dronken was. Hij hielp de aangeschoten ontdekkingsreiziger geduldig overeind en bracht hem naar een kleine privélift, die hen snel naar de bovenste verdieping van het Stuurhuis bracht. Daar stapten ze uit in de glazen kamer waar juffer Pye nerveus naast de telegraafverbinding met het machinedek stond terwijl haar kleine staf landkaarten uitspreidde op de kaartentafel. Een stevig gebouwde roerganger stond bij het reusachtige stuurwiel van de stad op instructies te wachten.

Polei liet zich op de eerste stoel vallen die ze tegenkwamen, maar Tom haastte zich naar de glazen wand en wachtte tot de ruitenwisser eroverheen was gegleden zodat hij een glimp van het landschap verderop kon opvangen. Dikke sneeuwvlagen joegen door de stad en onttrokken alles behalve de dichtstbijzijnde gebouwen aan het zicht. 'Ik zie geen...' begon hij. Maar toen ging de storm even liggen en zag hij in het noorden lichtjes glinsteren.

In de leegte verderop was de Roofwijk opgedoken.

14

De Roofwijk

Freya probeerde een gastenlijst voor het diner op te stellen. Dat was lastig, want de lange traditie schreef voor dat alleen burgers van de hoogste rang met de markgravin mochten dineren, en in die tijd was dat alleen nog maar meneer Duifkruid, die bij niemand als goed gezelschap gold. Door de komst van professor Polei was de toestand natuurlijk sterk verbeterd – en het was volstrekt aanvaardbaar dat de hoofdnavigator van de stad bij haar aan tafel zat – maar zelfs zijn fascinerende verhalen begonnen een tikje saai te worden, en hij had de neiging om te veel te drinken.

Terwijl ze daar in haar studeerkamer aan haar bureau zat, durfde ze het niet toe te geven, maar eigenlijk wilde ze Tom uitnodigen. Alleen Tom, in zijn eentje, zodat hij haar in het kaarslicht kon aanstaren en haar kon vertellen hoe mooi ze was. Ze wist zeker dat hij dat wilde. Het probleem was alleen dat hij maar een gewone vliegenier was. En zelfs als ze de traditie negeerde en hem vroeg, zou hij zijn vreselijke vriendin meenemen, en in zo'n avond had ze geen trek.

Ze leunde zuchtend achterover. Vanaf de muren keken portretten van vroegere markgravinnen vriendelijk op haar neer, en ze vroeg zich af wat die in zo'n situatie gedaan zouden hebben. Maar zo'n situatie was er natuurlijk nog nooit geweest. Ze hadden zich altijd aan de oude tradities kunnen houden, en die boden een simpele, onfeilbare richtlijn voor wat wel en niet door de beugel kon. *Dat moet mij weer overkomen,* dacht Freya somber. *De leiding moeten hebben als het lente wordt. Opgezadeld zitten met een berg voorschriften en tradities die eigenlijk al niet meer gelden.*

Maar ze wist één ding: als ze het pantser van de traditie aflegde, kwam ze voor tal van nieuwe problemen te staan. De mensen die na de plaag aan boord van de stad waren gebleven, hadden dat gedaan uit eerbied voor de markgravin. Als Freya zich niet meer als markgravin gedroeg, aanvaardden ze haar plannen misschien niet meer.

Ze wijdde zich weer aan haar gastenlijst en had net in de linkeronderhoek een hondje getekend, toen Zaagbek naar binnen rende en weer naar buiten vloog om vervolgens op traditionele wijze driemaal te kloppen.

'Komt u binnen, kamerheer.'

Hij kwam weer binnen – ademloos en met zijn steek achterstevoren op zijn hoofd. 'Mijn verontschuldigingen, Luisterrijke. Slecht nieuws uit het Stuurhuis, Luisterrijke. Roofwijk. Recht voor ons uit.'

Toen ze de brug eenmaal bereikt had, was het zicht tot nul gedaald en zag ze buiten alleen nog dwarrelende sneeuw.

'En?' vroeg ze, terwijl ze uit de lift stapte voordat Zaagbek haar kon aankondigen.

Windolene Pye maakte een korte, geschrokken reverence. 'O, Licht der IJsvelden! Ik weet bijna zeker dat het Vetpens is! Toen de storm losbarstte, kon ik de drie metalen torenblokken achter de kaken heel goed zien. Die heeft hier kennelijk op de loer gelegen in de hoop om walvissteden op de Groenlandroute te pakken te krijgen...'

'Wat is Vetpens?' vroeg Freya. Ze wou dat ze beter naar haar vele en dure leraren had geluisterd.

'Hier, Luisterrijke...'

Ze merkte Toms aanwezigheid pas op toen hij iets zei, maar nu haar blik op hem bleef rusten, voelde ze een warme gloed in haar binnenste. Hij bood haar een boek met ezelsoren aan en zei: 'Ik heb het opgezocht in *Cades Almanak van Tractiesteden.*'

Ze nam het boek glimlachend van hem over, maar die glimlach vervloog toen ze het opensloeg op de bladzijde die hij had aangegeven, en het diagram van mevrouw Cade zag met het bijschrift.

VETPENS: *Angelssprekende voorstad die in 768 TE naar het noorden trok en een van de meest gevreesde kleine roofsteden van het Hoge IJs werd. Vanwege zijn enorme kaken en de traditie om zijn machinedekken te bemannen met schandelijk slecht behandelde slaven kunt u deze plaats het best mijden.*

Het dek onder Freya's voeten beefde en schudde. Ze klapte het boek dicht omdat ze dacht dat de grote kaken van Vetpens zich al rond haar stad sloten – maar de reden was dat de Duifkruid-bollen werden uitgezet. Anchorage vertraagde zijn tempo, en in de griezelige stilte hoorde ze ijsregen tegen de glazen muren tikken.

'Wat is er aan de hand?' vroeg Tom. 'Is er iets met de motoren?'

'We stoppen vanwege het weer,' zei Windolene Pye.

'Maar er loert daar een roofstad!'

'Dat weet ik, Tom. Het komt verschrikkelijk slecht uit. Maar bij een echt zware storm gaan we altijd voor anker. Iets anders zou te gevaarlijk zijn. De wind op het Hoge IJs kan snelheden van meer dan vijfhonderd mijl per uur bereiken, en het is bekend dat daarbij kleine steden kunnen omvallen. In de winter van '69 lag het arme oude Skraelingshavn als een kever op zijn rug.'

'We kunnen de rupsen laten zakken,' opperde Freya.

'De rupsen!' riep Polei. 'Welke rupsen?' Ik ben erg allergisch voor...'

'Hare Luisterrijke bedoelt onze rupsbanden, professor,' legde juffer Pye uit. 'Daarmee krijgen we extra tractie, maar misschien niet genoeg, niet in deze storm.'

De wind beaamde dat joelend en de glazen muren bogen krakend naar binnen.

'Maar hoe zit het dan met Vetpens?' vroeg Polei, die nog steeds slap op zijn stoel hing. 'Die moet natuurlijk ook stoppen.'

Iedereen keek Windolene Pye aan. Ze schudde haar hoofd. 'Het spijt me, maar dat is niet zo, professor Polei. Vetpens is lager en zwaarder dan wij en moet in staat zijn om dwars door deze storm heen te rijden.'

'Jesses, dan worden we beslist opgevreten!' jammerde Polei. 'Ze hebben onze positie natuurlijk al gezien voordat we uit het zicht verdwenen. Ze volgen gewoon hun neus, en HÁP!'

De ontdekkingsreiziger mocht dan dronken zijn, maar Tom vond dat hij als enige op de brug iets verstandigs zei. 'We kunnen toch niet op onze krent gaan zitten wachten tot we opgegeten worden!?' zei hij.

Juffer Pye wierp een blik op de ronddraaiende naalden van haar windmeters. 'Anchorage is nog nooit in een zo zware storm doorgereden...'

'Dat wordt dan hoog tijd!' riep Tom. Hij wendde zich tot Freya. 'Praat met Duifkruid! Zeg dat hij het licht uitdoet en dwars door de storm op volle kracht doorrijdt. We kunnen toch beter kapseizen dan opgevreten worden?'

'Hoe durft u op die manier tegen de Luisterrijke te praten!' riep Zaagbek, maar Freya was aangenaam verrast over Toms betrokkenheid bij haar stad. Toch moest ze ook de traditie laten meewegen. Ze zei: 'Ik weet eigenlijk niet of ik dat kan, Tom. Geen markgravin heeft het ooit eerder bevolen.'

'Maar er is ook nooit een markgravin op weg gegaan naar Amerika,' zei Tom nadrukkelijk.

Polei hees zich achter hem uit zijn stoel. Voordat Zaagbek of de anderen hem konden tegenhouden, duwde hij Tom weg om een uitval naar Freya te doen. Hij greep haar mollige schouders en schudde haar door elkaar tot haar juwelen rinkelden. 'Doe gewoon wat Tom zegt!' riep hij. 'Doe wat hij zegt, stomme oen, anders eindigen we als slaven in de buik van Vetdinges!'

'O, professor Polei!' gilde juffer Pye.

'Haal je smerige poten van Hare Luisterrijke!' riep Zaagbek, die zijn zwaard trok en het ter hoogte van Poleis knieën hield.

Freya rukte zich geschrokken, verontwaardigd en woedend los en veegde Poleis speeksel van haar gezicht. Niemand had ooit op die manier tegen haar gepraat, en heel even dacht ze: *Dit gebeurt er als ik tegen de traditie in ga en een laaggeborene in een hoge functie benoem!* Maar toen herinnerde ze zich Vetpens, die door de storm op hen af raasde. De enorme kaken stonden waarschijnlijk al open en de stookovens in de buik brandden al. Ze wendde zich tot haar navigatoren en zei: 'We zullen doen wat Tom zegt. Sta daar niet te staren! Waarschuw de heer Duifkruid! Verleg de koers! Volle kracht vooruit!'

De ankers van de stad werden uit het ijs gehaald en de vreemde turbines in het hart van de Duifkruid-bollen begonnen weer te draaien. De dikke randen van de rupsbanden die aan hydraulische armen uit de zijkant van Anchorage staken, kwamen in een wolk van damp en antivries met een ruk in beweging en zakten omlaag totdat de van noppen voorziene banden houvast vonden op het ijs. Anchorage wiebelde een beetje omdat de wind op de bovenbouw beukte, maar de stad koos een nieuwe koers. Als de IJsgoden hun gunstig gezind waren, merkte Vetpens de manoeuvre niet op – maar alleen diezelfde IJsgoden mochten weten welke koers Vetpens aanhield en wat die stad daar in de kolkende duisternis uitspookte, want de storm was nu op volle toeren; een wild, Arctisch noodweer dat luiken en dakplaten van de verlaten gebouwen op de bovenverdieping scheurde en hoog de lucht in joeg, terwijl Anchorage zijn lichten doofde en blindelings het blinde donker in reed.

Toen de stad haar koers verlegde, was Helm zijn bedelzak aan het vullen met machineonderdelen uit een lege werkplaats op het machinedek. Door die plotselinge beweging verloor hij bijna zijn evenwicht. Hij klemde zijn zak tegen zich aan om zijn buit niet te laten rinkelen, kroop naar buiten en rende snel naar het hart van het dek en de schacht waar de Duifkruid-bollen waren opgesteld. Gehurkt tussen twee brandstofhoppers hoorde hij de arbeiders naar elkaar roepen terwijl ze zich naar hun vaste plaats haastten. Langzaam drong tot hem door wat er aan de hand was. Hij trok zich dieper in de schaduwen terug en vroeg zich af wat hij doen moest.

Eigenlijk wist hij heel goed wat hij moest doen. Ooms regels waren glashelder. Als een gastheerstad opgegeten dreigde te worden, moest elke klis die eraan vastzat, zich loskoppelen en direct ontsnappen. Dat vloeide voort uit de hoofdregel: Laat je niet pakken. Als er ook maar één klis werd betrapt en de steden in het noorden ontdekten hoe ze al die jaren begluurd en beroofd waren, zouden ze wachtposten neerzetten en veiligheidsmaatregelen nemen. Het leven van de Straatjongens werd dan onmogelijk.

Toch liep Helm niet naar de Schroefworm terug. Hij wilde niet uit Anchorage weg – nog niet en niet op deze manier. Hij probeerde zichzelf wijs te maken dat deze stad zijn territorium was: er viel nog een heleboel te halen, en geen domme Roofwijk kon dat van hem afnemen. Er was geen denken aan dat hij bij zijn eerste commando voortijdig en verslagen naar huis terug zou gaan terwijl zijn ruimen nog maar halfvol waren!

Maar dat was de echte reden niet, en Helm wist dat diep in zijn binnenste, ook al ziedde hij uitwendig van woede over de brutaliteit van Vetpens.

Helm had een geheim... een zo diep en duister geheim dat hij er Prikker en Gorgel niets over kon zeggen. De vreselijke waarheid was dat hij deze mensen niet alleen beroofde maar ook aardig vond. Hij wist dat het verkeerd was, maar kon er niets aan doen. Hij gaf om Windolene Pye en leefde mee met haar geheime angst dat ze niet goed genoeg was om haar stad naar Amerika te loodsen. Hij maakte zich zorgen over meneer Duifkruid en liet zich ontroeren door de moed van Zaagbek en de Aakiuqs en de mannen en vrouwen die het machinedek bemanden en voor de fauna en de algenplantages zorgden. Hij voelde zich aangetrokken tot Tom vanwege zijn vriendelijkheid en het leven dat hij aan de hemel geleid had. (Helm had de indruk dat hij veel op Tom zou hebben geleken als Oom hem niet bij de Straatjongens had ingedeeld.)

En wat Freya betrof... Hij kon met geen enkel woord beschrijven welke combinatie van nieuwe gevoelens ze in hem wekte.

Het gejank van de Duifkruid-bollen werd hoger. De stad deinde en beefde; zware voorwerpen kletterden op het dek en rolden ergens over straat achter Helms schuilplaats, maar hij wist dat hij niet kon vertrekken. Nu hij deze mensen zo goed had leren kennen, kon hij hen niet in de steek laten. Hij nam het risico en wilde de jacht afwachten. Prikker en Gorgel zouden niet zonder hem loskoppelen, en zelfs als ze hem hier verstopt zagen, konden ze niet weten wat hij dacht. Hij wilde hun vertellen dat hij vanwege al die chaos niet naar de Schroefworm terug had durven gaan. Alles kwam goed. Anchorage overleefde het wel. Hij vertrouwde erop dat juffer Pye en Duifkruid en Freya de stad erdoorheen zouden trekken.

Tom had vanaf de panoramadekken op het tweede niveau van Londen vaak een stedenjacht gezien. Hij had zijn stad dan aangemoedigd terwijl die kleine industriewijken en zware, logge handelssteden achternazat, maar nooit eerder had hij een jacht ervaren vanuit de positie van prooi, en hij vond het niet aangenaam. Hij wilde dat hij werk te doen had, zoals Windolene Pye en haar staf, die het druk hadden met nieuwe kaarten klaarleggen en de ezelsoren vastzetten met koffiemokken. Sinds het begin van de jacht hadden ze eindeloos veel mokken koffie gedronken en wierpen ze steeds opnieuw smekende blikken op de beeldjes van de IJsgoden die op het heiligdom van het Stuurhuis stonden.

'Waarom is iedereen zo zenuwachtig?' vroeg Tom, zich tot Freya wendend, die in de buurt stond en even weinig te doen had als hij. 'Ik bedoel: die wind is toch niet zo vreselijk? We kunnen toch niet echt omslaan?'

Freya tuitte haar lippen en knikte. Ze kende haar stad beter dan Tom en voelde de onbehaaglijke huivering die door de dekplaten joeg terwijl de storm zijn vingers onder de romp stak en hem probeerde op te tillen. En ze vreesde niet alleen de wind. 'Het grootste deel van het Hoge IJs is veilig,' zei ze. 'Het grootste deel van de ijskap is duizend voet dik, en op sommige plaatsen loopt hij tot op de oceaanbodem door. Maar op andere plaatsen is hij dunner. En dan heb je ook nog de polinia's – net meren van open water tussen al het ijs – nog afgezien van de ijskringen. Die zijn weliswaar kleiner, maar als een van de glijders erin terechtkomt, kunnen we evengoed omslaan. Polinia's zijn meestal makkelijk te vermijden omdat ze betrekkelijk permanent zijn en vermoedelijk op juffer Pye's kaarten staan, maar de kringen ontstaan willekeurig op het ijs.'

Tom herinnerde zich de foto's in de Wunderkammer. 'Hoe ontstaan die?'

'Dat weet niemand,' zei Freya. 'Misschien door stromingen in het ijs of het getril van voorbijrijdende steden. Je ziet ze vaak als er een stad gepasseerd is. Ze zijn heel vreemd. Volmaakt rond met gladde randen. Volgens de Sneeuwgekken worden ze gemaakt door geesten die wakken maken om te vissen.' Ze lachte – blij om het over de geheimen van het Hoge IJs te kunnen hebben in plaats van te piekeren over de maar al te reële rover ergens in het noodweer. 'Er gaan talloze verhalen over het Hoge IJs. Bijvoorbeeld over spookkrabben – dat zijn een enorme soort spinkrabben, zo groot als ijsbergen, en mensen hebben ze in het noorderlicht zien rondkruipen. Als kind had ik er vaak nachtmerries over...'

Ze kwam dichter bij Tom staan totdat haar arm de mouw van zijn jasje raakte – wat ze heel moedig van zichzelf vond. Het was eerst eng geweest om tegen de oude gewoonten in te gaan, maar nu ze door de storm scheurden en niet alleen Vetpens maar ook de tradities van Anchorage trotseerden, was het meer dan eng. Ze werd er uitgelaten van en was blij dat Tom bij haar was. Als ze dit overleefden, besloot ze, wilde ze ook met een andere traditie breken en hem uitnodigen voor het diner. Alleen zij tweeën.

'Tom...' zei ze.

'Kijk uit!' riep Tom. 'Juffer Pye! Wat is dat?'

Voorbij de vage contouren van de stad verscheen opeens een rij lichten uit het donker, daarna reuzenwielen met klauwtanden en de verlichte ramen van gebouwen, die allemaal loodrecht op de nieuwe koers van Anchorages nieuwe koers voorbij raasden. Dat was de achterkant van Vetpens. De zware wielen schakelden in hun achteruit toen de uitkijkposten Anchorage zagen, maar door de zware kaken kon de rover maar langzaam draaien, en toen sloeg de storm alweer toe en verborg dichte, razende sneeuw de prooi voor de Roofwijk.

'Quirke zij dank!' zei Tom lachend van opluchting. Freya kneep in zijn vingers, en toen merkte hij dat ze van schrik over de aanblik van de rover elkaars hand hadden vastgepakt, zodat haar warme, mollige hand in de zijne lag. Van schaamte liet hij haar snel los. Sinds het begin van de jacht had hij niet meer aan Hester gedacht.

Juffer Pye beval de ene koerswijziging na de andere en loodste de stad tot diep in de labyrinten van de sneeuwstorm. Een uur ging voorbij, toen een volgend uur, en toen sijpelde langzaam een gevoel van opluchting het Stuurhuis in. Vetpens verspilde vast geen brandstof meer aan een achtervolging door de nacht, en tegen zonsopgang zou de sneeuw hun sporen hebben uitgewist. Juffer Pye omhelsde haar collega's, de roerganger en toen Tom. 'Het is ons gelukt!' riep ze. 'We zijn ontsnapt!' Freya stond te stralen. Professor Polei wist intuïtief dat het gevaar geweken was, en was in een hoek in slaap gevallen.

Tom beantwoordde de omhelzing van de navigatrice en lachte van blijdschap omdat hij nog leefde. Het was heerlijk om aan boord van deze stad te zijn, te midden van deze goede en vriendelijke mensen. Zodra de storm voorbij was, wilde hij met Hester praten om haar duidelijk te maken dat er geen noodzaak was om weg te vliegen zodra de Jenny Haniver gerepareerd was. Hij legde zijn vlakke hand op de kaartentafel en voelde het gestage gedreun van de motoren tegen zijn handpalm. Alsof hij thuis was.

In een goedkoop hotel achter de luchtkade van Vetpens kregen de vijf vrouwen van Widgery Blinkoe een ongezond groene teint in hun gezicht. 'Ooo!' kreunden ze, hun gevoelige maag omklemmend terwijl de Roofwijk slagzij maakte, keerde en woedend de sneeuwstorm uitkamde op zijn verdwenen prooi.

'Zo'n afgríjselijk stadje heb ik nog nooit meegemaakt!'

'Heeft dit hotel dan geen enkele schokbreker?'

'Hoe haal je het in je hóófd om ons hierheen te brengen, man?'

'Je had kunnen weten dat je aan boord van een gewone wijk geen spoor van de Jenny Haniver zou vinden!'

'Ik wou dat ik was meegevlogen met die lieve professor Polei. Hij was namelijk smoorverliefd op me.'

'Ik wou dat ik naar mijn moeder had geluisterd!'

'Ik wou dat we weer in Arkangel waren!'

Bij zo veel klachten stopte Widgery Blinkoe zijn oren dicht met kleine balletjes was, maar ook hij was misselijk en bang en miste de gemakken van thuis. Hij vervloekte de Groene Storm, die hem op deze zinloze jacht had gestuurd. Al wekenlang zwierf hij als een Sneeuwgekke luchtzwerver door de IJswoestijn en landde hij op elk dorp dat hij zag, om navraag naar de Jenny Haniver te doen. Mensen aan wie hij het in Novaja-Nizjni gevraagd had, hadden het luchtschip naar het noorden zien wegvliegen nadat het de gevechtsvliegtuigen van de Groene Storm vernietigd had, maar sindsdien had niemand het meer gezien. Het leek wel alsof dat vervloekte luchtschip gewoon verdwenen was!

Hij dacht even aan de stad die Vetpens zojuist had willen oppeuzelen: Anchorage. Als hij tegen het einde van de storm vertrok, vond hij de locatie waarschijnlijk wel terug, en dan kon hij de stad inhalen... Maar wat had dat voor zin? Hij wist zeker dat die twee jonge vliegeniers met hun oude schip niet zo diep in het westen hadden kunnen komen. Bovendien begon hij te denken dat hij liever de moordenaars van de Groene Storm onder ogen kwam dan dat hij bij zijn vrouwen een landing op alweer zo'n armetierige haven moest aankondigen.

Het was bepaald tijd voor een wijziging van de plannen.

Hij haalde zijn oordopjes uit zijn oren en hoorde vrouw nummer drie net klagen: '... en nou zijn die schavuiten ook nog hun prooi kwijt, dus worden de leiders van deze stad helemaal woest en wild! Ze gaan ons vermoorden, en dat is allemaal Blinkoes schuld!'

'Onzin, vrouwen!' riep Blinkoe dreunend. Hij stond op om te tonen dat hij nog steeds het hoofd van de huishouding was en dat een jacht met razende snelheid door een sneeuwstorm aan boord van een woeste voorstad hem koud liet. 'Er wordt hier niemand vermoord! Zodra deze storm gaat liggen, halen we de Tijdelijke Bliep uit de hangar en vliegen we naar ons huis in Arkangel. De details over de paar dorpen die we hebben aangedaan, kunnen we aan de Jagers verkopen, dan zijn we na afloop van deze tocht niet platzak. En wat de Groene Storm betreft... Alle soorten vliegeniers passeren de luchtbeurs van Arkangel. Ik ga ze allemaal ondervragen. Iémand moet me iets over de Jenny Haniver kunnen vertellen.'

15

Hester

De storm woedde nog steeds, en de schrille stem van de wind klonk steeds hoger. In de bovenstad werden diverse lege gebouwen omvergeblazen, en veel andere verloren daken en ramen. Twee van Duifkruids medewerkers, die zich op de boeg waagden om een loszittende dekplaat vast te sjorren, werden finaal de lucht in geblazen en verdwenen in het donker aan de lijzijde, waar ze hun kabel omklemden als de eigenaars van een onhandelbare vlieger.

Hester was aan het werk geweest bij meneer Aakiuq in de hangar van de Jenny, toen zijn neef kwam binnenstormen met nieuws over de jacht. Haar eerste impuls was om naar Tom in het Winterpaleis te rennen, maar toen ze naar buiten liep, raakte de wind haar als een welgemikte matras die haar plat tegen de zijkant van de hangar drukte. Eén blik op de jagende sneeuw over de lege koppelingsplatforms was genoeg om te weten dat ze niet verder zou komen dan het huis van de havenmeester. In zijn keuken wachtte ze het eind van de storm af, terwijl de Aakiuqs haar gestoofde algen voorzetten en over andere, nog veel ergere stormen vertelden die Anchorage eveneens bijna ongedeerd had doorstaan.

Hester was dankbaar voor het feit dat ze haar gerust probeerden te stellen, maar ze was geen kind en zag dat ze ondanks hun glimlach even bang waren als zij, niet alleen omdat ze onnatuurlijk en onverwacht doorstootten tot in de muil van de storm, maar ook vanwege de gedachte aan de Roofwijk die op de loer lag. *Niet nu!* dacht Hester, terwijl ze op de zijkant van haar duimen kauwden tot ze bloedden. *Laten ze ons nu niet opeten. Volgende week pas, over een paar dagen...*

Want de Jenny Haniver was al bijna luchtwaardig: de roeren en motorgondels waren gerepareerd, de envelop was opgelapt, de draaggascellen waren vol. Het luchtschip wachtte alleen nog op een laag verf en wat kleine reparaties aan het elektrische systeem van de gondel. Het zou verschrikkelijk ironisch zijn als ze werden opgegeten voordat ze konden opstijgen.

Eindelijk rammelde de telefoon. Mevrouw Aakiuq rende erheen om op te nemen en kwam stralend terug. 'Dat was mevrouw Umiak! Ze heeft bericht van het Stuurhuis gekregen: ze zeggen dat we aan Vetpens ontsnapt zijn. We rijden gewoon nog een eindje door, gaan dan voor anker en laten de storm uitrazen. Het schijnt die heerlijke professor Polei te zijn geweest die Hare Luisterrijke het advies gaf om ondanks de storm door te zetten. Wat is dat toch een braaf heerschap! Laten we de IJsgoden dankbaar zijn dat ze hem hierheen gestuurd hebben. En lieve Hester, ik moet tegen je zeggen dat je jonge vriend veilig is. Hij is naar het Winterpaleis teruggegaan.'

Even later belde Tom zelf met ongeveer dezelfde mededeling. Hij klonk blikkerig en onnatuurlijk omdat zijn stem gefilterd werd door de ellenlange, chaotische bedrading helemaal vanaf het paleis. Het leek wel of hij vanuit een andere dimensie met haar praatte. Hij en Hester wisselden wat onbeduidende nieuwtjes uit. 'Ik wou dat ik bij je was,' fluisterde ze met haar gezicht heel dicht bij de hoorn zodat mevrouw Aakiuq haar niet kon verstaan.

'Wat? Pardon? Nee, laten we maar blijven waar we zijn. Freya zei dat mensen bij een storm zoals deze soms op straat doodvriezen. Toen Zaagbek ons vanuit het Stuurhuis terugreed, werd de kever bijna weggeblazen!'

'Freya, hè?'

'Wat?'

'De Jenny is bijna klaar. Eind deze week kunnen we weg.'
'O, goed!'
Ze hoorde de aarzeling in zijn stem. Achter hem hoorde ze blije stemmen alsof in het paleis veel mensen iets aan het vieren waren. 'Maar we kunnen misschien ook nog even blijven,' zei hij hoopvol. 'Ik zou best aan boord willen blijven tot we in Amerika zijn, en daarna... nou ja, dan zien we wel.'

Hester glimlachte sniffend en wilde iets zeggen maar kon het eventjes niet. Hij klonk zo lief en genoot zo hoorbaar van deze omgeving dat het onrechtvaardig leek om boos op hem te zijn of hem erop te wijzen dat ze overal naartoe wilde behalve naar het Dode Continent.

'Hester?' vroeg hij.
'Ik hou van je, Tom.'
'Ik versta je heel slecht.'
'Geeft niet. Ik zie je gauw. Zodra de storm gaat liggen.'

Maar de storm maakte geen aanstalten om over te waaien. Anchorage gleed nog een paar uur langzaam naar het westen om zo veel mogelijk ijs tussen zichzelf en Vetpens te krijgen, maar reed steeds voorzichtiger. Niet alleen de polinia's en plekken met dun ijs vormden een gevaar, maar de stad naderde nu ook de noordoostelijke rand van Groenland, waar bergen door de ijskap heen drongen en de bodem uit nietsvermoedende steden scheurden. Meneer Duifkruid nam de helft van de snelheid terug en toen nog eens de helft. Zoeklichten tastten voor hen uit als lange, witte vingers die de sneeuwgordijnen wilden opentrekken, en verkenningsteams gingen op motorsleden het ijs onderzoeken. Juffer Pye controleerde haar kaarten, controleerde ze opnieuw en hoopte vurig een blik op de sterren te kunnen werpen om haar positie te bevestigen. Dat gebed werd echter niet verhoord, en Anchorage bleef uiteindelijk gewoon stilstaan.

Een lichtloze dag strompelde traag voorbij. Hester zat bij de kachel van de Aakiuqs en bekeek de foto's van hun dode kinderen op het huisheiligdom en de collectie borden aan de muur als herinnering aan de geboorten, huwelijken en jubilea van het Huis Rasmussen. Alle gezichten leken op dat van Freya, die nu ongetwijfeld gezellig met Tom in het Winterpaleis zat. Ze dronken vermoedelijk warme wijn en praatten over geschiedenis en hun favoriete boeken.

Tranen sprongen in Hesters ogen. Ze excuseerde zich voordat de Aakiuqs konden vragen wat er aan de hand was, en rende naar boven, naar de berging waar ze een bed voor haar hadden opgemaakt. *Waarom doorgaan met iets waarbij ik me zo afschuwelijk voel?* vroeg ze zich af. Ze kon er makkelijk een eind aan maken. Zodra de storm ging liggen, kon ze naar Tom gaan en zeggen: *Het is voorbij. Blijf maar hier met je sneeuwkoningin, als je dat wilt. Mij maakt het niet uit...*

Maar het maakte wel uit. Hij was het enige goede dat ze ooit gekend had. Voor Freya en Tom lag het anders: dat waren aardige, lieve en knappe mensen die talloze keren de kans op liefde konden krijgen. Voor Hester zou er nooit iemand anders komen. 'Ik wou dat Vetpens ons wél had opgevreten,' zei ze tegen zichzelf voordat ze met hoofdpijn in slaap viel. In de slavenruimen zou Tom haar wel degelijk nodig hebben gehad.

Toen ze wakker werd, was het middernacht en was de storm gaan liggen.

Hester trok haar wanten, koumasker en buitenkleren aan en liep snel naar beneden. Toen ze langs de open slaapkamerdeur van de Aakiuqs sloop, hoorde ze zacht gesnurk. Ze maakte het warmteslot van de keuken open en liep naar buiten. De maan was op en lag als een verloren munt op de zuidelijke horizon. Bij het licht ervan zag ze dat alle gebouwen op het hoogste niveau bedekt waren met een glazuur van ijs dat door de wind tot wilde, slepende uitsteeksels en draden was getrokken. IJspegels bengelden aan kabels in de lucht en aan de portaal- en draaikranen van de luchthaven. In het zachte windje tinkelden ze tegen elkaar, en die griezelige muziek was het enige geluid dat de volmaakte stilte van de storm doorbrak.

Ze wilde Tom. Ze wilde deze koude schoonheid met hem delen. Als ze alleen met hem door deze verlaten straten liep, zou ze hem kunnen vertellen hoe ze zich voelde. Ze zette het op een rennen en klauterde op haar geleende sneeuwschoenen over opgewaaide sneeuw die zelfs aan de lijzijde van de gebouwen soms tot schouderhoogte kwam, terwijl de kou door haar masker brandde en zagend in haar luchtpijp beet. Vanuit het trappenhuis van de benedenstad klonken ineens flarden gelach en muziek, want het machinedek vierde de ontsnapping van Anchorage. Duizelig van de kou beklom Hester de lange helling naar het Winterpaleis.

Toen ze een minuut of vijf aan het schelkoord had getrokken, kwam Zaagbek opendoen. 'Het spijt me,' zei Hester, die dwars door het warmteslot liep en een vlaag koude lucht binnenliet. 'Ik weet dat het laat is maar ik wil Tom spreken. Ik ken de weg, dus doe maar geen moeite...'

'Hij is niet op zijn kamer,' zei Zaagbek narrig terwijl hij zijn nachthemd dichter om zich heen trok en aan de wielen van het warmteslot prutste. 'Hij is met Hare Luisterrijke in de Wunderkammer.'

'Zo laat nog?'

Zaagbek knikte nors. 'Hare Luisterrijke wenst niet gestoord te worden.'

'Dat zal helaas toch moeten, of ze dat nou wenst of niet,' mompelde Hester terwijl ze hem opzijschoof en door de gangen van het paleis begon te rennen. Intussen probeerde ze zichzelf wijs te maken dat alles volstrekt onschuldig was. Tom en het meisje Rasmussen waren gewoon even gaan kijken naar haar ongeëvenaarde collectie raar afval, en verloren daarbij hun besef van de tijd. Ze waren ongetwijfeld in een diepgaand gesprek verwikkeld over 23ste-eeuwse keramiek of de runensteen uit de Raffiahoedentijd...

Door de open deur van de Wunderkammer viel licht en Hester vertraagde haar pas toen ze daar in de buurt kwam. Het zou het beste zijn om gewoon met een vrolijk 'Hallo!' naar binnen te lopen, maar ze was geen vrolijk iemand, eerder iemand die vanuit donkere hoekjes loert. Achter een van de Sluiperskeletten vond ze een donker plekje, waar ze ging staan loeren. Ze hoorde Tom en Freya praten, maar dat deden ze niet hard genoeg om hen te kunnen verstaan. Tom lachte, en haar hart ging vanzelf open. Na de val van Londen was er een tijd geweest waarin zij de enige was die hem aan het lachen kon maken.

Ze glipte uit haar schuilplaats en sloop de Wunderkammer in. Tom en Freya waren aan de andere kant. Tussen hen en Hester stond een half dozijn stoffige vitrines. Door de vele lagen dik glas kon ze hen vaag zien – rimpelend als beelden in een lachspiegel. Ze stonden heel dicht bij elkaar en praatten nu zachtjes. Hester maakte aanstalten om iets te zeggen, om een geluid te maken dat afleidend werkte, maar er kwam niets uit haar mond. Onder haar ogen stak Freya haar handen naar hem uit, en toen lagen ze ineens kussend in elkaars armen. Hester kon nog steeds niets uitbrengen en stond alleen maar naar Freya's witte vingers te staren die door Toms donkere haren gleden terwijl zijn handen op haar schouders lagen.

Zo'n felle moordzucht had ze niet meer gevoeld sinds ze op jacht naar Valentijn was gegaan. Ze spande haar spieren, klaar om een oud wapen van de muur te graaien en te hakken naar die twee, naar Tom – naar *Tom*! Ze draaide zich ontzet om en stormde blindelings het museum uit. In de kruisgang was een warmteslot, en vandaar liep ze de ijskoude nacht in.

Ze liet zich op een berg stuifsneeuw vallen en bleef machteloos snikkend liggen. Nog afschuwelijker dan die kus zelf was het felle gevoel dat daardoor bij haar gewekt was. Hoe kwam ze erbij om Tom iets te willen aandoen? Het was zijn schuld niet! Het was de schuld van dat meisje! Dat meisje had hem behekst! Hij had nooit ook maar naar een ander meisje gekeken voordat hij dit dikkerdje tegenkwam – dat wist Hester zeker. Ze stelde zich voor dat ze Freya doodde. Maar wat had dat voor zin? Tom zou haar haten en was bovendien niet alleen betoverd door dat markgravinnetje maar ook door deze stad zelf. Het was voorbij. Ze was hem kwijt. Ze wilde hier in de kou blijven liggen en sterven. Dan vond hij bij zonsopgang haar bevroren lijk en mocht er dan spijt van hebben…

Maar ze had zich te lang aan haar overleving gewijd om zo makkelijk te kunnen sterven. Na een paar minuten werkte ze zich op handen en knieën overeind en probeerde ze haar hijgende en pijnlijke ademhaling tot bedaren te brengen. De kou zat in haar keel en knaagde aan haar lippen en oorlelletjes. Intussen kronkelde een idee als een rode slang door haar schedel.

Dat idee was verschrikkelijk. Eerst geloofde ze niet eens dat zij degene was die het bedacht had. Ze veegde het ijs van een raam en staarde nadenkend naar haar vage spiegelbeeld. Kon het werken? Durfde ze het? Ze kon niet anders doen dan het proberen; een andere hoop had ze niet. Ze zette haar kap op, trok haar koumasker op zijn plaats en liep door de maanverlichte sneeuw naar de luchthaven.

Voor Tom was het een vreemde dag geweest. Hij zat in het Winterpaleis vast zolang de sneeuwstorm tegen de ramen raasde, en Hester zat aan de andere kant van de stad. Een vreemde dag… en een nog vreemdere avond. Hij had zich in de bibliotheek geprobeerd te concentreren op een ander boek van Polei, maar toen verscheen Zaagbek, uitgedost als kamerheer, met de mededeling dat de markgravin hem uitnodigde voor het diner.

Zaagbeks blik verried dat die invitatie een geweldige eer was. Er was formele kleding voor hem gevonden – net gewassen en keurig geperst. 'Ze zijn van de vorige kamerheer geweest en hebben de goede maat, denk ik,' zei Zaagbek, die hem hielp kleden.

Tom had nooit eerder zulke gewaden gedragen, en toen hij in de spiegel keek, zag hij een knap en wereldwijs iemand – heel anders dan hijzelf. Hij volgde Zaagbek zenuwachtig naar de privé-eetzaal van de markgravin. Zo te horen beukte de wind de ramen al met minder kracht dan eerst. De storm ging misschien liggen. Hij wilde zo snel mogelijk eten om daarna Hester te gaan zoeken.

Maar snel eten bleek eigenlijk onmogelijk tijdens een formeel diner als dit. Zaagbek bracht als livreiknecht de ene schaal na de andere binnen en haastte zich dan weer naar de keukens om zijn koksmuts op te zetten en nieuwe gerechten klaar te maken, of rende naar de wijnkelders voor een volgende fles rode wijn uit de wijngaardstad Bordeaux-Mobile. En na de eerste paar gangen merkte Tom dat hij zich helemaal niet wilde excuseren om de stervenskoude sneeuwstorm te trotseren, want Freya was uitstekend gezelschap, en het was heerlijk om met haar alleen te zijn. Ze straalde die avond alsof ze haar uitnodiging aan hem geweldig dapper van zichzelf vond, en praatte ongeremder dan anders over haar familie en de geschiedenis van Anchorage, inclusief Dolly Rasmussen, haar voorouder van lang geleden, die als middelbare scholier de Oorlog van Zestig Minuten voorzag voordat die uitbrak, en met haar kleine schare volgelingen het eerste Anchorage verliet voordat de stad verpulverd werd.

Tom keek naar haar terwijl ze praatte, en merkte dat ze iets heel indrukwekkends met haar kapsel geprobeerd had. Ook droeg ze het gewaad met de meeste glitter en de minste mottenvraat. Had ze al die moeite voor hem gedaan? Hij vond het een spannend idee maar voelde zich ook schuldig en wendde zijn blik af, en ving daarbij Zaagbeks misprijzende blik op terwijl de man de dessertspullen afruimde en koffie inschonk.

'Nog iets anders gewenst, Luisterrijke?'

Freya nam een slokje en sloeg Tom over de rand van haar koffiekopje heen gade. 'Nee, dank je, Zaagbek. Ga maar naar bed. Ik ben van plan om Tom mee te nemen naar de Wunderkammer.'

'Zoals u wilt, Luisterrijke. Ik zal u begeleiden.'

Freya keek hem scherp aan. 'Dat hoeft niet, Zaagbek. Je kunt gaan.'

Tom merkte het onbehagen van de dienaar op. Hij voelde zich ook zelf ietwat onbehaaglijk, maar dat kwam misschien doordat de wijn van de markgravin hem naar het hoofd steeg. Hij zei: 'Nou, misschien een ander keertje...'

'Nee, Tom,' zei Freya, die met haar vingertoppen zijn hand aanraakte. 'Nee. Vanavond. Luister, de storm is gaan liggen. De

Wunderkammer is prachtig bij maanlicht...'

De Wunderkammer was inderdaad prachtig bij maanlicht, maar niet zo prachtig als Freya. Toen ze hem naar het kleine museum bracht, begreep Tom waarom de inwoners van Anchorage haar beminden en volgden. Hij wou dat Hester wat meer op haar leek! Hij merkte dat hij de laatste dagen voortdurend excuses voor Hester verzon en uitlegde dat ze alleen maar zo deed door de vreselijke dingen die met haar gebeurd waren. Maar ook Freya had afschuwelijke dingen meegemaakt en was desondanks niet boos of verbitterd.

De maan staarde door de ijssluiers op het raam naar binnen en transformeerde de vertrouwde kunstvoorwerpen met haar licht. Het vel folie glom in zijn vitrine als een venster op een andere wereld, en toen Freya zich in dat vage, weerkaatste licht naar hem omdraaide, wist Tom dat ze zich door hem wilde laten kussen. Een vreemde kracht trok hun gezichten naar elkaar toe, en toen hun lippen elkaar raakten, maakte Freya een zacht, tevreden geluidje. Ze trok zich tegen hem aan, en toen kwamen zijn armen om haar heen te liggen zonder dat hij het wilde. Ze had een ietwat zweterige, ongewassen geur die hem eerst bevreemdde, maar toen rook ze ineens heerlijk. Haar gewaad plooide zich onder zijn handen en haar mond smaakte naar kaneel.

Maar iets – een geluidje bij de deur, een vlaag koude lucht uit de gang – maakte dat ze opkeek. Tom dwong zich om haar los te laten.

'Wat was dat?' vroeg Freya fluisterend. 'Ik dacht dat ik iemand hoorde...'

Tom was blij met dit excuus om haar warmte en aanlokkelijke geur te verlaten en liep naar de deur. 'Niemand. Alleen de verwarmingsbuizen, denk ik. Die ratelen en knarsen altijd.'

'Ja, dat weet ik. Het is heel vervelend, maar volgens mij doen ze dat pas sinds we op het Hoge IJs zijn...' Ze liep weer naar hem toe en stak haar handen uit. 'Tom...'

'Ik moet weg,' zei hij. 'Het is laat. Het spijt me. Dank je wel.'

Hij haastte zich de trap af naar zijn kamer en probeerde Freya's warme kaneelsmaak in zijn mond te negeren en aan Hester te denken. Arme Het! Toen hij haar aan de telefoon had, klonk ze erg eenzaam. Hij moest naar haar toe gaan. Maar eerst wilde hij even gaan liggen om zijn gedachten te ordenen. Daarna wilde hij zijn thermische kleding aantrekken en naar de haven gaan. Wat was dit toch een zacht bed! Hij sloot zijn ogen en voelde de kamer draaien. Te veel wijn. Alleen door die wijn had hij Freya gekust; in werkelijkheid hield hij alleen van Hester. Maar waarom dacht hij dan de hele tijd aan Freya? 'Idioot!' zei hij hardop.

Boven zijn hoofd ratelde een verwarmingsbuis alsof iemand het daar met hem eens was, maar Tom hoorde het niet, want hij was al in slaap gevallen.

Hester was niet de enige die Tom en Freya had zien kussen. Helm, die in zijn eentje in de voorste cabine van de klis zat terwijl Prikker en Gorgel ergens aan het inbreken waren, zapte achteloos langs de spionagekanalen maar hield op bij de aanblik van hun omhelzing. 'Tom, wat ben je een sufferd,' fluisterde hij.

Helm was vooral zo op Tom gesteld vanwege zijn vriendelijkheid. Vriendelijkheid stond in Grimsby laag in aanzien, want de oudere jongens werden daar aangemoedigd om de jongere te kwellen, die laatsten namen dan mettertijd een volgende lading jochies onder handen. 'Goeie oefening voor je leven,' zei Oom. 'Harde knuisten; die moet je in deze wereld hebben.' Maar Oom kende misschien niemand zoals Tom, die vriendelijk was tegenover anderen en blijkbaar niets anders dan vriendelijkheid terug verwachtte. En wat kon vriendelijker zijn dan omgaan met Hester Shaw, waardoor dat lelijke en nutteloze meisje zich bemind en gewenst voelde? Helm vond dat zoiets als heiligheid. Het was vreselijk om Freya door hem te zien kussen, waardoor hij Hester verried, zichzelf verried en op het punt stond om alles weg te gooien.

En Helm was misschien ook wel een beetje jaloers.

In de deuropening achter het tweetal zag hij een vaag gezicht, en hij zoomde net op tijd in om Hester te herkennen, die zich omdraaide en wegrende. Toen hij weer uitzoomde, hadden de twee anderen zich van elkaar losgemaakt; ze keken onzeker naar de deur en praatten zacht en beschaamd met elkaar. '*Het is laat. Ik moet weg.*'

'O, Hester!' Hij verliet de Wunderkammer, controleerde andere kanalen en zocht haar. Hij wist niet waarom de gedachte aan haar leed zo onthutsend was, maar dat was het wel degelijk. Het kwam misschien voor een deel voort uit jaloezie en voor een deel uit de zekerheid dat Tom met Freya zou eindigen als Hester iets doms deed. Hoe dan ook, de handen waarmee hij aan de knoppen friemelde, beefden ervan.

De andere paleiscamera's vingen geen spoor van haar op. Hij verhuisde naar een reservecamera op het dak en draaide die rond om het terrein en de omringende straten te controleren. Haar strompelende voeten hadden een lange, onleesbare zin op de witte bladzij van de Rasmussen Prospekt geschreven. Helm boog zich ver naar zijn schermen toe en zweette een beetje toen hij op de luchthaven haastig de camera's in positie bracht. Waar wás ze eigenlijk?

16

Nachtvlucht

De Aakiuqs sliepen nog. Hester sloop weer naar haar kamer en haalde het geld dat Polei haar in Luchtschut gegeven had, uit de verstopplaats onder haar matras. Toen liep ze meteen naar de hangar van de Jenny. Ze veegde de sneeuw weg die tegen de deur was opgewaaid, en trok hem open. Ze stak de werkverlichting aan. De rode massa van de Jenny torende boven haar uit. Ladders stonden tegen de half geschilderde motorhouders, ongeverfde panelen bedekten de gaten in de gondel als nieuwe huid op een recente wond. Ze ging aan boord en zette de verwarming aan. Terwijl het interieur op temperatuur kwam, ploeterde ze weer door de sneeuw op weg naar de brandstoftanks.

In de schaduwrijke koepel van de hangar rinkelde eventjes iets.

Het was niet moeilijk te raden wat ze van plan was. Helm sloeg met zijn hand op het bedieningspaneel en kreunde. 'Nee, Hester! Hij was dronken! Hij meende het niet!' Helm ging op het puntje van zijn stoel zitten en voelde zich net een machteloze god die de gebeurtenissen gadesloeg zonder iets te kunnen ondernemen.

Behalve dan dat hij dat wél kon. Als Tom wist wat er gebeurde, ging hij ongetwijfeld meteen naar de luchthaven om met Hester te praten, zijn excuses aan te bieden en het uit te praten. Helm had al eerder verliefde stelletjes gezien die het goedmaakten, en wist zeker dat deze domme breuk niet definitief hoefde te zijn – als Tom het maar wíst.

Maar de enige die het hem kon vertellen, was Helm.

'Doe niet zo stom,' hield hij zichzelf boos voor, en hij haalde zijn handen van de knoppen. 'Wat kan jou een stel Droogkloten schelen? Niks! Daarvoor breng je de Schroefworm niet in gevaar! Daarvoor ben je Oom niet ongehoorzaam.'

Hij bracht zijn handen weer naar de knoppen. Dat ging vanzelf. Hij had een verantwoordelijkheid.

Hij schakelde over op de camera in Toms slaapkamer en liet het ding met zijn poten ratelen tegen de binnenkant van de buis waar het verstopt was. Tom sliep met zijn domme, open mond gewoon door en had geen idee dat zijn leven in duigen aan het vallen was.

Laat gaan, dacht Helm. *Je hebt het geprobeerd, hij wou niet wakker worden, het is voorbij. Maakt niet uit.*

Hij controleerde Hester. Toen stuurde hij een camera pijlsnel door de verwarmingsbuizen van de villa in de bovenstad waar Prikker en Gorgel aan het werk waren. Hij speurde alle kamers af en vond hen in de keuken, waar ze zilverwerk in hun tassen propten. De camera tikte op de binnenkant van de buis: drie tikken, stilte, en nog eens drie. *Meteen terugkomen.* De vage gestalten op het scherm sprongen op, en toen ze de code herkenden, stouwden ze – komisch in hun onhandige haast – hun laatste buit in de tassen en gingen ze naar de klis terug.

Helm aarzelde nog even. Hij vervloekte zijn zachte hart en bedacht wat Oom zou doen als hij hier lucht van kreeg. Toen klauterde hij de ladder op en kwam hij via het luik in de stille stad terecht.

Ze was bang geweest dat de brandstoftanks bevroren zouden zijn, maar had buiten de waard gerekend: de havenmeesters van acht eeuwen Anchorage hadden manieren ontwikkeld om zich tegen de Arctische kou te beschermen. De brandstof was met antivries gemengd, en het pompmechanisme was ondergebracht in een verwarmd gebouw naast de hoofdtank. Ze maakte de slang los en hees het grote mondstuk op haar schouder. Zo beende ze naar de hangar terug terwijl de slang in de sneeuw achter haar werd afgewikkeld. In de hangar bevestigde ze het mondstuk op het ventiel aan de onderkant van het luchtschip, waarna ze terugging naar het pomphuis om het mechanisme aan te zetten. De slang begon enigszins te huiveren toen de brandstof er gorgelend doorheen stroomde. Terwijl de tanks volliepen, ging ze aan boord en bracht ze alles in gereedheid. De lampen in de gondel werkten nog niet, maar ze vond haar weg dankzij het werklicht buiten. Ze zette op het bedieningspaneel schakelaars om en bracht de instrumenten tot leven, zodat de meters de besturingsgondel in een gloed hulden alsof er vuurvliegjes rondvlogen.

Tom werd wakker – verbaasd dat hij in slaap was gevallen. Hij had een gevoel van dikke modder in zijn hoofd, en er was iemand bij hem in de kamer die zich over hem heen boog en zijn gezicht met koude vingers aanraakte.

'Freya?' vroeg hij.

Maar het was niet de markgravin. Een blauwige lantaarn ging aan en verlichtte het bleke gezicht van een volmaakt onbekende. Tom dacht iedereen aan boord van Anchorage wel oppervlakkig te kennen, maar dit witte gezicht onder woest, lichtblond haar herkende hij niet. Ook de stem was onbekend en sprak met een zacht accent dat in Anchorage niet voorkwam. 'Geen tijd voor uitleg, Tom! Je moet meekomen. Hester is op de luchthaven. Ze vertrekt zonder jou!'

'Wat?' Tom schudde zijn hoofd en hoopte de restanten van zijn dromen van zich af te zetten. Deze onbekende hoorde daar misschien ook bij. Wie was deze jongen en wat wilde hij? 'Waarom doet ze dat dan?'

'Vanwege jou, idioot!' riep de jongen. Hij trok Toms beddengoed weg en smeet hem zijn thermische kleding toe. 'Wat denk je dat ze voelde toen ze je Freya Rasmussen zag aflikken?'

'Dat deed ik helemaal niet!' zei Tom ontzet. 'Het was... En

Hester kan niet... En hoe weet jij dat eigenlijk...?'

Maar de aandrang van de onbekende bleek aanstekelijk. Hij trok zijn geleende gewaad uit, wist zijn laarzen en koumasker op hun plaats te krijgen, trok zijn oude vliegeniersjas aan en volgde de jongen de kamer uit. Via een zij-ingang die hij nog nooit had opgemerkt, liepen ze het paleis uit. De nacht was hartverscheurend koud en de stad een winterdroom. In het westen werkten de Groenlandse bergen zich boven het ijs uit. In het maanlicht leken hun randen scherp en zo dichtbij dat je ze kon aanraken. Het noorderlicht laaide boven de daken op, en in de stilte meende Tom het te horen knetteren en zoemen als een elektriciteitsleiding op een winterochtend.

De onbekende ging hem voor op de Rasmussen Prospekt: eerst via een trap omlaag, toen over een onderhoudspad onder de buik van het niveau en daarna over een andere trap naar de luchthaven boven. Toen ze weer in de openlucht stonden, merkte Tom dat hij het geluid verkeerd geïnterpreteerd had. Het geknetter was het geluid van vallend ijs omdat het koepeldak van de hangar openging, en het gezoem kwam van de motorkappen, die in de startstand werden gedraaid.

'Hester!' riep Tom, sjokkend door de sneeuw. In de open hangar gingen de navigatielichten van de Jenny aan. Schijnsels flakkerden op de sneeuwhopen. Een ladder die tegen de zijkant van de romp had gestaan, viel met een klap om, en hij hoorde het drievoudige gerinkel waarmee de afmeerklemmen losgingen. Dat kon toch niet Hester zijn, die daar achter de donkere ramen van de besturingsgondel heen en weer liep? Hij klauterde en zwom door een oceaan van sneeuw. 'Hester! Hester!' riep hij, nog steeds niet echt gelovend dat ze opsteeg. Dat van die stomme kus kon ze toch niet weten? Het had haar dwarsgezeten dat hij hier had willen blijven, en nu zette ze hem dat betaald – meer niet. Schoppend en worstelend werkte hij zich door de stuifsneeuw. Hij kwam nu sneller vooruit, maar toen hij op nog maar twintig meter van de hangar was, verhief de Jenny Haniver zich in de lucht. Het luchtschip draaide naar het zuidoosten, passeerde de daken snel en vloog toen boven het eindeloze ijs.

'Hester!' riep hij – ineens kwaad. Waarom kon ze hem niet als een gewoon iemand vertellen wat ze voelde in plaats van op deze manier weg te stuiven? Er stak een westenwind op die het luchtschip snel bij hem vandaan dreef en poedersneeuw in zijn gezicht blies toen hij omkeek om te zien wie zijn geheimzinnige metgezel was. De jongen was weg. Hij was alleen, op meneer Aakiuq na, die wankelend op hem afkwam en riep: 'Tom! Wat is er gebeurd?'

'Hester,' zei Tom kleintjes terwijl hij in de sneeuw ging zitten. Hij voelde tranen wegzakken in de fleecevoering van zijn koumasker toen de lantaarn op Jenny's achterschip – een klein vonkje warmte in eindeloze kou – steeds verder vervaagde en uiteindelijk met het noorderlicht versmolt.

17

Na Hester

*T*om sjokte terug over het looppad onder het hoogste niveau. Het was al uren geleden dat de Jenny Haniver vertrokken was, en hij voelde zich afschuwelijk leeg, alsof hij een trap in zijn maag had gekregen. Meneer Aakiuq had via de radio contact met haar gezocht, maar er was geen antwoord gekomen. 'Ze heeft hem misschien niet aangezet,' zei de havenmeester. 'Of misschien doet hij het niet. Ik was er nog niet aan toegekomen om de buizen te controleren. En er zit bij lange na niet genoeg gas in de envelop; ik heb ze alleen een beetje gevuld om na te gaan of de cellen nog goed waren. Waarom moest dat arme kind toch zo ineens weg?'

'Ik weet het niet,' zei Tom, maar hij wist het wel. Hij had eerder moeten begrijpen hoezeer ze deze omgeving haatte. Hij had de tijd moeten nemen om even aan haar gevoelens te denken voordat hij verliefd werd op deze stad. Hij had Freya niet moeten kussen. Maar zijn schuldgevoelens bleven kronkelen en sloegen om in woede. Zij had immers evenmin aan zíjn gevoelens gedacht. Waarom zou hij hier niet mogen blijven als hij dat wilde? Ze was veel te zelfzuchtig. Haar haat jegens het stadsleven betekende niet dat hij voor altijd een thuisloze zwerver wilde zijn.

Toch moest hij haar terugvinden. Hij wist niet of ze hem terug wilde, wist niet eens of hij dat zelf wel wilde, maar hij mocht het niet op deze vreselijke, onbeheerste en verknipte manier laten eindigen.

De motoren van de stad kwamen zoemend tot leven terwijl hij naar de kou van het bovenniveau liep. Hij sloeg de weg naar het Winterpaleis in en wankelde over zijn eigen onvaste voetspoor terug. Hij wilde Freya niet zien – zijn binnenste krulde als brandend papier wanneer hij dacht aan wat er tussen hen in de Wunderkammer was voorgevallen – maar alleen Freya kon de stad bevelen om terug te gaan en de Jenny Haniver te volgen.

Hij liep net door de lange schaduw van het Stuurhuis toen de deur met een klap openvloog en een gestalte in een zijden gewaad verwoed strompelend door de sneeuw op hem afkwam. 'Tom! Tom! Is het waar?' Poleis opengesperde ogen puilden uit en zijn greep op Toms arm beet als de vorst. 'Ze zeggen dat je vriendin de benen heeft genomen! Is weggevlogen!'

Tom knikte beschaamd.

'Maar zonder de Jenny Haniver kunnen we...'

Tom haalde zijn schouders op. 'Misschien moet ik dan toch met u mee naar Amerika, professor.'

Hij drong zich langs de ontdekkingsreiziger en rende verder, terwijl Polei naar zijn appartement terugliep en 'Amerika! Ha, ha! Natuurlijk! Amerika!' mompelde. Freya zat in het Winterpaleis op hem te wachten. Ze balanceerde op het randje van een chaise longue in haar allerkleinste ontvangkamer – een vertrek niet groter dan een voetbalveldje, met zo veel spiegels omzoomd dat er wel duizend Freya's leken te zitten en wel duizend Toms nat en haveloos naar binnen stormden om sneeuw op haar marmeren vloer te laten smelten.

'We moeten terug, Luisterrijke,' zei hij.

'Terug?' Freya had op van alles gerekend maar niet op dit. Ze bloosde van genoegen over het bericht van Hesters vertrek en had zich voorgesteld dat ze Tom zou moeten troosten. Ze zou hem verzekerd hebben dat dit voor iedereen het beste was, en dan zou hij begrijpen dat hij zonder die afgrijselijke vriendin veel beter af was: het was kennelijk de wil van de IJsgoden dat hij hier bij haar in Anchorage bleef. Om zijn begrip te bevorderen had ze haar leukste jurk aangetrokken en het bovenste knoopje op zo'n manier opengelaten dat onder de holte van haar keel een driehoekje zacht, wit vlees te zien was. Het gaf haar een huiverend gevoel van moed en volwassenheid, en ze had van alles verwacht maar niet dit.

'Maar we kunnen niet terug,' zei ze half lachend en hopend dat hij een grapje maakte. 'Waarom zouden we teruggaan?'

'Hester...'

'We kunnen geen luchtschip inhalen, Tom! En waarom zouden we dat willen? Ik bedoel: daar achter ons loert Vetpens nog steeds...' Maar hij keek haar niet eens aan en zijn ogen glommen van de glibberende tranen. Ze knoopte haastig en beschaamd haar jurk dicht en werd toen snel nijdig. 'Waarom zou ik mijn hele stad moeten riskeren voor een krankzinnig meisje in een luchtschip?'

'Ze is niet krankzinnig.'

'Ze dóét krankzinnig.'

'Ze heeft verdriet!'

'Nou, ik ook!' riep Freya. 'Ik dacht dat je een beetje om me gaf! Betekent het dan niets wat er gisteren gebeurd is? Ik dacht dat je Hester vergeten was! Ze is niets! Ze is waardeloos en ik ben blij dat ze je heeft laten stikken! Ik wil dat je mijn, mijn, mijn vriend bent, en hopelijk begrijp je wat een eer dat is!'

Tom staarde haar aan en kon geen antwoord bedenken. Hij zag haar ineens zoals ook Hester haar gezien had: een mollig, verwend, pruilend meisje dat een wereld verwachtte die zich naar haar wensen plooide. Hij wist dat ze gelijk had door zijn verzoek te weigeren, want het zou waanzin zijn om de stad te keren. Maar juist haar gelijk maakte haar op de een of andere manier alleen nog maar onredelijker. Hij mompelde iets en draaide zich om.

'Waar ga je heen?' vroeg Freya schril. 'Wie heeft gezegd dat je mag gaan? Je hebt geen toestemming om mijn aanwezigheid te verlaten!'

Maar Tom wachtte niet op verlof. Toen hij de zaal uit gerend was, liet hij de deur hard achter zich dichtvallen en liet haar alleen met haar talloze spiegelbeelden die hun hoofd in de trillende spiegels alle kanten op draaiden en elkaar niet-begrijpend aankeken alsof ze vroegen: *Wat hebben we fout gedaan?*

Hij rende door de lange gangen van het Winterpaleis maar had geen idee waar hij naartoe ging. Hij lette ook nauwelijks op de kamers die hij passeerde, noch op de krassende en krabbelende geluiden die soms in de leidingen en ventilatiekokers te horen waren. Sinds het moment dat hij uit Londen was gevallen, was Hester bij hem geweest. Ze had voor hem gezorgd, had gezegd wat hij moest doen, en had op haar eigen felle, verlegen manier van hem gehouden. Nu had hij haar verjaagd. Hij zou niet eens geweten hebben dat ze verdwenen was als die jongen er niet was geweest...

Voor het eerst sinds het vertrek van de Jenny Haniver dacht Tom aan zijn onbekende bezoeker. Wie was dat geweest? Iemand van het machinedek, afgaand op zijn kleding (Tom herinnerde zich vele lagen donkere kleding, een jasje met olie- en vetvlekken en zwarte verf die van koperen knopen bladderde). Maar hoe had hij geweten wat Hester van plan was? Had ze hem in vertrouwen genomen? Hem dingen verteld die ze nooit tegen Tom had gezegd? Hij voelde een vreemde steek van jaloezie bij de gedachte aan Het die haar geheimen met iemand anders deelde.

Maar stel je voor dat die jongen ook wist waar ze naartoe was! Tom moest hem vinden en met hem praten. Hij rende het paleis uit, stoof naar de dichtstbijzijnde trap en haastte zich via het machinedek door het gerommel en de mist van de Duifkruidbollen naar het kantoor van de hoofdmachinist.

Prikker en Gorgel wachtten Helm op toen deze ademloos en geagiteerd van het rennen uit de luchthaven terugkwam. Ze zaten al met hun vuurwapens en messen in het luik klaar voor het geval de Droogkloten hem op de hielen zaten. Ze trokken hem naar binnen en wilden hem pas aan het woord laten toen ze zeker wisten dat hij niet gevolgd was.

'Wat was je eigenlijk van plan?' vroeg Prikker boos. 'Wat was je eigenlijk aan het doen? Je wéét dat het verboden is om de klis onbewaakt achter te laten. En dan nog wel praten met een Droogkloot! Heb je dan in de Roverij niks geleerd?' Hij zette een hoog, jankend stemmetje op – een imitatie van hem, nam Helm aan. '"Tom, Tom! Vlug, Tom! Ze smeert 'm!" Stomkop!'

Helm zat op de vloer van het ruim met zijn rug tegen een baal gestolen kleren. Zijn falen overspoelde hem als smeltwater.

'Je hebt 't verknald, Helm,' zei Prikker, die ineens glimlachte. 'Ik bedoel: écht verknald. Ik neem de leiding van dit schip over. Dat zal Oom begrijpen. Als hij hoort wat je gedaan hebt, krijgt hij spijt dat hij me niet meteen het bevel heeft gegeven. Ik stuur hem vanavond een postvis en rapporteer alles. Jij gaat niet meer snuffelen, Droogklotenvriendje. Geen nachtelijke expedities meer. Geen klef gedoe meer over markgravinnen – reken maar dat ik gezien heb hoe je zit te zwijmelen bij elke keer dat haar smoel op het scherm verschijnt.'

'Maar Prikker...' jammerde Gorgel.

'Kop dicht!' zei Prikker, terwijl hij hem een harde klap op zijn hoofd gaf en zich omdraaide voor een trap richting Helm, die probeerde op te staan om de kleinere jongen te beschermen. Hij straalde helemaal van tevredenheid. 'Ook jij houdt je bek, Helm. Van nu af aan leiden we de klis op mijn manier.'

Meneer Duifkruid, wiens huis op het hoogste niveau te veel droeve herinneringen bevatte, besteedde bijna al zijn vrije tijd in zijn kantoor – een smalle hut tussen twee steunbalken op het hart van het machinedek. Het bevatte een bureau, een archiefkast, een brits, een primusbrander, een klein wasbekken, een kalender, een geëmailleerde mok en niet veel meer. Zijn rouwkleding hing aan een haak aan de achterkant van de deur en flapperde als een zwarte vleugel toen Tom binnenkwam. De man zelf zat aan zijn bureau als een melancholiek standbeeld. Het flakkerende licht van de stookovens op het machinedek viel naar binnen tussen de latten van de jaloezieën voor het raam, zodat strepen licht en schaduw over hem vielen. Alleen zijn ogen bewogen en doorboorden de nieuwkomer met een kille blik.

'Meneer Duifkruid, Hester is weg!' zei Tom hijgend. 'Ze heeft de Jenny gepakt en is verdwenen!'

De hoofdmachinist knikte en staarde naar de muur achter Toms hoofd alsof daar een film werd vertoond die alleen hij kon zien. 'Dan is ze weg. Wat kan ik daaraan doen?'

Tom ging plomp op de brits zitten. 'Er was een jongen. Die had ik nooit eerder gezien. Een bleke, blonde jongen van het machinedek, iets jonger dan ik. Hij bleek alles van Hester te weten.'

Nu kwam Duifkruid in beweging. Hij sprong op en kwam met een vreemde blik in zijn ogen snel op Tom af. 'Heb jij hem ook gezien?'

Tom deinsde terug, verrast over het plotselinge vertoon van hartstocht bij de hoofdmachinist. 'Ik dacht: hij kan me misschien vertellen waar ze naartoe is.'

'We hebben niemand aan boord die aan jouw beschrijving van de jongen voldoet. Geen lévend iemand.'

'Maar... het klonk alsof hij met haar gepraat had. Als u me kunt vertellen waar ik hem kan vinden...'

'Je kunt Axel niet vinden. Hij zal jou vinden als hij dat wil. Zelfs ik heb hem alleen uit de verte gezien. Wat heeft hij tegen je gezegd? Heeft hij mij genoemd? Heeft hij je een bericht voor zijn vader meegegeven?'

'Voor zijn vader? Nee.'

Duifkruid leek nauwelijks te luisteren. Hij tastte in een zak van zijn overall en haalde er iets van zilver uit: een fotolijstje. Tom kende nogal wat mensen die zo'n draagbaar heiligdom bij zich hadden, en toen Duifkruid het openmaakte, wierp hij een steelse blik op het portret. Hij zag een brede, zwaargebouwde jongeman – net een jongere versie van Duifkruid zelf. 'O nee,' zei hij. 'Dat is niet de jongen die ik gezien heb. Hij was jonger en magerder...'

Voor de hoofdmachinist was dat een schok, maar niet lang. 'Praat niet zo stom!' snauwde hij. 'De geesten van de doden kunnen elke vorm aannemen die ze willen. Mijn Axel was ooit even slank als jij. Het ligt voor de hand dat hij verschijnt in de vorm die hij toen had: jong en knap en hoopvol.'

Tom geloofde niet in geesten. Dat dacht hij tenminste. *Uit het Zonloze Land komt niemand terug.* Dat had Hester altijd gezegd, en om zichzelf gerust te stellen mompelde hij dat een paar keer zachtjes toen hij het kantoor van meneer Duifkruid verliet en over de ineens donkere en schaduwrijke trap naar het hoogste niveau liep. De jongen kon geen geest zijn geweest: Tom had hem gevoeld, hem geroken en de warmte van zijn lichaam bespeurd. Hij had voetsporen achtergelaten toen hij vooropging naar de hangar. Die voetsporen bewezen het.

Maar toen hij de luchthaven bereikte, was de wind opgestoken en gleed poedersneeuw als rook over de sneeuwhopen. De sporen rond de hangar waren al zo vaag dat niet te zeggen viel door hoeveel voeten ze gemaakt waren, en of die onbekende jongen echt, een geest of alleen een droomfragment was geweest.

18

Roofgoud

*H*ester was dankbaar voor de wind. Die dreef haar bij Anchorage vandaan maar was grillig en onregelmatig, liep soms naar het noorden om, woei soms fel en zakte andere keren helemaal weg. Ze moest haar uiterste best doen om de Jenny Haniver op koers te houden, en dat was goed, want zo had ze geen tijd om aan Tom te denken of aan de dingen die ze van plan was. Als ze te veel over een van beide nadacht, wist ze dat ze de moed zou verliezen. Dan keerde ze het luchtschip en vloog ze naar Anchorage terug.

Maar soms, als ze bij het bedieningspaneel een dutje deed, vroeg ze zich onwillekeurig af wat Tom aan het doen was. Had hij verdriet van haar vertrek? Had hij het al gemerkt? Was Freya Rasmussen hem aan het troosten? 'Doet er niet toe,' vond ze. Binnenkort was alles weer zoals het was geweest, en zou hij weer van haar zijn.

Op de tweede dag na haar vertrek kwam Vetpens in zicht. De Roofwijk was na zijn vergeefse jacht op Anchorage naar het zuiden afgeslagen, en had bovendien geluk, want er was prooi opgedoken: een groep walvisstadjes die door de storm uit de koers was geraakt. Het waren er drie, en die waren stuk voor stuk veel groter dan Vetpens, maar de Roofwijk was snel van het ene naar het andere gereden en had met zijn tanden aandrijfwielen en steunbalken kapotgescheurd. Toen Hesters blik erop viel, zag ze Vetpens terugkeren om ze op te vreten waar ze verminkt tot stilstand waren gekomen. Het zag ernaar uit dat de Roofwijk het nog wekenlang druk zou hebben met zijn feestmaal, en ze was blij dat de rover niet naar het westen kon afslaan om Anchorage weer te bedreigen, want dan werden haar eigen plannen doorkruist.

Ze vloog almaar door. De dagen waren kort en de nachten lang en bitterkoud, maar haar nachtelijke speurtocht met de radioknop werd uiteindelijk beloond met het golvende gejank van een stadsbaken. Ze verlegde haar koers. Het signaal zwol aan, en ze zag Arkangel een paar uur later bij zijn eigen prooi op het ijs staan.

De grote, luidruchtige, overdekte luchthaven van de roofstad gaf haar een eigenaardig heimwee naar de vrede van Anchorage, en bij de automatische grofheid van de grondbemanning en douanefunctionarissen dacht ze melancholiek aan meneer Aakiuq. Ze besteedde de helft van Poleis geld aan brandstof en draaggas en verborg de rest in een van de geheime compartimenten die Anna Fang onder het dek van de Jenny Haniver had aangebracht. Haar plannen gaven haar weliswaar een ziek en schuldig gevoel, maar toch liep ze naar de Luchtbeurs, een groot gebouw achter de energiecentrale waar de handelaars en de kooplieden van de stad elkaar troffen. Toen ze rondvroeg waar ze Pjotr Masgard kon vinden, staarden de vliegeniers haar misprijzend aan, en één vrouw spuwde voor haar voeten op het dek, maar na een tijdje kreeg een vriendelijke oude koopman blijkbaar medelijden met haar en nam hij haar even ter zijde.

'Arkangel is anders dan andere steden, mijn beste,' legde hij uit terwijl hij haar naar een liftstation bracht. 'De rijken wonen hier niet bovenaan maar in het midden, waar de meeste warmte is, in het district dat de Kern heet. De jonge Masgard heeft daar een herenhuis. Stap op station Kael uit en vraag het daar opnieuw.'

Hij hield haar goed in het oog terwijl ze haar passage betaalde en aan boord van een lift naar de Kern ging. Daarna hees hij zijn gewaden op en haastte hij zich weer naar zijn winkel aan de andere kant van de haven: een grote, sjofele, stampvolle zaak genaamd Blinkoes Oudtech en Antiek.

'Snel, vrouwen!' bulderde hij toen hij de kleine salon achter de winkel in liep. Hij zwaaide als een semafoor met zijn armen waardoor de vijf dames Blinkoe opkeken van hun romans en borduurwerkjes. 'Ze is er! Dat meisje! Die lelijke! Denk je eens in: al die weken hebben we gespeurd en navraag gedaan, en nu loopt ze gewoon ijskoud onze Luchtbeurs in! Snel nu, we moeten klaarstaan!'

Hij wreef vol blijdschap in zijn handen en stelde zich voor hoe hij de beloning ging uitgeven die de Groene Storm hem zou betalen als hij Hester en de Jenny Haniver kwam brengen.

De Kern was een onthutsende omgeving: een grote, dreunende grot, gevuld met het gedonder van de stadsmotoren, heiig van de rook en de stoomwolken, kriskras doorsneden door honderden looppaden, spoorrails en liftschachten. De gebouwen verdrongen elkaar op richels en platforms op poten of hingen als zwaluwnesten eronder. Slaven met ijzeren halsbanden veegden de straat, terwijl andere in ploegen passeerden, voortgedreven door de zwepen van in bont gehulde voorlieden op weg naar onaangename klussen in kille buitendistricten. Hester probeerde hen niet te zien, noch de rijke dames met aangelijnde jongetjes, noch de man die een slaaf bleef aftuigen omdat deze hem per ongeluk had aangeraakt. Dat ging haar niet aan. Arkangel was een stad waarin de rijken deden waar ze zin in hadden.

IJzeren beelden van de wolfsgod Eisengrim bewaakten de poort van Masgards herenhuis. Binnen brandden gasbranders in ijzeren driepoten en vulden de grote ontvangstzaal met patronen van nerveuze lichtflitsen en snijdende, messcherpe schaduwen. Een slanke jonge vrouw met een slavenband vol edelstenen bekeek Hester van top tot teen en vroeg wat ze kwam doen. Hester gaf haar hetzelfde antwoord als ze de bewakers buiten gegeven had: 'Ik heb inlichtingen te koop voor de Jagers van Arkangel.'

In de schaduwen onder het schuurhoge dak klonk het gezoem van motoren, en daar kwam Masgard ineens op haar af. Hij bereed een leren sofa die zwaaiend onder een kleine ballon hing; aan de hoofdsteun ontsproten minimotorgondels. Het was een stoelschip, een speeltje voor rijke mannen. Hij stuurde het naar Hester toe, bleef vlak voor haar hangen en genoot van haar verraste blik. Zijn slavin wreef als een poes met haar hoofd over de teen van zijn laars.

'Kijk eens aan!' zei hij. 'Ik ken jou! Jij bent die spetter met het litteken uit Luchtschut! Je komt me zeker aan mijn belofte houden!'

'Ik kom u vertellen waar u prooi kunt vinden,' zei Hester, die haar stem in bedwang probeerde te houden.

Masgard bracht het stoelschip nog iets dichterbij en liet haar wachten. Intussen bestudeerde hij het spel van angst en schuldgevoelens op haar verminkte gezicht. Zijn stad was te groot om het nog zonder de hulp van schorem als dit meisje te kunnen stellen, en daarom haatte hij haar.

'O ja?' vroeg hij uiteindelijk. 'Welk dorp kom je verraden?'

'Geen dorp,' zei Hester. 'Een stad. Anchorage.'

Masgard probeerde verveeld te kijken, maar Hester zag de vonken van belangstelling in zijn ogen en deed haar best om ze aan te blazen. 'U hebt ongetwijfeld van Anchorage gehoord, meneer Masgard. Een heel grote ijsstad. Appartementen vol luxe meubilair, het grootste aandrijfwiel op het ijs en prima Oudtech-motoren die de Duifkruid-bollen heten. Ze rijden boven langs Groenland op weg naar het westelijke ijs.'

'Waarom?'

Hester haalde haar schouders op. (Ze kon de tocht naar Amerika beter niet noemen – die was te moeilijk uit te leggen en even moeilijk te geloven.) 'Wie zal het zeggen? Ze hebben misschien over een Oudtech-voorraad gehoord en willen die opgraven. U vindt vast wel een manier om de details aan hun mooie jonge markgravin te ontfutselen...'

Masgard grijnsde. 'Julianna hier was de dochter van een

markgraaf voordat Arkangel haar pappies stad opvrat.'

'Bedenk dan maar wat voor mooie aanvulling Freya Rasmussen aan uw collectie zou zijn,' zei Hester. Ze leek buiten zichzelf getreden en niets te voelen behalve een vage trots over de mate waarin ze harteloos kon zijn. 'En als u een hapje zoekt voor onderweg, dan kan ik u de coördinaten van Vetpens geven. Dat is een roofwijk met een rijke nieuwe buit.'

Masgard was verkocht. Een paar dagen eerder had hij van Widgery Blinkoe berichten over Anchorage en Vetpens gehoord, maar de aalgladde antiquair had de huidige koers van Vetpens niet geweten. En wat Vetpens betrof, wist Masgard niet of hij moest geloven dat een ijsstad zo ver in het westen was waargenomen. Toch klonk deze aftandse luchtegel alsof ze wist waarover ze het had, en met Blinkoes rapport als bevestiging was haar inlichting genoeg om de Raad tot een andere koers te bewegen. Hij liet haar even wachten om tot haar te laten doordringen hoe stuitend ze was. Vervolgens opende hij een compartiment in de armleuning van zijn vliegstoel en haalde er een dik vel perkament uit dat hij met een vulpen ondertekende. Zijn slavin gaf het aan Hester door. De tekst was in gotische letters geschreven en de zegels droegen de namen van de goden van Arkangel: Eisengrim en de Dekker.

'Een promesse,' legde Masgard uit terwijl hij de motoren van de stoel op toeren bracht en aanstalten maakte om op te stijgen. 'Als je inlichting correct blijkt, kun je je beloning komen ophalen wanneer we Anchorage opvreten. Geef de details maar op aan mijn klerk.'

Hester schudde haar hoofd. 'Ik doe het niet voor roofgoud.'

'Voor wat dan?'

'Er is iemand aan boord van Anchorage. Tom Natsworthy, de jongen met wie u me in Luchtschut gezien hebt. Als u die stad opeet, laat u hem aan mij over. Maar hij mag niet weten dat het doorgestoken kaart is. Ik wil dat hij denkt dat ik hem red. Al het andere aan boord van die stinkende stad is van u. Maar Tom niet. Tom is van mij. Mijn buit.'

Masgard staarde haar even oprecht verbaasd aan. Toen legde hij zijn hoofd in zijn nek en schalde zijn lach door het hele vertrek.

Terwijl ze op het liftstation op vervoer naar de luchthaven wachtte, voelde ze de dekplaten trillen omdat het grote Arkangel in beweging kwam. Ze klopte op haar zak en controleerde of ze Masgards aangepaste promesse nog had. Wat zou Tom blij zijn als ze hem in de buik van die roofstad kwam redden! Als ze eenmaal weer samen op de Vogelroutes waren, kon ze hem zijn verliefdheid op de markgravin snel laten vergeten!

Ze had gedaan wat ze moest doen ter wille van Tom, en er was geen weg terug. Ze wilde een paar spulletjes en dingetjes uit de Jenny Haniver halen en ergens een kamer zoeken om tijdens de tocht onderdak te hebben.

Het was al donker toen ze weer op de luchthaven stond. Sneeuwvlokken dwarrelden rond de landingslichten bij de ingang van de haven. Het geluid van grof gelach en goedkope muziek zweefde vanuit taveernes achter de koppelingsplatforms en zwol aan bij elke keer dat iemand een deur opendeed. Gedempt lamplicht wierp poelen van schaduwen onder de grote, aangemeerde koopvaardijschepen: schepen met noordelijke namen zoals de Fram, de Froud en de Smaug. Op weg naar het goedkope platform waar de Jenny wachtte, begon ze een beetje zenuwachtig te worden. Dit was een gevaarlijke stad, en ze was de gewoonte kwijt om alles alleen te doen.

'Juffer Shaw?' De man die aan haar blinde kant naar haar toe kwam, verraste haar. Ze tastte naar haar mes maar herkende toen de aardige oude koopman die haar eerder die dag geholpen had. 'Ik loop wel even mee naar uw schip, juffer Shaw. Er zijn een paar Sneeuwgekke handelaars aan boord. Schoelje. Het is niet veilig voor een jonge vrouw alleen. Uw schip is de Jenny Haniver, nietwaar?'

'Dat klopt,' zei Hester, zich afvragend hoe hij haar naam en die van haar schip kende. Ze nam aan dat hij die had rondgevraagd of had opgezocht op de lijst van binnengekomen schepen in het havenkantoor.

'Hebt u Masgard nog gesproken?' vroeg haar nieuwe vriend. 'Dat zal wel iets te maken hebben met onze plotselinge draai naar het westen. Hebt u hem een dorp verkocht?'

Hester knikte.

'Ik zit ongeveer in hetzelfde vak,' zei de koopman, terwijl hij haar hard tegen een metalen stut sloeg onder een koopvaardij-schip dat de Tijdelijke Bliep heette. Ze snakte naar adem van pijn en verrassing en probeerde genoeg lucht naar binnen te krijgen om iets te kunnen roepen. Iets stak als een wesp in de zijkant van haar hals. De koopman zette zwaar hijgend een stap bij haar vandaan. Een koperen injectienaald glom in het licht van de ver-re taveernes toen hij die weer in zijn zak stak.

Hester probeerde haar hand op haar hals te leggen, maar het verdovende middel werkte snel en haar ledematen gehoorzaam-den niet meer. Ze probeerde iets te roepen maar kon niets anders uitbrengen dan een woordeloos gekras. Ze zette een stap naar voren en viel met haar gezicht op maar een paar centimeter van 's mans laarzen. 'Het spijt me heel erg,' hoorde ze hem zeggen. Zijn stem klonk ver en onvast zoals Toms stem toen ze die de laatste keer hoorde – vanuit de telefoon in de salon van de Aaki-uqs. 'Maar ik heb vijf vrouwen te onderhouden, snap je? Die hebben allemaal een dure smaak en zeuren me aan één stuk door aan mijn kop.'

Hester kraste opnieuw en kwijlde op de dekplaten.

'Wees maar niet bang!' vervolgde de stem. 'Ik breng jou en je schip alleen maar naar de Schurkenburcht. Ze willen je daar on-dervragen. Meer niet.'

'Maar Tom...' kreunde ze. Ze kreeg het nauwelijks over haar lippen.

Nieuwe laarzen verschenen: dure, modieuze dameslaarzen met kwastjes. Nieuwe stemmen kwebbelden boven haar hoofd. 'Weet je zeker dat zij het is, Blinkoe?'

'Foei, wat is ze lelijk!'

'Tienduizend contant als ik haar naar de Burcht breng,' zei Blinkoe zelfvoldaan. 'Ik breng haar aan boord van haar eigen schip en neem de tender van de Bliep op sleeptouw voor de terugweg. Ik ben zo terug, en heb dan zakken vol geld bij me. Pas goed op de winkel terwijl ik weg ben, schatten.'

'Nee!' wilde Hester zeggen, want als hij haar meenam, was zij er niet om Tom te redden; dan zou hij met de rest van Anchorage opgevreten worden en liepen al haar plannetjes spaak... Maar hoewel ze zich probeerde te verzetten toen ze naar haar sleutels tastten, kon ze zich niet bewegen en niet eens iets zeggen of met haar ogen knipperen. Toch duurde het nog lang voordat ze het bewustzijn verloor, en dat was nog het ergste, want ze begreep alles wat er met haar gebeurde toen de koopman en zijn vrouwen haar aan boord van de Jenny Haniver sleepten en hun vertrek voorbereidden.

Deel twee

19

De geheugenkamer

Ze werd wakker van ijswater – een hele straal ervan zelfs, die haar zijdelings over een koude stenen vloer tegen een wit betegelde muur joeg. Ze schreeuwde gorgelend en hapte naar adem. Haar mond zat vol water. Water plakte haar bemodderde haren tegen haar gezicht waardoor ze niets kon zien, en toen ze het opzij veegde, bleek er hoe dan ook heel weinig te zien, alleen een kille, witte kamer die door één argonbol verlicht werd. Mannen in witte uniformen richtten slangen op haar.

'Genoeg!' riep een vrouwenstem. De stortvloed hield op. De mannen draaiden zich om en hingen de druipende mondstukken van de slangen op een metalen rek dat tegen de muur was geschroefd. Hester stikte bijna en spuwde vloekend water uit op de grond, waar het kolkend in een centrale afvoer verdween. Vage flarden van herinneringen aan Arkangel en een koopman kwamen terug. Ze was weer bij bewustzijn gekomen in het koude, lawaaierige ruim van de Jenny en merkte toen dat ze geboeid was. Ze had aan haar boeien getrokken en geprobeerd te roepen, en toen was de koopman met een overvloed aan excuses gekomen, waarna ze weer die wespensteek in haar hals voelde en in duisternis wegzonk. Hij had haar onder de invloed van verdovende middelen gehouden, en intussen was hij vanuit Arkangel naar dit onbekende oord gevlogen...

'Tom!' kreunde ze.

Gelaarsde voeten kwamen klotsend op haar af. Ze keek woedend op en verwachtte de koopman te zien, maar hij was het niet. Dit was een jonge vrouw in het wit met een bronzen embleem op haar borst dat haar identificeerde als een lage officier van de Anti-Tractieliga. Op haar armband was een groene bliksemschicht geborduurd.

'Kleed haar aan,' blafte de officier, en de mannen trokken Hester aan haar natte haren overeind. Ze namen niet de moeite om haar af te drogen en duwden haar verzwakte ledematen gewoon in de arm- en beengaten van een vormloze, grijze overall. Hester kon nauwelijks overeind blijven, laat staan zich verzetten. Met de officier voorop duwden ze haar blootsvoets de doucheruimte uit en een bedompte gang in. Aan de muren hingen posters van luchtschepen die steden aanvielen, en van knappe jonge mannen en vrouwen in een wit uniform die naar een zonsopgang voorbij een groene heuvel staarden. Andere soldaten marcheerden voorbij. Hun laarzen klonken hard onder het lage plafond. De meesten waren niet veel ouder dan Hester, maar allemaal droegen ze een zwaard aan hun zij en een armband met een bliksemschicht. En allemaal hadden ze de stralende, zelfvoldane blik van mensen die weten dat ze gelijk hebben.

Aan het eind van de gang was een metalen deur, en achter die deur lag een cel: een soort hoge, smalle doodskist met één raam hoog in de muur. Verwarmingsbuizen kronkelden langs het plafond van afbrokkelend beton maar gaven geen warmte. Hester huiverde maar werd in haar kriebelige overall langzaam droog. Iemand gooide een zware overjas naar haar toe. Ze zag dat het haar eigen jas was en trok hem dankbaar aan. 'Waar is de rest?' vroeg ze. Het kostte moeite om verstaanbaar te praten, want haar tanden klapperden en door de bijwerking van Blinkoes verdovende middel was haar toch al weinig soepele mond verdoofd. 'De rest van mijn kleren?'

'Laarzen,' zei de officier, die ze van een van haar ondergeschikten aannam en naar Hester gooide. 'De rest hebben we verbrand.

Maak je maar geen zorgen, barbaar; kleren heb je niet meer nodig.'

De deur ging dicht. In het slot werd een sleutel omgedraaid. Gelaarsde voeten marcheerden weg. Ergens diep beneden haar hoorde Hester de zee sissend en zuchtend tegen een rotsige kust klotsen. Ze sloeg haar armen om zich heen tegen de kou en begon te huilen. Niet om zichzelf en niet eens om Tom, maar om haar verbrande kleren: haar vest met Toms foto in het zakje en haar dierbare rode sjaal die hij in Peripatetiapolis voor haar gekocht had. Nu had ze niets meer van hem.

Het donker voorbij het hoge raampje vervaagde langzaam tot uitgespoeld grijs. De deur ging rammelend open. Een man keek naar binnen en zei: 'Sta op, barbaar. De commandant wacht.'

De commandant wachtte in een grote, schone kamer waar de omtrekken van dolfijnen en zeenimfen vaag door de witkalk op de muren schemerden en een rond raam uitzicht bood op golfjes die wel een kaasrasp leken. Ze zat achter een groot stalen bureau en trommelde met bruine vingers manische patroontjes op een map van manillapapier. Pas toen Hesters bewakers salueerden, stond ze op. 'Inrukken,' zei ze tegen hen.

'Maar commandant...' zei een van hen.

'Eén magere barbaar kan ik nog wel aan.' Ze wachtte tot ze verdwenen waren, kwam langzaam achter haar bureau vandaan en staarde Hester strak aan.

Hester had die felle, starre blik al eens eerder gezien, want de commandant was niemand anders dan het meisje Sathya, Anna Fangs felle, jonge beschermeling uit Batmoench Gompa. Erg verrassend vond ze dat niet. Sinds ze in Anchorage terecht was gekomen, had haar leven de vreemde logica van een droom gekregen, en het lag voor de hand dat ze aan het eind ervan een bekend, onvriendelijk gezicht zou zien. Sinds hun laatste ontmoeting waren tweeënhalf jaar verstreken, maar Sathya leek veel ouder geworden; haar gezicht was ingevallen en streng, en haar donkere ogen drukten iets uit dat Hester niet kon peilen, alsof woede, schuldbesef, trots en angst in haar binnenste versmolten waren tot iets heel anders.

'Welkom in de Fabriek,' zei ze kil.

Hester staarde haar aan. 'Waar zijn we? Wat is dit? Ik dacht dat uw groep geen bases in het noorden meer had, niet sinds Spitsbergen is verslonden.'

Sathya glimlachte alleen. 'U weet niet veel van onze groep, juffer Shaw. De Hoge Raad heeft misschien inderdaad Liga-troepen teruggetrokken uit de Arctische oorlogszone, maar sommigen aanvaarden die nederlaag iets minder gelijkmoedig. De Groene Storm heeft diverse bases in het noorden. Aangezien u hier niet levend vandaan komt, kan ik u vertellen dat u zich op de Schurkenburcht bevindt, een eiland op zo'n tweehonderd mijl van de Groenlandse zuidpunt.'

'Leuk,' zei Hester. 'Jullie zijn hier vast vanwege het lekkere weer.'

Sathya gaf haar een harde klap, waardoor het haar duizelde. 'Onder deze hemelen is Anna Fang opgegroeid,' zei ze. 'Haar ouders waren handelaars in dit gebied voordat ze door Arkangel in slavernij werden gevoerd.'

'Juist. Sentimentele redenen dus,' mompelde Hester, die haar spieren spande. Ze verwachtte een nieuwe klap, maar die kwam niet.

'Drie weken geleden heb je boven de Drachenpas een eenheid van ons vernietigd,' zei ze.

'Alleen omdat ze mijn schip aanvielen,' antwoordde Hester.

'Het is jouw schip niet,' snauwde het andere meisje. 'Het... het was van Anna. Jij hebt het gestolen in de nacht dat Anna omkwam, jij en die andere barbaar, je minnaar Tom Natsworthy. Waar is hij trouwens? Ga me niet vertellen dat hij je in de steek heeft gelaten.'

Hester haalde haar schouders op.

'Wat deed je in je eentje aan boord van Arkangel?'

'Een paar steden aan de Jagers verraden, meer niet,' zei Hester.

'Dat geloof ik best. Verraad zit je in het bloed.'

Hester fronste haar wenkbrauwen. Had Sathya haar helemaal hierheen gesleept om grofheden over haar ouders te zeggen. 'Als je bedoelt dat ik op mijn moeder lijk, dan moet ik toegeven dat het erg stom was om MEDUSA op te graven, maar ik geloof niet dat ze ooit iemand verraden heeft.'

'Nee,' beaamde Sathya. 'Je vader daarentegen...'

'Mijn vader was boer!' riep Hester, die plotseling in een vreemde woede ontstak omdat dit meisje daar zo kalmpjes de herinnering aan haar vader stond te bezoedelen, een man die nooit iets anders dan het goede had gedaan.

'Je bent een leugenaar,' zei Sathya. 'Je vader was Thaddeus Valentijn.'

Buiten viel de sneeuw als gezeefde poedersuiker. Hester zag ijsbergen door het onherbergzame grijs van de winterse zee ploegen. Ze zei met een klein stemmetje: 'Dat is niet waar.'

Sathya haalde een vel schrijfpapier uit de map op haar bureau. 'Dit rapport schreef Anna voor de Hoge Raad van de Liga op de dag dat ze jou naar Batmoench Gompa bracht. Wat staat daar ook alweer over jou? Eh... ja: *Twee jonge mensen, de één een aanbiddelijke en heel onschuldige jonge leerling-historicus uit Londen, de ander een arm, mismaakt meisje van wie ik zeker weet dat ze de verdwenen dochter van Pandora Rae en Thaddeus Valentijn is.*'

Hester zei: 'Mijn vader was David Shaw van Eikeneiland...'

'Je moeder had veel minnaars voordat ze met Shaw trouwde,' zei Sathya met een stem waarin kordate afkeuring doorklonk. 'Valentijn was een van hen. Jij bent zijn kind. Anna zou zoiets nooit geschreven hebben als ze niet zeker van haar zaak was geweest.'

'Mijn vader was David Shaw,' zei Hester verontwaardigd, maar ze wist dat het niet waar was. Dat wist ze al twee jaar – sinds haar blik die van Valentijn kruiste boven het lichaam van zijn stervende dochter Katherine. Een soort begrip knetterde toen tussen hen in als elektriciteit, een opkomend inzicht dat ze zo snel en hard mogelijk de kop had ingedrukt, want ze wilde hem niet als vader. Toch had ze het diep in haar binnenste begrepen. Geen wonder dat ze het niet over haar hart had kunnen verkrijgen om hem te doden!

'Anna vergiste zich in je, hè?' zei Sathya, die zich omdraaide en bij het raam ging staan. Het sneeuwde niet meer; plekken zonlicht bespikkelden de grijze zee met een lichter grijs. Ze zei: 'Jij was niet verdwenen en Tom was niet onschuldig. Jullie speelden al die tijd onder één hoedje met Valentijn. Jullie misbruikten Anna's goede hart om Batmoench Gompa in te komen en Valentijn te helpen bij het platbranden van onze luchtvloot.'

'Nee!' zei Hester.

'Ja. Jullie lokten Anna naar een plaats waar hij haar kon vermoorden, en toen stalen jullie haar schip.'

Hester schudde haar hoofd. 'Dat raakt kant noch wal.'

'Lieg niet tegen me!' schreeuwde Sathya, die zich weer naar haar omdraaide. Er stonden tranen in haar ogen.

Hester probeerde zich die nacht in Batmoench Gompa te herinneren. Het was toen vooral een chaos van vlammen en rennende mensen geweest, maar ze had het gevoel dat Sathya zich niet erg moedig gedragen had. Ondanks haar vechtlustige gepraat had Sathya haar geliefde Anna helemaal alleen tegen Valentijn laten vechten, en Valentijn had haar vermoord. Hester wist heel goed dat je jezelf zulke dingen niet kon vergeven. In plaats daarvan wiste je je herinneringen uit of verzonk je in wanhoop.

Of je zocht iemand anders aan wie je de schuld kon geven. Zoals Valentijns dochter.

Sathya zei: 'Je zult boeten voor wat je gedaan hebt. Maar eerst kun je het misschien voor een deel goedmaken.' Ze haalde een pistool uit haar bureau en gebaarde naar een kleine deur aan de andere kant van haar kantoor. Hester liep erheen. Het kon haar niet echt schelen waar ze heen ging en of Sathya haar neerschoot. Eén gedachte kon ze niet van zich afzetten: *Valentijns dochter. Valentijns dochter loopt door een deur. Valentijns dochter loopt een ijzeren trappetje af. Valentijns dochter.* Geen wonder dat ze zo slechtgehumeurd was. Geen wonder dat ze in staat was geweest om een hele stad vol goede mensen aan Arkangel te verraden, bijna zonder dat haar geweten opspeelde. Ze was Valentijns dochter en leek op haar papa.

De treden leidden naar een tunnel en vervolgens naar een soort voorvertrek. Twee bewakers staarden Hester door het getinte, glastic vizier van hun platte helm kil aan. Een derde man stond naast een dikke stalen deur. Het was een mannetje als een zenuwachtig konijn met roze ogen, dat op zijn nagels stond te kauwen. De argonlampen aan de muren glommen helder op zijn kale schedel. Tussen zijn wenkbrauwen was een rood wieltje getatoeëerd.

'Een technicus!' zei Hester. 'Een technicus uit Londen! Ik dacht dat ze allemaal dood waren...'

'Een paar hebben het overleefd,' zei Sathya. 'Na de ontploffing van Londen kreeg ik de leiding over een eskadron dat tussen de wrakstukken overlevenden moest opsporen. De meesten zijn naar slavenkampen diep in het territorium van de Liga gestuurd, maar toen ik dr. Popjoy ondervroeg en ontdekte waaraan hij gewerkt had, besefte ik dat hij ons kon helpen.'

'Met wat? De Liga heeft toch een afkeer van Oudtech?'

'Er zijn in de Liga altijd mensen geweest die vonden dat we de steden alleen kunnen verslaan als we hun eigen helse machines tegen ze gebruiken,' zei Sathya. 'Na het optreden van jou en je vader in Batmoench Gompa, werden hun stemmen beter gehoord. Er ontstond een geheim genootschap van jonge officieren: de Groene Storm. Toen ik ze over Popjoy vertelde, zagen ze zijn potentieel meteen en waren ze bereid om me dit instituut te laten stichten.'

De technicus ontblootte zijn grote gele tanden in een nerveuze grijns en zei: 'Dit is dus Hester Shaw. Ze kan inderdaad nuttig zijn. Ja, ja. Iemand die bij de grote klap aanwezig was, om zo te zeggen. Haar aanwezigheid in de Mnemonische Omgeving levert misschien precies de stimulans die we nodig hebben.'

'Ga ermee door,' snauwde Sathya, en Hester zag dat ook zij buitengewoon zenuwachtig was.

Popjoy bediende een stel hefbomen op de deur, en de machtige, elektromagnetische sloten gingen met een hol bonzend gerinkel open als afmeerklemmen die worden losgemaakt. De bewakers spanden hun spieren en wolkjes stoom gleden uit de loop van hun zware mitrailleurs toen ze de veiligheidspal omzetten. Al deze maatregelen waren niet bedoeld om mensen van buiten te weren, begreep Hester, maar om iets binnen te houden.

De deur zwaaide open.

Hester ontdekte later dat de geheugenkamer een brandstoftank was geweest: een van de tientallen stalen bollen waarmee de keteldalen van de Schurkenburcht bezaaid waren geweest. Maar op het eerste gezicht leek de ruimte alleen een krankzinnig grote kamer met roestige wanden die gebogen omhoogliepen. Boven haar hoofd ontstond een gewelf en onder haar lag een diepe kom. Overal aan de wanden hingen grote foto's: korrelig opgeblazen menselijke gezichten, kiekjes van Londen, Arkangel en Marseille en een zijdeschildering van Batmoench Gompa in een ebbenhouten lijst. Bekraste filmfragmenten werden op witgekalkte panelen eindeloos herhaald: een goudblond meisje met vlechtjes dat op een weiland stond te lachen, een jonge vrouw die aan een lange pijp trok en rook naar de camera blies.

Hester voelde zich ineens misselijk van angst en wist niet waarom.

Een looppad liep rond de omtrek van het ronde gewelf en een smalle brug leidde vandaar naar een platform in het midden, waar iemand stond die een soort grijze monnikspij droeg. Hester probeerde achter te blijven terwijl Sathya en Popjoy de brug op liepen, maar een van de bewakers stond achter haar en duwde haar stevig naar voren. Sathya bereikte als eerste het platform en raakte de arm van de wachtende persoon aan. Ze huilde zwijgend. Haar gezicht blonk in het zwakke licht van de tranen. 'Ik heb een geschenk voor je meegebracht, lieve,' zei ze zachtjes. 'Een bezoeker. Iemand die je je beslist herinnert!'

De gestalte in de pij draaide zich om, en toen de grijze kap opzij zakte, zag Hester wie het was – nee: *wie het geweest was* – Anna Fang.

20

Het nieuwe model

Dr. Popjoy had goed werk verricht voor zijn nieuwe meesters. Hij en zijn medetechnici hadden de Sluipertechnologie natuurlijk al jarenlang bestudeerd. Ze hadden veel geleerd van Havik, de gemechaniseerde buitjager door wie Hester ooit geadopteerd was. Ze hadden zelfs eigen Sluipers gemaakt. Op de avond dat MEDUSA ontplofte, had Hester hele pelotons Herrezen Mannen door de straten van Londen zien lopen. Maar vergeleken met die logge, geestloze wezens was de Sluiper die nu voor haar stond, zoiets als een nieuw Serapis Wolkenjacht vergeleken met een aftandse vrachtballon.

Het ding was slank, bijna gracieus en niet veel langer dan de levende juffer Fang was geweest. Het gezicht ging schuil achter een bronzen dodenmasker van de vliegenierster, en de leidingen en kabels die uit de schedel kwamen, werden tegen het achterhoofd netjes verenigd. De kleine, nieuwsgierige beweginkjes van hoofd en handen terwijl het Hester aankeek, leken bijna menselijk – heel even stelde ze zich voor dat de technicus Anna had weten terug te brengen.

Sathya begon snel en opgewekt te praten. 'Ze herinnert zich nog niets, maar dat komt wel. Deze ruimte dient als haar geheugen totdat haar eigen herinneringen terug zijn. We hebben foto's verzameld van iedereen die ze gekend heeft, van elke plaats waar ze geweest is, van de steden waartegen ze gevochten heeft, van haar minnaars en van haar vijanden. Straks is alles weer terug.

Ze is nog maar een paar maanden herrezen, en...'

Ze deed er ineens het zwijgen toe alsof ze begreep dat de gruwel van wat ze gedaan had, alleen nog maar gruwelijker werd door deze stroom hoopvol gekwebbel. Echo's van haar woorden gleden fluisterend langs de binnenkant van de oude brandstoftank: 'En, en, en, en, en...'

'O goden en godinnen, waarom hebben jullie haar niet met rust gelaten?' vroeg Hester.

Sathya gilde: 'Omdat we haar nodig hebben! De Liga is de weg kwijt! We hebben nieuwe leiders nodig. Anna was de beste van ons allemaal. Ze zal ons het pad naar de overwinning wijzen!'

De Sluiper kromde de vaardige handen, en een slank lemmet gleed uit elke vingertop – *sss, sss, sss*.

'Dit is Anna niet,' zei Hester. 'Niemand komt uit het Zonloze Land terug. Je tamme technicus heeft haar lichaam misschien weer aan de praat gekregen, maar Anna is het niet. Ik heb ooit een Sluiper gekend, en ook die wist niet meer wie hij bij leven geweest was; Sluipers zijn niet meer dezelfde persoon; die persoon is dood, en als je zo'n Oudtech-geval in hun hoofd zet, maak je een nieuwe persoon. Net of een nieuwe huurder een leeg huis betrekt...'

Popjoy begon te grinniken. 'Ik wist niet dat u zo deskundig was, juffer Shaw. Maar u bedoelt natuurlijk het oude Havik-model; een heel inferieur stuk werk. Voordat ik de Sluiper-machinerie in juffer Fangs brein installeerde, heb ik die zo geprogrammeerd dat eerst haar geheugencentra worden opgezocht. Ik heb er alle vertrouwen in dat we de herinneringen die daar begraven liggen, weer zullen kunnen wekken. Daar dient dit vertrek voor. We stimuleren het subject met constante herinneringen aan het vroegere leven. Waar het om gaat, is dat we de juiste mnemonische stimulans vinden – een geur, een voorwerp, een gezicht. Op dat gebied kunt u nuttig zijn.'

Sathya duwde Hester naar voren tot ze vlak voor de nieuwe Sluiper stond. 'Kijk, lieve!' zei ze opgewekt. 'Kijk! Dit is Hester Shaw! Valentijns dochter! Weet je nog hoe je haar in het Buitengebied aantrof en naar Batmoench Gompa bracht? Daar ben je ook omgekomen.'

De Sluiper boog zich naar haar toe. In de schaduwen achter het bronzen masker likte een zwarte, dode tong aan verwelkte lippen. De stem was een droog gefluister, als een nachtwind die door stenen dalen waait. 'Ik ken dit meisje niet.'

'Jawel, Anna!' zei Sathya indrukwekkend geduldig. 'Je móét. Probeer je haar te herinneren!'

De Sluiper keek op en speurde de honderden portretten op de muren, vloer en koepel van de ronde gevangenis af. Anna Fangs ouders hingen er, maar ook Stilton Kael, die Anna's opzichter was geweest toen ze nog als slavin op het verwerkingsdek van Arkangel werkte. Ook Valentijn, kapitein Chora en Pandora Rae hingen er, maar een portret van Hesters mismaakte gezicht was er niet bij. De Sluiper bekeek haar weer met mechanische ogen. De lange klauwen trilden. 'Ik ken dit meisje niet. Ik ben niet Anna Fang. Je verspilt je tijd, kleine Eenmaal Geborene. Ik wil hier weg.'

'Natuurlijk, Anna, maar eerst moet je proberen om het je te herinneren. Voordat we je naar huis brengen, moet je weer jezelf worden. Iedereen in de Ligazone houdt van je; als ze horen dat je terug bent, zullen ze opstaan en je volgen.'

'Eh, commandant...' mompelde Popjoy, achteruit naar de brug lopend. 'Ik vind dat we ons moeten terugtrekken...'

'Ik ben Anna Fang niet,' zei de Sluiper.

'Commandant, ik denk werkelijk...'

'Anna, alsjeblieft!'

Hester pakte Sathya ineens beet en trok haar naar achteren. De klauwen scheerden op maar een paar centimeter van haar keel langs. De bewaker richtte zijn machinegeweer en de Sluiper aarzelde net lang genoeg dat iedereen zich haastig over de brug uit de voeten kon maken. Toen ze bij de deur kwamen, trok de man die buiten op wacht stond, aan een rode hefboom. Rode waarschuwingslampjes gingen aan en het gezoem van elektriciteit zwol aan. 'Ik ben Anna Fang niet!' hoorde Hester de Sluiper roepen toen ze met de anderen het voorvertrek in stormde. Vlak voordat de bewakers de deur dichtgooiden en afsloten, zag ze hoe het ding haar met rukkende en glanzende klauwen gadesloeg.

'Fascinerend,' zei Popjoy, terwijl hij aantekeningen maakte op zijn klembord. 'Fascinerend. Achteraf gezien is het misschien een tikkeltje onverstandig geweest om de vingerklingen al zo snel te installeren...'

'Wat mankeert haar?' vroeg Sathya.

'Het is moeilijk om daar helemaal zeker van te zijn,' gaf Popjoy toe. 'Ik neem aan dat de nieuwe, geheugenzoekende componenten die ik in het basisbrein van de Sluiper heb aangebracht, botsen met tactische en agressieve instincten.'

'Bedoelt u dat ze gek is?' vroeg Hester.

'Werkelijk, juffer Shaw... "Gek" is een heel onbruikbare term. Laten we liever zeggen dat de vroegere juffer Fang "anders gezond" is.'

'Arme Anna,' fluisterde Sathya terwijl ze haar vingertoppen over haar keel liet glijden.

'Maak je geen zorgen over Anna,' zei Hester. 'Anna is dood. Je bedoelt eerder: "arme ik". Jullie hebben hier een krankzinnige moordmachine in huis, en jullie stompzinnige vuurwapens zullen die niet altijd in bedwang kunnen houden. Dat ding kan van het platform klimmen! Het kan de deur bereiken en...'

'De brug staat onder stroom, juffer Shaw,' zei Popjoy ferm. 'Dat geldt ook voor de balken onder het platform en voor de binnenkant van de deur. Zelfs Sluipers hebben een hekel aan een zware elektrische schok. En wat de vuurwapens betreft... Ik ben er tamelijk zeker van dat de vroegere juffer Fang haar nieuwe kracht nog niet begrijpt. Ze is er nog steeds huiverig voor. Dat kan heel goed betekenen dat ze inderdaad nog kwijnende herinneringen aan een vroegere, menselijke incarnatie heeft.'

Sathya keek hem even aan. Er flakkerde hoop in haar ogen. 'Ja. Ja, doctor. We mogen het niet opgeven. We zullen Hester hier nog eens terugbrengen.' Ze draaide zich glimlachend om, maar

Hester zag de paniek achter Popjoys brillenglazen. Hij had geen idee hoe hij het geheugen van de dode vliegenierster kon herstellen. Zelfs Sathya zou moeten beseffen dat deze poging om haar vriendin terug te halen, tot mislukken gedoemd was. En als dat doordrong, had ze geen reden meer om Hester in leven te houden.

Terwijl de bewakers haar naar haar cel brachten en weer opsloten, dacht ze: *Ik zal hier sterven. Sathya of dat krankzinnige ding zal me doden, en dan zal ik Tom nooit meer zien en zal ik hem nooit kunnen redden en zal ook hij sterven, en wel in de slavenkerkers van Arkangel, terwijl hij mij vervloekt.*

Ze leunde tegen de muur, liet zich langzaam op haar knieën zakken en rolde zich tot een ellendig balletje op. Tussen de rotsblokken van de Schurkenburcht hoorde ze de zee sissen – kil als de stem van de nieuwe Sluiper. Ze hoorde kleine stukjes verf en cement uit het door vocht aangetaste plafond van haar cel vallen, en in de oude verwarmingsbuis klonk een zwak gekras dat haar aan Anchorage deed denken. Ze dacht aan meneer Duifkruid en aan Sathya en aan de wanhopige dingen die mensen deden als ze hun dierbaren probeerden vast te houden.

'O, Tom! O, o, Tom!' snikte ze, denkend dat hij veilig en gelukkig in Anchorage was en geen idee had dat ze het grote Arkangel achter hem aan had gestuurd.

21

Leugens en spinnen

*E*en week ging voorbij, en daarna nog een en nog een. Anchorage sloeg af naar het westen en kroop langs Noord-Groenland terwijl verkenningssleden vooruit werden gestuurd om het ijs te peilen. Geen stad was ooit deze kant op gegaan, en juffer Pye vertrouwde haar kaarten niet.

Ook Freya had het gevoel dat ze onontgonnen terrein betrad. Waarom was ze zo ongelukkig? Waarom was alles zo verkeerd gelopen terwijl het zo goed leek te gaan? Ze begreep niet waarom Tom haar niet wilde. *Hij kan toch* – dacht ze terwijl ze een gat in het stof op haar kleedkamerspiegel wreef om zichzelf te bestuderen – *hij kan toch Hester niet missen? Zij kan toch niet belangrijker voor hem zijn dan ik?*

Als ze zo vol zelfmedelijden aan het mokken was, verzon ze soms ingewikkelde plannen om hem terug te krijgen. Soms werd ze boos en liep ze stampend door de stoffige gangen, alle dingen mompelend die ze tijdens hun ruzie had moeten zeggen. Ze vroeg zich zelfs één of twee keer af of ze bevel kon geven om hem wegens hoogverraad te onthoofden, maar de beul van Anchorage (een oeroude heer met een zuiver ceremoniële functie) was dood, en Freya betwijfelde of Zaagbek een bijl kon optillen.

Tom had zijn suite in het Winterpaleis verruild voor een verlaten appartement in een groot, leeg gebouw aan de Rasmussen Prospekt, niet ver van de luchthaven. Niet langer afgeleid door de

Wunderkammer of de bibliotheek van de markgravin, wijdde hij zijn dagen aan zijn zelfmedelijden en aan manieren om Hester terug te krijgen of in elk geval te ontdekken waarom ze weg was.

Anchorage was geen uitvalsbasis – dat stond vast. Hij had meneer Aakiuq uitgevraagd over de mogelijkheid om de Graculus uit te rusten voor lange afstanden, maar de Graculus was gewoon een sleeptuig en had nooit eerder meer dan drie mijl achter elkaar gevlogen. Meneer Aakiuq beweerde ook dat hij onmogelijk de grotere brandstoftanks kon installeren die nodig waren als Tom weer naar het oosten wilde vliegen. Hij voegde eraan toe: 'Waar zou ik ze trouwens mee moeten vullen? Ik heb het brandstofniveau in de luchthaventanks gecontroleerd. Er is bijna niets meer. Dat begrijp ik niet. Volgens de meters zijn ze nog steeds vol, maar de tanks zelf zijn bijna leeg.'

Brandstof was niet het enige dat verdween. Tom, die zich door Duifkruids gepraat over geesten niet liet overtuigen, had op het machinedek rondgevraagd. Wist iemand iets over Hesters geheimzinnige vriend? Niemand, maar iedereen bleek zijn eigen verhaal te hebben over gestalten die ze hadden opgemerkt in hoekjes van het dek waar niemand zou mogen zijn, en over gereedschappen die aan het eind van een dienst waren neergezet om nooit meer te worden teruggezien. Dingen verdwenen uit kasten en afgesloten ruimtes, en een olietank aan de Warmtewisselaarstraat was drooggevallen hoewel de meters nog op bijna vol stonden.

'Wat is hier gaande?' vroeg Tom. 'Wie pikt al die dingen? Is er soms iemand aan boord van wie we geen weet hebben? Iemand die na de plaag in het geheim is gebleven om zijn zakken te vullen?'

'De goden mogen je zegenen, jongeman,' grinnikten de arbeiders van het machinedek. 'Wie zou er aan boord van een stad zoals deze willen blijven, behalve om Hare Luisterrijke te helpen bij haar tocht naar Amerika? Je kunt er niet af, en er is geen manier om de dingen te verkopen die je gestolen hebt.'

'Maar wie...?'

'Spoken,' zeiden ze allemaal hoofdschuddend terwijl ze de amuletten betastten die ze om hun hals droegen. 'Het Hoge IJs is altijd behekst geweest. De geesten komen aan boord en halen geintjes uit met de levenden. Dat weet iedereen.'

Tom was daar nog niet zo zeker van, maar het machinedek had inderdaad iets spookachtigs. Als hij in zijn eentje door de vervallen straten liep, had hij soms het vreemde gevoel dat iemand hem gadesloeg, maar hij begreep gewoon niet wat geesten konden beginnen met olie, gereedschappen, motorbrandstof en kleinigheden uit het museum van de markgravin.

'Hij heeft ons in de smiezen,' zei Prikker duister, kijkend naar de schermen terwijl Tom aan het rondneuzen was tussen een paar verlaten gebouwen aan de rand van het machinedek. 'Hij weet het.'

'Hij weet niks,' zei Helm vermoeid. 'Hij vermoedt iets; meer niet. En hij weet niet eens wát hij vermoedt. Hij heeft alleen maar het idee dat er wat gaande is.'

Prikker keek hem aan en lachte verrast. 'Jij weet heel aardig wat hij denkt, hè?'

'Ik zeg alleen maar dat je je over hem geen zorgen moet maken,' mompelde Helm.

'En ik zeg van wel en dat we hem bijvoorbeeld een kop kleiner moeten maken. Zorgen dat het een ongeluk lijkt. Wat zeg je daarvan?'

Helm zei niets en weigerde in het aas te bijten. Het was waar dat de inbrekers veel voorzichtiger moesten zijn sinds Tom aan zijn onderzoek begonnen was, en ze liepen er vertraging door op. Prikker wilde graag bewijzen dat hij het bevel terecht naar zich toe had getrokken, en als hij de Schroefworm naar Oom bracht, moest het schip uitpuilen van buit, maar hoewel hij en Helm bijna elke avond naar boven gingen, durfden ze niets opvallends te stelen om Toms wantrouwen niet aan te wakkeren. Ze hadden ook de lampreislangen van de brandstoftanks op de luchthaven moeten verwijderen, en dat werd snel een probleem omdat de systemen van de postvis en een groot deel van de Schroefworm op gestolen brandstof liepen.

Als Straatjongen wist Helm dat Prikker gelijk had. Zet een mes tussen Toms ribben in een eenzame straat en kieper het lijk over de achtersteven... dan konden ze hun normale diefstallen hervatten. Maar het vriendelijker deel van hem verdroeg dat idee niet. Hij wou dat Prikker het opgaf en naar Grimsby terugging, zodat hij in zijn eentje naar Tom, Freya en de anderen kon kijken. Soms wilde hij zich zelfs bekendmaken en aan de genade van de inwoners overleveren. Alleen had hij al sinds zijn vroegste jeugd gehoord dat Droogkloten geen genade kénden. Zijn leraren in de Roverij, zijn kameraden, Ooms fluisterstem vanuit de luidsprekers in de kantine van Grimsby... Iedereen was het erover eens dat Droogkloten misschien beschaafd leken en gerieflijke steden en knappe meisjes hadden, maar dat ze vreselijke dingen deden met een Straatjongen als ze hem in handen kregen.

Helm wist niet meer echt zeker of dat waar was, maar had nog niet de moed om dat proefondervindelijk te willen ontdekken. Hoe moest hij dat trouwens aanpakken? *Hallo, ik heet Helm. Ik ben u aan het beroven geweest...*

Het telegraafapparaat achter in de cabine begon opgewonden te ratelen en onderbrak Helms gepeins. Hij en Prikker schrokken van het onverwachte lawaai, en Gorgel, die onder Prikkers hardvochtige leiding nog zenuwachtiger was geworden, piepte van angst. Het apparaatje gooide als een mechanische krekel zijn koperen armen op en neer en spuwde een lange reep wit, geponst papier uit een gleuf in zijn glastic koepel. Ergens diep onder Anchorage zwom een postvis die een signaal door het ijs heen stuurde.

De drie jongens keken elkaar aan. Dit gebeurde zelden. Helm en Prikker waren nog nooit aan boord van een klis geweest die een bericht van Oom ontving. Prikker was zo verrast dat hij heel even zijn rol vergat en Helm bezorgd aankeek.

'Heb jij een idee? Zou er thuis iets mis zijn?'

'Jij bent tegenwoordig de kapitein, Prikker,' antwoordde Helm. 'Ga maar even kijken.'

Prikker liep de cabine door, duwde Gorgel opzij en pakte de opkrullende reep papier. Hij bestudeerde de gaatjespatronen met half dichtgeknepen ogen, en zijn glimlach verdween.

'Wat is het, Prikker?' vroeg Gorgel gretig. 'Komt het van Oom?'

Prikker knikte. Hij keek op en wierp toen weer een blik op het papier alsof hij eigenlijk niet kon geloven wat hij daar zag. 'Natuurlijk is het van Oom, druiloor. Hij zegt dat hij onze rapporten gelezen heeft. We moeten meteen naar Grimsby terug. En hij zegt dat we Tom Natsworthy moeten meenemen.'

'Professor Polei!'

De grote ontdekkingsreiziger was de laatste paar weken niet vaak meer in Anchorage gezien. Hij bleef in zijn appartement en verscheen zelfs niet bij vergaderingen van de Stuurgroep. 'Ik ben verkouden!' had hij op gedempte toon gezegd toen de markgravin Zaagbek bij hem had laten aankloppen. Maar toen Tom die avond van de trap naar het machinedek kwam en de Rasmussen Prospekt in liep, zag hij Poleis vertrouwde gestalte met een tulband op zijn hoofd door de sneeuw ploeteren.

'Professor Polei!' riep hij opnieuw. Hij begon te rennen en haalde de man aan de voet van het Stuurhuis in.

'Dag, Tom,' zei Polei met een bleke glimlach. Zijn stem klonk slepend, en hij had zijn armen vol flessen goedkope rode wijn die hij net in het verlaten restaurant Arctische Happen 'geleend' had. 'Blij je weer eens te zien. Het is zeker mislukt met dat luchtschip?'

'Luchtschip?'

'Een vogeltje heeft me verteld dat je Aakiuq naar die sleepboot hebt gevraagd. De Grappenklus of zoiets. Je wou ermee aan het noorderlicht ontsnappen en naar de beschaving teruggaan.'

'Dat is alweer weken geleden, professor.'

'O ja?'

'Het ging niet.'

'Wat jammer.'

Er viel een onbehaaglijke stilte. Polei stond enigszins onvast op zijn benen.

'Ik zoek u al een hele tijd,' zei Tom uiteindelijk. 'Ik wil u namelijk iets vragen. Als ontdekkingsreiziger en geschiedkundige.'

'Juist ja,' zei Polei wijs. 'Juist ja. Ga dan maar even mee.'

De officiële residentie van de ere-hoofdnavigator was sinds Toms laatste bezoek ernstig verwaarloosd. Stapels papier en vuil vaatwerk ontsproten als zwammen aan elk plat vlak. Dure kleren lagen verkreukeld op de grond en rijen lege flessen omringden de sofa als wrakhout rond een springtij van gestolen wijn.

'Welkom, welkom,' zei Polei vaag. Hij wees Tom een stoel en tastte door de rommel op het bureau naar een kurkentrekker. 'En, wat kan ik voor je doen?'

Tom schudde zijn hoofd. Nu hij het hardop moest vragen, klonk het een beetje dom. 'Eh... ik vroeg me alleen maar af of u tijdens uw reizen wel eens verhalen over indringers op ijssteden hebt gehoord.'

Polei liet de fles bijna uit zijn handen vallen. 'Indringers? Nee! Waarom? Je denkt toch niet dat hier iemand aan boord is...?'

'Nee. Ik weet het niet zeker. Misschien. Iemand steelt van alles, en ik kan me niet voorstellen dat het iemand van Freya's bevolking is – die kunnen nemen wat ze willen en hoeven niet te stelen.'

Polei maakte de wijn open en nam een lange slok uit de fles. Zijn zenuwen kwamen daardoor kennelijk tot rust. 'We hebben misschien een parasiet opgepikt,' zei hij.

'Wat bedoelt u?'

'Heb je mijn *Ziggoeratsteden van de Slangengod* niet gelezen? Dat is mijn adembenemende verslag van een reis door Nuevo-Maya,' zei Polei. 'Het bevat een heel hoofdstuk over parasieten-steden: *Las ciudades vámpiras.*'

'Ik heb nog nooit van parasietensteden gehoord,' zei Tom aarzelend. 'Bedoelt u een soort aaseters?'

'Nee, nee.' Polei kwam dicht bij hem zitten en blies hete vlagen wijndamp in zijn gezicht. 'Er is meer dan één manier om een stad te plunderen. Vampiers verstoppen zich in het afval van het Buitengebied totdat een stad over hen heen rijdt. Dan komen ze omhoog en hechten ze zich met enorme zuignappen aan de onderkant. Die arme stad dendert gewoon door en heeft geen idee wat zich aan haar buik vastklampt, maar de mensen uit de vampier glippen aan boord, tappen brandstoftanks af, stelen uitrusting, vermoorden een voor een de mannen en verkopen de mooie jonge vrouwen op de slavenmarkten van Itzal als offers aan de vulkaangoden. De gastheerstad komt uiteindelijk huiverend en als een lege dop tot stilstand. De machines zijn ontmanteld, de mensen dood of gevangen. Het vette vampierdorp kruipt dan weg op zoek naar nieuwe prooi.'

Tom dacht er even over na. 'Maar dat kan niet!' zei hij ten slotte. 'Hoe kan het een stad ontgaan dat er een vampier onder hangt? En waarom merken ze niet dat er allemaal mensen rondlopen die dingen stelen? Dat is gewoon onmogelijk! En dan... die *zuignappen*!'

Polei keek geschokt. 'Wat bedoel je daarmee, Tom?'

'Ik bedoel... dat u het gewoon verzonnen hebt. Net als die onzin in *Vuilnis? Kletskoek!* en die oude gebouwen die u zogenaamd in Amerika gezien hebt... O, grote Quirke!' Tom had het ondanks de warmte in het bedompte appartement ineens koud. 'Bent u eigenlijk wel in Amerika geweest? Of is dat ook verzonnen?'

'Natuurlijk wel!' zei Polei boos.

'Ik geloof u niet.' Tom, die als kind geleerd had om ouderen te eren en historici te respecteren, zou dat vroeger nooit hebben durven zeggen, niet eens denken. De drie weken zonder Hester hadden hem diepgaander veranderd dan hij besefte. Hij keek op Poleis gezwollen, bezwete gezicht neer en wist dat de man loog. 'Het was maar fantasie, hè? Uw hele tocht naar Amerika is maar een verzinsel, samengesteld uit verhalen van vliegeniers en de legende van een oude verdwenen kaart van de oude Snøri Ulvae-usson, die vermoedelijk niet eens bestaan heeft!'

'Hoe durf je, Tom!' Polei hees zich met moeite overeind en zwaaide met zijn lege wijnfles. 'Hoe durf jij, een doodgewone leerling-historicus, mij zo te beledigen! Ik kan je vertellen dat er meer dan honderdduizend exemplaren van mijn boeken verkocht zijn! Ze zijn in wel een dozijn verschillende talen vertaald en met veel lof ontvangen. "Briljant, adembenemend en geloofwaardig" – schreef de *Gazet van Shuddersfield*. "Verdraaid goed verhaal" – aldus het *Nieuwsblad van Panzerstadt Koblenz*. "Poleis boeken zijn een vlaag frisse lucht in de saaie wereld van de toegepaste geschiedkunde" – aldus het *Weekblad van Wantage...*'

Een vlaag frisse lucht was precies wat Tom nodig had, maar niet van de soort die Polei kon verschaffen. Hij werkte zich langs de snoevende historicus heen, rende de trap af en stond toen weer op straat. Geen wonder dat Polei de Jenny Haniver zo snel mogelijk gerepareerd wilde zien, en zo ontsteld was toen Hester wegvloog! Al zijn gepraat over groene landschappen was één grote leugen! En hij wist heel goed dat Freya Rasmussen de stad naar haar ondergang voerde.

Hij begon naar het Winterpaleis te rennen, maar was nog niet ver gekomen toen hij zich bedacht. Freya was niet de juiste persoon voor zijn nieuwtje. Zij had alles in deze reis naar het westen gestoken. Als hij haar overviel met de mededeling dat Polei gelogen had, kwetste hij haar trots, en Freya had veel trots die te kwetsen viel. Ze zou zelfs kunnen denken dat dit een list van Tom was om de koers van de stad te verleggen zodat hij Hester kon gaan zoeken.

'Meneer Duifkruid!' zei hij hardop. Duifkruid had professor Polei nooit helemaal geloofd en was vast bereid om te luisteren. Hij draaide zich om en rende zo snel mogelijk weer naar de trap. Toen hij het Stuurhuis passeerde, hing Polei over de balustrade van zijn balkon om hem na te roepen: '"Een opmerkelijk talent!" – schreef het *Wieldraaiersjournaal*!'

In het hete donker van het machinedek dreunde en donderde alles op het ritme van de motoren, die de stad naar haar ondergang reden. Tom hield de eerste mannen staande die hij zag, en vroeg waar hij Duifkruid kon vinden. Ze knikten naar de achterkant en betastten hun amuletten. 'Z'n zoon zoeken. Zoals elke avond.'

Tom rende verder naar stille, rustige straten waar niets bewoog. Of bijna niets. Toen hij een van de bengelende argonlampen passeerde, was in de opening van een ventilatieschacht een beweging te zien, en een scherfje weerkaatst licht viel in zijn ooghoek. Hij bleef hijgend staan. Zijn hart bonsde en de haartjes op zijn polsen en zijn nek stonden rechtovereind. In zijn paniek vanwege Polei was hij de indringers alweer bijna vergeten, maar nu kwamen al zijn halve theorieën weer boven. De ventilator leek leeg en zag er heel onschuldig uit, maar hij wist zeker dat hij daar iets gezien had, iets dat zich snel en schuldbewust in de schaduwen had teruggetrokken, net toen zijn oog erop viel. En hij wist zeker dat het hem nog steeds gadesloeg.

'O, Hester,' fluisterde hij, ineens doodsbang. Hij wou dat ze hem kon helpen. Hester had ermee kunnen omgaan, maar hij wist niet zeker of hij dat zélf wel kon – en dan ook nog alleen. Hij probeerde zich voor te stellen wat zij zou hebben gedaan, en dwong zichzelf om door te lopen, de ene stap na de andere, zonder naar de ventilator te kijken tot hij uit het zicht was van datgene wat zich daar verborg.

'Hij heeft ons gezien, denk ik,' zei Helm.

'Nooit,' zei Prikker spottend.

Helm haalde zijn schouders op maar was er niet gelukkig mee. Ze volgden Tom al de hele avond met hun camera's en wachtten tot hij ergens kwam waar het rustig genoeg was, dicht genoeg in de buurt van de Schroefworm om Ooms geheimzinnige bevel uit te voeren. Ze hadden nog nooit een Droogkloot zo lang en zo aandachtig gadegeslagen, en als Tom een blik op de camera wierp, kreeg Helm er een onbehaaglijk gevoel bij. 'Je kletst, Prikker,' zei hij. 'De druk groeit natuurlijk de hele tijd. De geluiden, het gevoel dat je bekeken wordt... En hij was toch al wantrouwig.'

'Ze zien ons nooit!' zei Prikker overtuigd. Ooms vreemde bericht werkte hem op de zenuwen, en met het oog op Toms opsporing had hij moeten toegeven dat Gorgel de camera's het beste bediende. Daarom had hij hem het camerawerk moeten opdragen. Aan zijn idee van superioriteit ten opzichte van de Droogkloten hield hij vast alsof dit zijn laatste zekerheid was. 'Ze kijken misschien wel maar zien ons nooit. Ze zijn slechtere waarnemers dan wij. Nou, wat heb ik je gezegd? Hij stiefelt ons gewoon voorbij. Stomme Droogkloot.'

Het was geen rat. Op Anchorage waren alle ratten dood, en bovendien: dit ding zag er mechanisch uit. Toen Tom door de schaduwen naar de ventilator terugsloop, zag hij licht fonkelen op gesegmenteerd metaal. Een dik, vuistgroot lichaam op te veel pootjes. Een oog in de vorm van een cameralens.

Hij dacht aan de geheimzinnige jongen die hem in de nacht van Hesters vertrek was komen waarschuwen en blijkbaar precies wist wat er op de luchthaven en in het Winterpaleis gaande was. Hoeveel van die dingen snorden spionerend door de leidingen van de stad? En waarom was deze ene camera op hem gericht?

'Waar is hij, Gorgel? Spoor hem op...'

'Weg, volgens mij,' zei Gorgel, naar alle kanten panoramabeelden ophalend.

'Voorzichtig!' waarschuwde Helm, die zijn hand op de schouder van de jonge Gorgel legde. 'Tom is daar nog steeds ergens. Dat weet ik zeker.'

'Nou is-ie nog helderziend óók,' hoonde Prikker.

Tom haalde driemaal diep adem en stortte zich op de ventilator. Het metalen ding probeerde zich krabbelend in de donkere schacht terug te trekken. Tom was blij dat hij zijn dikke wanten nog droeg. Hij greep de spartelende poten beet en trok.

'Hij heeft ons te pakken!'
  'Intrekken! Intrekken!'

Acht stalen poten. Magneten als tenen. Een metalen pantser vol klinknagels. Het enkele oog probeerde zich zoemend op hem scherp te stellen. Het geheel leek zodanig op een reuzenspin dat Tom het liet vallen en terugdeinsde toen het op zijn rug liggend machteloos met zijn ledematen sloeg. Daarna stond de kabel aan het achtereind ineens strak en werd het ding rinkelend tegen de ventilator getrokken. Tom dook erachteraan maar was te traag. De zogenaamde krab werd snel de schacht in getrokken en verdween. Tom hoorde het gekletter waarmee het naar de diepten van de stad werd gesleept, steeds verder vervagen.

Hij kwam overeind. Zijn hart bonsde snel. Van wie was dat ding? Wie bespioneerde de inwoners van Anchorage? Hij dacht aan Poleis verhaal over vampiers, en dat leek ineens veel minder onwaarschijnlijk. Hij leunde even tegen de muur om op adem te komen en begon toen weer te rennen. 'Meneer Duifkruid!' schreeuwde hij. De echo's gleden door de rolronde straten of verdwenen naar de grote, donkere, druipende, behekste gewelven. 'Meneer Duifkruid!'

'Ik ben hem weer kwijt! Nee, daar is-ie, camera 12...' Gorgel switchte koortsachtig van de ene camera naar de andere. Tom riep met een blikkerige stem door de luidsprekers: 'Meneer Duifkruid! Hij is geen geest! Ik weet waar hij vandaan komt!'

'Volgens mij gaat hij naar de achterste galerij.'

'We moeten 'm meteen te grazen nemen,' jammerde Prikker, die in allerlei kasten naar een vuurwapen en een net zocht. 'Anders verraadt-ie ons! Oom zal ons vermoorden! Ik bedoel: echt vermoorden. Goden, wat haat ik dit. We zijn dieven, geen kidnappers. Hoe komt Oom erbij? We hebben nog nooit een

Droogkloot moeten ontvoeren! Geen volwassen Droogkloot...'

'Oom weet wat het beste is,' hielp Gorgel hem herinneren.

'Ach, hou je smoel!'

'Ik ga,' zei Helm. De noodsituatie gaf hem zijn kalmte terug. Hij wist wat hij doen moest en hoe hij het moest aanpakken.

'Maar niet zonder mij!' schreeuwde Prikker. 'Ik vertrouw je niet meer in je eentje, Droogklotenvriendje!'

'Meneer Duifkruid?'

Tom stormde de galerij van het achterschip in. Achter de stad hing de maan laag aan de hemel en het aandrijfwiel legde zijn weerschijn over de dekplaten. De jongen stond in de flitsen en het geflakker als een grijze geest te wachten.

'Hoe gaat het, Tom?' vroeg hij. Hij leek ietwat nerveus en verlegen maar ook vriendelijk, alsof het de normaalste zaak van de wereld was dat zij tweeën elkaar troffen.

Tom bedwong een verraste uitroep. 'Wie ben je?' vroeg hij, terugdeinzend. 'Die krabbendingen... jullie hebben er blijkbaar een heleboel. Ze kruipen de hele stad door en houden alles in de gaten. Waarom? Wie ben je?'

De jongen stak met een smekend gebaar zijn hand uit. Hij wilde dat Tom bleef. 'Ik heet Helm.'

Tom kreeg een droge mond. Delen van Poleis stompzinnige verhaal rinkelden als een alarmbel in zijn hoofd. *Ze vermoorden de mannen. De gastheerstad komt uiteindelijk huiverend en als een lege dop tot stilstand. De machines zijn ontmanteld, de mensen dood of gevangen...*

'Maak je geen zorgen,' zei Helm, die ineens grijnsde alsof hij het begreep. 'We zijn gewoon inbrekers, en nu gaan we naar huis. Maar jij moet mee. Zegt Oom.'

Er gebeurden diverse dingen tegelijk. Tom draaide zich om en wilde weglopen, maar iemand gooide vanuit een portaalkraan een net van dun metaaldraad over hem heen zodat hij op de grond viel. Op hetzelfde moment hoorde hij Helm 'Prikker, nee!' roepen en riep een andere stem: 'Axel?' Toen hij opkeek, bleek

Duifkruid aan de andere kant van de galerij te staan, als aan de grond genageld bij de aanblik van een blonde, magere jongen die hij voor de geest van zijn zoon aanzag. In de schaduwen boven zijn hoofd kuchte een vuurwapen en in een plotselinge straal blauw vuur – kennelijk uit een gaspistool – ricocheerde een kogel jankend als een gewonde hond. Duifkruid sprong vloekend opzij om dekking te zoeken, terwijl een tweede jongen – groter dan Helm en met lang, donker haar dat tegen zijn gezicht sloeg – de galerij op kwam. Hij en Helm raapten Tom op, die zich nog steeds koortsachtig uit het net probeerde te bevrijden. Ze begonnen te rennen en gooiden hun gevangene in de opening van een slecht verlichte steeg.

Het was er heel donker, en de vloeren trilden en schokten gestaag. Dikke buizen ontsproten aan de dekplaten en verhieven zich naar de schaduwen boven zijn hoofd als bomen in een metalen bos. Ergens achter hem glom vaag maanlicht en riep een boze, gekwetste meneer Duifkruid: 'Hé daar, jongen...! Kom terug! Stop!'

'Meneer Duifkruid!' riep Tom, die zijn gezicht tegen het koude raster van het net drukte. 'Het zijn parasieten! Dieven! Het zijn...'

Zijn ontvoerders lieten hem pardoes op het dek vallen. Hij rolde verder en zag hen in een gat tussen twee buizen hurken. Helms lange handen grepen een deel van de dekplaat en trokken het omhoog: een gecamoufleerd mangat.

'Stop!' riep Duifkruid, die nu dicht in de buurt was. Zijn schaduw viel over de buizen op het achterdek. Helms vriend hief zijn gaspistool en loste een nieuw schot. De kogel raakte een buis waaruit nu een grote, witte wolk stoom verrees.

'Tom!' riep Duifkruid. 'Ik haal hulp!'

'Meneer Duifkruid!' riep Tom, maar de man was al weg. Tom hoorde zijn stem in een naburige straat om hulp roepen. Het deksel van het mangat stond open en blauw licht kwam door de stoom omhoog. Helm en de onbekende raapten hem op en gooiden hem erheen. Hij zag even een korte ladder naar een kamer met vaag, blauw licht, en toen viel hij als een zak steenkool die in een kelder werd gesmeten. Hij landde hard op de grond. Zijn ontvoerders klommen de ladder af en het luik boven hem viel met een klap dicht.

22

De Schroefworm

*H*ij lag in een ruim met een rond plafond, dat was afgeladen met gestolen goederen als een volle buik. Blauwe lampen in kooien van ijzerdraad. De geur van vocht, meeldauw en ongewassen jongens.

Tom ging moeizaam zitten. Bij zijn val van de ladder was een van zijn handen uit het net losgekomen, maar net toen hij dat besefte, en voordat hij zich helemaal had kunnen bevrijden, hurkte de jongen die Prikker heette, voor hem neer. De jongen had zijn gaspistool in de holster gedaan maar hield nu een mes in zijn hand: een kort lemmet van een bleek metaal met een kartelsnede. Het flitste in het blauwe licht op, en toen stond het tegen Toms keel.

'Nee, alsjeblieft!' piepte Tom. Hij dacht niet echt dat zijn ontvoerders al die moeite hadden gedaan om hem meteen daarna te vermoorden, maar het lemmet was koud en Prikker had een wilde blik in zijn tingrijze ogen.

'Niet doen, Prikker,' zei Helm.

''t Moet gewoon effe doordringen,' legde Prikker uit, terwijl hij langzaam zijn mes bewoog. 'Hij moet snappen wat er gebeurt als-ie gebbetjes uithaalt.'

'Hij heeft gelijk, Tom,' zei Helm terwijl hij hem hielp opstaan. 'Je kunt niet ontsnappen. Probeer het dus maar niet. Als we je in een vrachtcontainer moeten stoppen, lig je niet erg lekker...' Hij haalde een touw uit zijn zak en boeide Toms handen. 'Ze blijven vastgebonden tot we Anchorage uit zijn. Als je je netjes gedraagt, maken we je daarna los.'

'Tot we Anchorage uit zijn?' vroeg Tom met een blik op Helms vingers, die ingewikkelde knopen maakten. 'Waar ga je dan naartoe?'

'Naar huis,' zei Helm. 'Oom wil je spreken.'

'Wiens oom?'

Een ronde deur in het schot achter Helm ging ineens open als het irisdiafragma van een camera. In de kamer daarachter stonden rijen listig uitziende apparaten plus een opvallend jonge jongen die riep: 'Prikker, we moeten WEG!'

Helm grijnsde even naar Tom en zei: 'Welkom aan boord van de Schroefworm!' Toen rende hij naar de andere kamer. Tom volgde hem, voortgeduwd door Prikkers stevige hand. Dit vreemde, blauw verlichte hok was geen kelder van Anchorage, zoals hij eerst had gedacht, maar kennelijk evenmin een parasietendorp van professor Polei. Het was een vervoermiddel, en dit was de controlekamer ervan: een halfronde cockpit met overal rijen meters en hefbomen. Dikke patrijspoorten keken uit op het passerende duister. Zes ovale schermen boven de knoppen vertoonden onscherpe, blauwe beelden van Anchorage: de Duifkruid-bollen, de galerij achterin, de Rasmussen Prospekt, een gang in het Winterpaleis... Op het vijfde scherm lag Freya Rasmussen vredig te slapen. Op het zesde leidde Duifkruid een ploeg mannen uit de machinekamer naar het geheime mangat.

'Ze zijn ons op het spoor!' zei de jongste van de inbrekers. Hij klonk heel bang.

'Oké, Gorgel. We gaan.' Helm stak zijn hand uit naar een rij hefbomen. Ze maakten een ambachtelijke indruk, net als al het andere aan boord van dit schip, en toen hij eraan trok, knarsten en kraakten ze, maar ze werkten kennelijk wel. De beelden op de schermen vouwden zich een voor een op en krompen tot witte vlekjes. In de cabine klonk een metalig gesis toen de camerakabels, die als de tentakels van een woekerend onkruid door de luchtbuizen en leidingen hadden gelopen, snel werden ingetrokken. Tom nam aan dat de mensen overal in de stad verrast opkeken bij het plotselinge geruis en geratel in hun verwarmingsbuizen. In de cabine zwol het geraas van de spoelen aan tot een oorverdovend gegil dat in een dof gerinkel eindigde toen de krabben in telkens hun eigen holte in de bovenkant van de romp werden getrokken en met een gepantserd deksel werden afgesloten. Toen de laatste echo was weggestorven, hoorde hij een ander, vager gerinkel: Duifkruid en zijn machinisten hakten met hamers en houwelen op het gecamoufleerde luik.

Helm en Prikker stonden naast elkaar bij de apparatuur. Hun handen gleden snel en zelfverzekerd over de overvolle panelen. Tom, die de instrumenten van de Jenny Haniver altijd goed verzorgd had, was geschokt over de toestand van deze: ze waren verroest, gebutst en vuil; de hefbomen knarsten in hun gleuf, wijzers knetterden en blauwe vonken vlogen over en weer bij elke keer dat een schakelaar werd bediend. Maar de cockpit begon te schudden en te zoemen, de naalden in de gecraqueleerde meters flikkerden en Tom zag dat het geheel wel degelijk functioneerde. Hij wist niet wat dit voor een apparaat was, maar het kon overduidelijk uit Anchorage verdwijnen voordat Duifkruid en de anderen iets konden doen om hem te redden.

'We gaan zakken!' joelde Prikker.

Er klonk een nieuw geluid, dat wel een beetje leek op de afmeerklemmen van de Jenny Haniver als die werden losgemaakt van een ligplaats. Toen het afschuwelijke gevoel van een val, want de Schroefworm raakte los van zijn schuilplaats aan de onderbuik van Anchorage. Toms maag draaide zich om. Hij greep een handvat aan het schot achter hem om houvast te hebben. Was dit een luchtschip? Maar het vloog niet. Het viel alleen en kwam toen met een grote, huiverende klap op het ijs onder de stad terecht. De enorme silhouetten van portaalkranen en steunbalken gleden buiten de patrijspoorten voorbij, half verborgen achter een sproeiregen van grijzige smurrie. Toen was de stad ineens weg en keek hij uit over grote, maanverlichte sneeuwvelden.

Gorgel controleerde zijn instrumenten. 'Dun ijs richting oost-ten-noordoosten-ten-half-oosten, een mijl of zes,' riep hij schril.

Tom had nog steeds weinig idee van het formaat of de vorm van de Schroefworm, maar uitkijkposten op het hoogste niveau van Anchorage zagen het schip heel duidelijk toen het van onder de stad tevoorschijn kwam en het aandrijfwiel nog maar net kon ontwijken. Het was een huizenhoge metalen spin met een dikke romp op acht hydraulische poten die allemaal eindigden in een brede klauwschijf als voet. Zwarte rook kolkte uit de uitlaatgaten op de flanken. De spin rende naar het oosten terug in het spoor dat de glijders van Anchorage gemaakt hadden.

'Een parasiet,' gromde Duifkruid, die een onderhoudsplatform boven het aandrijfwiel op rende om het ding gade te slaan. Woede borrelde in hem op en forceerde de sloten en bouten waarmee hij na de dood van zijn zoon zijn gevoelens had weggesloten. Zo'n smerige parasiet die zich als een teek in zijn stad had vastgebeten! En dan zo'n parasietenjoch dat hem had wijsgemaakt dat zijn Axel was teruggekeerd!

'We krijgen ze wel!' riep hij tegen zijn machinisten. 'We zullen ze leren om Anchorage te beroven! Zeg tegen het Stuurhuis: klaar voor rechtsomkeert! Umiak, Kinvig, Kneaves, met mij mee!'

Anchorage zette het ijsroer aan stuurboord vast en maakte rechtsomkeert. Een tijdlang kon niemand aan boord iets zien door de glinsterende sneeuwgordijnen die de glijders opwierpen. Toen werd de parasiet weer zichtbaar – een mijl voor hen uit en afslaand naar het noordoosten. De stad gaf gas voor de achtervolging. Duifkruids machinisten zetten de kaken open en lieten ze knarsetanden om het ijs te verwijderen dat op de rijen stalen tanden ontstaan was. Zoeklichten tastten over de sneeuw en verlengde de schuin wegvluchtende schaduw van de parasiet. Dichterbij, steeds dichterbij, tot de kaken zo dicht bij het achterschip dichtklapten dat een rookwolkje uit de uitlaatgaten ertussen bleef hangen. 'Nog één keer!' bulderde Duifkruid, die in de kleine buik van zijn stad stond. 'Nu is hij van ons!'

Maar Windolene Pye bestudeerde haar kaarten en zag dat de stad zich naar een plek repte die haar verkenners met rode kruisen gemarkeerd hadden: een plek waar open water zo dun was dichtgevroren dat een stad er dwars doorheen zakte. Ze zette de telegraaf naar het machinedek op STOP NU, en Anchorage zette zijn motoren in hun achteruit, gooide alle ankers uit en kwam huiverend tot stilstand met een schok waarbij wolken zwarte dakpannen van de daken werden opgeworpen en een rij lege, door en door verroeste gebouwen op het boven-niveau instortte.

De parasiet ging gewoon door en liep op stelten naar het ver-raderlijke ijs. Duifkruid staarde via de open kaken naar buiten en zag de ander daar vertragen en stilstaan. 'Ha! We hebben ze het dunne ijs op gedreven. Hij durft niet verder! Nu is hij van ons!' Hij rende door de onderbuik naar de garage waar de ver-kenningsteams hun sleden hadden staan, en rukte onderweg een jachtgeweer uit iemands handen. Iemand trok een slee voor hem naar buiten en startte de motoren. Hij sprong aan boord en haastte zich ermee naar de valpijp, waar een stalen deur voor hem open gleed. Eenmaal op het ijs zwenkte hij rond de kaken van de stad en haastte hij zich naar de in de hoek gedreven spin, terwijl een dozijn machinisten hem joelend en schreeuwend achternaging.

Tom tuurde door de patrijspoorten van de klis maar probeerde zijn ogen tegen de gloed van de zoeklichten te beschermen. Hij hoorde het verre geschreeuw van zijn redders, het geknal van jachtgeweren die in de lucht werden afgeschoten, en het schor-re gestotter van sledemotoren die hamerend zijn kant op kwa-men.

'Als jullie me nu vrijlaten, zal ik een goed woordje voor jullie doen,' beloofde hij zijn ontvoerders. 'Duifkruid is geen slecht mens. Hij zal jullie goed behandelen als jullie gewoon de dingen teruggeven die jullie van het machinedek gestolen hebben. En ik weet dat Freya jullie liever niet straft.'

De kleine Gorgel keek alsof hij overtuigd was en liet zijn angstige blik van Tom naar de naderende sleden glijden. Maar Prikker zei alleen: 'Kop dicht', en Helms bleke handen bleven over de bedieningspanelen glijden. De Schroefworm kwam weer in beweging en liet zijn vette lichaam zakken tot de romp op het ijs rustte. Rondwentelende zaagschijven gleden de buik uit en stralen heet water besproeiden het ijs, waardoor bijtende wolken stoom ontstonden. Met logge pootbewegingen draaide de Schroefworm een paar keer helemaal om, en zo ontstond een vluchtgat. Toen de hele cirkel was losgesneden, kwamen de schijven weer opgevouwen in de romp te liggen en werkte het apparaat zich omlaag door de ijsprop weg te duwen en zijn romp in het water te laten zakken.

Duifkruid zag het honderd meter verderop gebeuren. De slee met zijn knieën besturend haalde hij zijn handen van de knoppen en hief hij zijn geweer, maar de kogel ketste van de gepantserde romp af en schoot jankend als een verdwaalde bij over het ijs. De bolronde patrijspoorten van de parasiet verdwenen uit het zicht. Golfjes braken op zijn rug en klotsten over magnetische enterhaken en camerapoorten. De lange poten werden een voor een opgevouwen en verdwenen in de holtes. Toen was de spin weg.

Duifkruid bracht zijn slee tot stilstand en smeet zijn geweer weg. Zijn prooi was ontsnapt en had Tom en de parasietenjongens meegenomen. Hij kon zich hun bestemming niet voorstellen, laat staan een manier bedenken om hen te volgen. *Arme Tom*, dacht hij, want ondanks zijn norsheid had hij de jonge vliegenier graag gemogen. Arme Tom. En arme Axel, die in elk denkbaar opzicht dood was en dus toch niet meer met zijn geest door de stegen van Anchorage zwierf. *Uit het Zonloze Land keert niemand terug, meneer Duifkruid.*

Hij was blij met zijn koumasker. Daardoor zagen de mannen

niet de tranen die over zijn wangen biggelden terwijl ze hun sleden dicht bij de zijne parkeerden en in het gat staarden dat de
parasiet had uitgesneden.

Overigens was daar niets meer te zien. Het was gewoon een
grote watercirkel, en de golven klotsten en braken tegen de rand
met het geluid van een sarcastisch applaus.

Freya werd gewekt door het deinen van de stad en het gerinkel
van de flessen shampoo en potten badzout die omlaag stortten
van de badkamerplanken waar ze die had achtergelaten. Ze
schelde een hele tijd om Zaagbek, maar hij kwam niet, en uiteindelijk moest ze zich alleen in het Winterpaleis wagen. Daarmee
was ze sinds de tijd van Dolly Rasmussen de eerste markgravin
die dat deed.

In het Stuurhuis liep iedereen te schreeuwen over spookkrabben en parasietenjongens. Pas toen het geschreeuw wegstierf, begreep ze dat Tom weg was.

Ze mocht Windolene Pye en haar mensen niet laten blijken
dat ze huilde, en liep haastig de brug uit en de trap af. Meneer
Duifkruid was op weg naar boven en droop van de natte sneeuw
en het smeltwater terwijl hij zijn wanten uitdeed en het koumasker afzette. Hij bloosde helemaal en leek veel energieker dan hij
sinds de plaag geweest was – alsof de ontdekking van de parasiet
iets in hem had losgemaakt. Hij glimlachte bijna naar haar.

'Een wonderbaarlijk apparaat, Luisterrijke! Boorde zich
dwars door de ijskap. Dat zullen we die duivels moeten nageven!
Ik heb legenden over de parasieten van het Hoge IJs gehoord,
maar eerlijk gezegd hield ik ze altijd voor kletspraat van ouwe
ijswijven. Ik wou dat ik er meer voor open had gestaan.'

'Ze hebben Tom meegenomen,' zei Freya met een klein stemmetje.

'Ja. Doodzonde. Hij was een dappere knul en probeerde me
voor hen te waarschuwen, maar ze kregen hem te pakken en
sleepten hem hun toestel in.'

'Wat gaan ze nu met hem doen?' vroeg ze fluisterend.

De hoofdmachinist keek haar aan, schudde zijn hoofd en zette uit respect zijn pet af. Hij wist niet wat de bemanning van deze vampier annex parasiet annex ijsspin van de jonge vliegenier wilde, maar kon zich niet voorstellen dat het iets goeds was.

'Kunnen we niets doen?' vroeg Freya klagend. 'Kunnen we niet graven of boren of zoiets? Die parasiet kan bijvoorbeeld best weer bovenkomen. We moeten hier gewoon wachten en kijken...'

Duifkruid schudde zijn hoofd. 'Hij is allang weg, Luisterrijke. We kunnen hier niet blijven hangen.'

Freya hapte naar adem alsof hij haar geslagen had. Haar bevelen waren nog nooit in twijfel getrokken. 'Maar Tom is een vriend! Ik wil hem niet aan zijn lot overlaten!'

'Hij is maar één jongen, Luisterrijke. U dient zich om een hele stad te bekommeren. Voor zover we weten, zit Vetpens nog steeds achter ons aan. We moeten direct weg.'

Freya schudde haar hoofd maar wist dat de hoofdmachinist gelijk had. Ze was niet teruggegaan om Hester te vinden toen Tom daarom gesmeekt had, en nu kon ze niet teruggaan voor Tom, hoe graag ze dat ook wilde. Ze wou dat ze de laatste weken wat aardiger voor hem was geweest! Wat had ze spijt van haar kille en snauwerige laatste woorden tegen hem!

'Kom, markgravin,' zei Duifkruid vriendelijk. Hij stak zijn hand uit. Freya staarde er even verrast naar maar pakte toen zijn hand, en samen liepen ze de trap op. Het was rustig op de brug. De mensen keken haar aan toen ze binnenkwam, en hun zwijgen bewees dat ze allemaal over haar aan het praten waren geweest.

Sniffend veegde ze met haar mouw haar ogen af. Toen zei ze: 'We gaan op weg, juffer Pye.'

'Welke koers, Luisterrijke?' vroeg ze vriendelijk.

'Naar het westen,' zei Freya. 'Naar Amerika.'

'O, Clio!' snoof Polei, die door bijna niemand opgemerkt in een hoek zat. 'O, Poskitt!'

De motoren werden opgestart; Freya voelde het getril in de balken van het Stuurhuis. Ze werkte zich langs Duifkruid en liep naar de achterkant van de brug, uitkijkend over het achterschip van de stad die in beweging kwam en niets anders achterliet dan een wirwar van sledesporen en een volmaakt rond gat, dat al begon dicht te vriezen.

23

Verborgen diepten

Dagen gingen voorbij maar het was moeilijk te zeggen hoeveel. Door het zwakke, blauwe licht aan boord van de Schroefworm leek de tijd op een natte novembermiddag om kwart voor vier te zijn blijven stilstaan.

Tom sliep in een hoek van het ruim op een stapel gevoerde dekens en tapijten die uit de villa's van Anchorage waren gestolen. Soms droomde hij dat hij hand in hand met iemand door de stoffige gangen van het Winterpaleis liep, en als hij dan wakker werd, wist hij niet of het Hester dan wel Freya was geweest. Was het echt mogelijk dat hij geen van beiden ooit terugzag?

Hij stelde zich een ontsnapping voor waarna hij boven water kwam en Hester ging zoeken, maar de Schroefworm gleed door de lichtgevende kloven onder het ijs, en van ontsnapping kon geen sprake zijn. Hij stelde zich voor dat hij zich met geweld een weg naar de controlekamer baande en signalen naar Anchorage stuurde om Freya voor Poleis leugens te waarschuwen, maar zelfs als hij kon achterhalen welke roestbak de radio was, zouden zijn jonge ontvoerders hem nooit in de buurt laten komen.

Ze waren allemaal erg op hun hoede voor hem. Prikker gedroeg zich afstandelijk en vijandig, en als Tom op was, liep hij vaak fronsend te paraderen, maar hij zei weinig. Hij deed Tom denken aan Melliphant, de bullebak die hem in zijn leerlingentijd bedreigd had. Gorgel, die niet ouder dan tien of elf kon zijn, staarde Tom alleen met grote, ronde ogen aan als hij dacht dat

Tom niet keek. Alleen Helm – de vreemde, niet echt vriendelijke Helm – was bereid te praten, maar zelfs hij was op zijn hoede en wilde Toms vragen niet beantwoorden.

'Je snapt het wel als we er zijn.' Meer wilde hij niet zeggen.

'Waar?'

'Thuis. Onze basis. Waar Oom woont.'

'Maar wie ís die oom dan?'

'Hij is niet mijn oom; alleen maar Oom. Hij leidt de Straatjongens. Niemand weet zijn echte naam of waar hij vandaan komt. Ik heb gehoord dat hij ooit een belangrijke man is geweest. Aan boord van Breidhavik of Arkangel of zo'n soort stad, en dat hij er om de een of andere reden uit is gezet. Toen is hij zich aan het stelen gaan wijden. Hij is een genie. Hij heeft de klissen en de krabcamera's uitgevonden, heeft ons ergens weggehaald en heeft de Roverij bedacht om ons te trainen.'

'Jullie weggehaald? Waarvandaan dan?'

'Dat weet ik niet,' gaf Helm toe. 'Overal vandaan. Uit allerlei steden. De klissen stelen kinderen om ze als Straatjongens te trainen, en ze stelen ook al het andere wat Oom nodig heeft. Toen ik gestolen werd, was ik nog zo klein dat ik me niets meer van daarvoor herinner. Zo gaat het bij iedereen.'

'Maar dat is afschuwelijk!'

'Helemaal niet!' Helm lachte. Uiteindelijk begon hij altijd te lachen. Het was grappig en frustrerend om aan een buitenstaander het leven te moeten uitleggen dat Helm zelf vanzelfsprekend vond. Hoe kon hij Tom duidelijk maken dat het een eer was geweest om naar de Roverij te mogen, en dat hij veel liever een Straatjongen dan een saaie Droogkloot was? 'Je snapt het wel als we er zijn,' beloofde hij. En toen (omdat hij het een onprettig vooruitzicht vond om zijn daden aan Oom te moeten verklaren) stapte hij op iets anders over. Hij vroeg dan: 'Hoe is Freya eigenlijk?' of: 'Denk je echt dat Polei de weg naar Amerika niet weet?'

'Hij kent de weg,' zei Tom mistroostig. 'Wie geen debiel is, kan op basis van de oude kaarten een weg naar Amerika uitwerken.

Het probleem is alleen dat hij volgens mij gelogen heeft over wat er aan het eind ervan ligt. Ik geloof niet dat er groene landschappen bestaan, behalve in professor Poleis fantasie.' Hij liet zijn hoofd hangen en wou dat hij met Freya over zijn angst had kunnen praten voordat de Straatjongens hem ontvoerd hadden. Anchorage was inmiddels al zo ver gekomen dat het geen brandstof meer had om terug te gaan.

'Dat weet je nooit,' zei Helm, die Toms arm aanraakte en zijn hand snel weer wegtrok alsof hij zich aan een Droogkloot kon branden. 'Hij had in zekere zin ook gelijk over de parasieten.'

Op een dag (of misschien wel nacht) werd Tom uit zijn verontrustende dromen gewekt door Helm, die schreeuwde: 'Tom! We zijn thuis!' Hij klom uit zijn nest van gestolen textiel en ging meteen kijken, maar toen hij in de controlekamer kwam, bleek de Schroefworm nog steeds diep onder water te liggen. Een van de instrumenten was lang en galmend aan het pingen. Prikker, die het druk had met zijn instrumenten, keek net lang genoeg op om te zeggen: 'Dat is Ooms baken.'

Tom kreeg een zwalkend en zwaaiend gevoel toen de klis zijn koers bijstelde. De duisternis buiten de patrijspoorten vervaagde tot een schemerig blauw. Tom besefte dat hij zich niet meer onder de ijskap bevond maar in de open zee en dat zonlicht op verscheidene honderden voeten boven zijn hoofd door een onrustig wateroppervlak scheen. De bodems van enorme ijsbergen gleden langs en leken op omgekeerde heuvels. In het vage licht verderop doemden ook andere silhouetten op: met zeewier overwoekerde kranen en balken, het blad van een reusachtige schroef die met zeepokken begroeid was, een scheef en dichtgeslibd vlak waarop rijen roestige huizenblokken hun kop boven de modder en het afval staken. Als een luchtschip boven een landschap van tafelbergen en rotskloven zweefde de Schroefworm boven de straten van een enorme, gezonken vlotstad.

'Welkom in Grimsby,' zei Prikker, die zijn voertuig naar het bovenste niveau loodste.

Tom had van Grimsby gehoord. Iederéén had van Grimsby gehoord. Het was het grootste en agressiefste van de Noord-Atlantische roofvlotten geweest maar was tijdens de IJzeren Winter van negentig jaar eerder aan pakijs ten onder gegaan. Tom staarde diep onder de indruk door de patrijspoorten van de klis naar het passerende uitzicht. Scholen vissen glinsterden tussen dode huizen; tempels en grote kantoorgebouwen vlagden met zeewier. Tussen al dat grijs, blauw en zwart lag ineens iets warms en goudgeels. Gorgel begon te juichen en Prikker grijnsde terwijl hij de stuurhefbomen van de Worm naar voren duwde en het voertuig over de rand van het bovenste niveau tilde.

Toms mond viel open. Verderop schenen lichten in de ramen van een gemeentehuis, en daarin liepen mensen, zodat het verdronken gebouw een warme en knusse indruk maakte als een goed verlicht huis op een winteravond.

'Wat is dat?' vroeg Tom. 'Ik bedoel: hoe...?'

'Hier wonen we,' zei Helm. Hij had tot dan toe zijn mond gehouden omdat hij niet wist welk welkom hem wachtte, maar hij was trots dat Tom, die al veel vreemde steden gezien had, onder de indruk was van Grimsby.

'Oom heeft het gebouwd!' zei Gorgel.

De Schroefworm gleed naar de verdronken benedenverdieping van het gemeentehuis en kronkelde toen door rolronde tunnels waar ze steeds moesten wachten tot de automatische deuren voor hen uit open en de deuren achter hen dicht waren. Dit systeem van onderwaterdeuren en luchtsluizen hield de rest van het gebouw droog, maar Tom begreep dat nog niet, en het was dan ook een grote verrassing en opluchting toen de klis boven water kwam en in een vijver onder een hoog, gewelfd plafond bleek te liggen.

Het lawaai van de motoren stierf weg, maar vanbuiten klonk gerinkel en gebons omdat kraanarmen de Schroefworm vastgrepen en boven het water hesen. In het plafond van de controlekamer ging met een zucht een luik open. Helm pakte een ladder en haakte hem in het gat. 'Jij eerst,' zei hij tegen Tom. En

Tom klom naar de brede achterkant van de klis, waar hij de koude, naar ammonia ruikende lucht opsnoof en om zich heen keek.

De klis was boven water gekomen via een rond gat in de vloer van een enorme, echoënde ruimte die misschien ooit de raadszaal van Grimsby was geweest (op het plafond wees de geest van het stadsdarwinisme – een nogal vlezige jonge vrouw met vleugels – de vroede vaderen de weg naar een welvarende toekomst). Tientallen ongeveer identieke ingangen waren over de brede vloer verspreid met steeds een ingewikkelde havenkraan erboven. Aan verscheidene hing een klis, en Tom vond het schokkend om te zien hoe vervallen de toestellen eruitzagen, alsof ze in elkaar waren geknutseld van alles wat toevallig bij de hand was. Sommige werden kennelijk gerepareerd, maar de mensen die eraan werkten (allemaal jongemannen of jongens, van wie maar weinig ouder waren dan Helm of Prikker) hadden hun post in de steek gelaten en verzamelden zich bij de Schroefworm. Iedereen staarde Tom aan.

Tom staarde terug en was blij met de aanwezigheid van Helm, die naast hem was komen staan. Zelfs in de ruigste steden die de Jenny Haniver had aangedaan, had hij maar zelden een menigte zo vijandig zien kijken. Jongens van zijn eigen leeftijd, pezige en taai uitziende jongemannen, jongens nog kleiner dan Gorgel... in ieders blik was haat verenigd met angst. Ze hadden een woeste haardos, en de paar jongens die oud genoeg waren om zich te moeten scheren, hadden die moeite niet genomen. Hun kleding was een allegaartje van te grote en te kleine kleren die niet bij elkaar pasten: delen van uniformen, vrouwensjaals en -bonnetten, duikpakken en vliegeniershelmen, theemutsen en vergieten die met geweld passend waren gemaakt. Het leek of ze tijdens een ontploffende liefdadigheidsbazaar een stroom afval over zich heen hadden gekregen.

Boven zijn hoofd klonk geknetter, gevolgd door het hoge, kwelende gegil van rondzingende microfoons. Iedereen keek op. Geribbelde luidsprekers die aan de kranen bevestigd waren, brachten een geweldige ruis voort, plus een stem die van overal tegelijk leek te komen. 'Breng de Droogkloot naar mijn vertrekken, jongens,' zei de stem. 'Ik moet meteen met hem praten.'

24

Oom

Grimsby was niet helemaal zoals Tom zich het onderwaterhol van een meestercrimineel had voorgesteld. Het was er te kil en rook te veel naar schimmel en overgare kool. Het gerecycleerde gebouw, dat er vanbuiten zo magisch had uitgezien, was vanbinnen slonzig en overvol, volgepropt als een uitdragerij met de buit van jarenlange inbraken. In de gangen hingen gestolen tapijten, maar hun prachtige motieven waren nu met meeldauwpatronen overdekt. Op planken, in hokjes en half zichtbaar door de open deuren van kamers en werkplaatsen die hij passeerde, zag Tom stapels kleren; beschimmelde morenes van boeken, documenten, ornamenten, sieraden, wapens en gereedschappen; hooghartig kijkende mannequins uit luxe winkels; kijkschermen en vliegwielen; accu's en gloeilampen; grote, vettige machineonderdelen uit de buik van steden.

En overal waren krabcamera's. De plafonds krioelden van deze apparaatjes. In donkere hoeken glinsterden hun steltpoten. Ze hoefden zich niet te verbergen en zaten op stapels serviesgoed of kropen langs de voorkant van boekenkasten, trippelden over wandtapijten en zwaaiden aan dikke, gevaarlijk uitziende elektrische draden die de muren sierden. Hun cyclopenogen glinsterden zoemend en volgden Tom terwijl Helm en Prikker hem over de lange trap naar Ooms vertrekken brachten. Wie in Grimsby woonde, voelde altijd Ooms blik op zich gericht.

Oom verwachtte hen natuurlijk. Bij hun binnenkomst stond

hij op van zijn stoel en begroette hij hen in het licht van wel duizend surveillancescherm. Hij was een kleine man – kort, mager en bleek omdat hij al zo lang geen zonlicht had gezien. Halfronde brillenglazen rustten op een smalle neus. Hij droeg wanten zonder vingers, een vijfkante steek en een jasje met tressen dat misschien ooit van een generaal of liftboy was geweest, een zijden kamerjas waarvan de zoom patronen tekende op de vloer, een nanking broek en pantoffels met konijntjes erop. Plukken dun, wit haar vielen tot op zijn schouders. Boeken, die de jongens willekeurig van de kastplanken in wel een dozijn bibliotheken hadden gehaald, staken uit zijn zakken en kruimels plakten aan de stoppelbaard op zijn kin.

'Helm, beste jongen!' mompelde hij. 'Bedankt dat je het bevel van je arme, oude Oom zo snel hebt opgevolgd en de Droogkloot handig hierheen hebt gebracht. Hij is niet beschadigd, neem ik aan? Geen verwondingen?'

Helm, die zich herinnerde hoe hij zich in Anchorage had gedragen, was te bang om te antwoorden. Prikker zei nors: 'Levend en wel, Oom, zoals u bevolen had.'

'Uitstekend, uitstekend,' snorde Oom. 'En Prikker. Kleine Prikker. Ook jij hebt het druk gehad, als ik me niet vergis.'

Prikker knikte, maar voordat hij iets kon zeggen, gaf Oom hem een zo harde klap dat hij naar achteren wankelde en kinderlijk jammerend van pijn en verrassing op de grond viel. Voor alle zekerheid gaf Oom hem nog een paar trappen na. Onder de vrolijke konijnentoetjes bleken zijn pantoffels stalen punten te hebben. 'Wie denk je wel dat je bent om de kapitein uit te hangen zonder dat ik het zeg?' riep hij. 'Je weet toch wat er gebeurt met jongens die ongehoorzaam zijn? Weet je nog wat ik met de jonge Sonar van de Remora heb gedaan toen hij net zo'n streek uithaalde als jij?'

'Ja, Oom,' snifte Prikker. 'Maar het was mijn schuld niet, Oom. Helm heeft met een Droogkloot gepraat, en de regels...'

'Helm heeft de regels dus een beetje bijgevijld,' zei hij vriendelijk voordat hij Prikker weer een trap gaf. 'Ik ben een redelijk mens en van mij mogen de jongens best enig initiatief tonen. Ik bedoel: het was niet de eerste de beste Droogkloot aan wie Helm zich bekendmaakte, nietwaar? Het was onze vriend Tom.'

Hij had al die tijd in steeds kleinere cirkels rond Tom gelopen. Nu stak hij een klamme hand uit en greep hij Toms kin om zijn gezicht in het licht te houden.

'Ik zal u niet helpen,' zei Tom. 'Als u van plan bent om Anchorage aan te vallen of zoiets, hoeft u op mij niet te rekenen.'

Oom lachte zacht en dun. 'Anchorage aanvallen? Dat is niet mijn plan, Tom. Mijn jongens zijn inbrekers, geen strijders. Inbrekers en waarnemers. Ze observeren. Luisteren. Sturen rapporten over wat er aan boord van de steden gaande is en wat er gezegd wordt. Inderdaad. Zo maak ik mijn jongens nuttig. Zo komt het dat ik nooit ontdekt ben. Ik krijg talloze rapporten en vergelijk ze, zoek de overeenkomsten en de verschillen, noteer dingen en tel twee en twee bij elkaar op. Ik kijk ook uit naar namen die op vreemde plaatsen opduiken. Zoals Hester Shaw. En Thomas Natsworthy.'

'Hester?' vroeg Tom, die naar voren wilde komen maar door Helm in bedwang werd gehouden. 'Wat hebt u over Hester gehoord?'

In de schaduwen achter Ooms stoel trokken twee wachtposten, verrast over Toms onverhoedse beweging, hun zwaard. Oom gebaarde dat ze moesten blijven waar ze waren. 'Helms rapporten klopten dus,' zei hij. 'Jij bent Hesters liefje. Haar minnaar.' Er klonk nu iets onaangenaam flikflooierigs in zijn stem, en Tom knikte blozend. Oom sloeg hem even gade en grinnikte. 'Dat luchtschip was het eerste wat mijn aandacht trok. De Jenny Haniver. Die naam ken ik natuurlijk. Het schip van die heks Anna Fang, nietwaar?'

'Anna was een vriendin van ons,' zei Tom.

'O ja?'

'Ze is dood.'

'Dat weet ik.'

'We hebben de Jenny min of meer geërfd.'

'Noem je dat "geërfd"?' Oom begon lang en giechelend te lachen. 'Wat een mooi woord, Tom! Geërfd! Zoals je ziet hebben we hier een heleboel spullen die ik en mijn jongens eveneens "geërfd" hebben. Ik wou dat we je tien jaar geleden ontvoerd hadden, Tom. We hadden een prima Straatjongen van je kunnen maken.' Hij lachte opnieuw en ging weer op zijn stoel zitten.

Tom keek eerst naar Helm en toen naar Prikker, die weer overeind was gekomen. Zijn gezicht vertoonde nog steeds de rode afdruk van Ooms hand. *Waarom verdragen ze hem?* vroeg Tom zich af. *Ze zijn allemaal jonger en sterker dan hij. Waarom doen ze alles wat hij zegt?* Maar het antwoord flikkerde op alle muren om hem heen: op geroofde kijkschermen van elke maat en soort, waar blauwe beelden van het leven in Grimsby te zien waren en zwakke, afgeluisterde gesprekken uit de luidsprekers sijpelden. Oom wist alles wat ze zeiden en deden, en niemand kon hem weerstaan.

'U zei iets over Hester,' hielp hij de oude man herinneren. Het kostte moeite om beleefd te blijven.

'Informatie, Tom,' zei Oom, hem negerend. Surveillancebeelden dansten op zijn brillenglazen. 'Informatie. Dat is de sleutel tot alles. De rapporten die mijn inbrekers me sturen, passen als stukjes van een legpuzzel in elkaar. Ik weet waarschijnlijk meer dan wie ook over wat er in het noorden plaatsvindt. En ik besteed aandacht aan kleine details. Aan veranderingen. Veranderingen kunnen gevaarlijk zijn.'

'En Hester?' vroeg Tom weer. 'Weet u iets over Hester?'

'Er is bijvoorbeeld niet ver van hier een eiland dat de Schurkenburcht heet. Vroeger het hol van Rode Loki en zijn luchtpiraten. Geen kwaaie jongen, die Loki. Heeft ons nooit ellende bezorgd. Hij en ik hadden een verschillende positie in de voedselketen. Maar nu is hij weg. Weggetrapt. Vermoord. Nu zit er een stelletje anti-tractionisten. Ze noemen zich de Groene Storm. Haviken. Terroristen. Lastpakken. Heb je wel eens van de Groene Storm gehoord, Tom Natsworthy?'

Tom, die nog steeds aan Hester dacht, wist even niet wat hij zeggen moest. Hij herinnerde zich dat Polei tijdens de jacht boven de Tannhaüsers iets over de Groene Storm geroepen had, maar er was sindsdien zo veel gebeurd dat hij zich er nauwelijks iets van kon herinneren. 'Niet echt,' zei hij.

'Maar ze hebben wel van jou gehoord,' zei Oom, zich naar voren buigend op zijn stoel. 'Waarom hadden ze anders een spion gehuurd om naar je luchtschip uit te kijken? En waarom zou je meissie anders bij hen te gast zijn?'

'Is Hester bij hen?' vroeg Tom geschrokken. 'Weet u dat zeker?'

'Dat heb ik net gezegd, hè?' Oom sprong weer op, wreef in zijn handen en liet zijn vingerknokkels knakken terwijl hij om Tom heen liep. 'Hoewel "te gast zijn" misschien niet helemaal de uitdrukking is die ik zoek. Ze heeft het daar niet echt comfortabel. Is niet wat je noemt gelukkig. Zit helemaal in d'r eentje in een cel. Af en toe wordt ze eruit gehaald voor Joost mag weten wat – ondervraging, marteling...'

'Maar hoe is ze daar gekomen? En waarom? Wat willen ze van haar?' Tom was nerveus. Sprak Oom de waarheid of haalde hij ten koste van hem een geintje uit? Hij kon alleen nog maar denken aan Hester, die gevangenzat en leed. 'Ik kan hier niet blijven!' zei hij. 'Ik moet naar die burcht om haar te helpen...'

Ooms glimlach kwam terug. 'Natuurlijk moet je dat, beste jongen. Om die reden ben je namelijk hier. Jij en ik hebben gezamenlijke belangen. Jij gaat erheen en redt je meissie uit de Burcht. En ik en mijn jongens gaan je helpen.'

'Waarom?' vroeg Tom. Hij was altijd goed van vertrouwen geweest – veel te goed van vertrouwen, zei Hester altijd – maar hij was niet zo naïef dat hij Oom vertrouwde. 'Waarom wilt u mij en Hester helpen? Wat schiet u daarmee op?'

'Hele goeie vraag!' Oom wreef grinnikend in zijn handen, waarbij zijn knokkels knakten als een streng voetzoekers. 'Kom, we gaan eten. Het diner wordt opgediend in de kaartenkamer. Helm, beste jongen, jij komt met ons mee. Prikker, oprotten.'

Prikker sloop als een ondeugende hond weg, en Oom bracht de anderen via een achterdeur de zaal met de schermen uit en toen via een wenteltrap naar een kamer die van boven tot onder met houten planken bedekt was. Opgerolde en opgevouwen kaarten waren in elk hoekje en gaatje gepropt en trieste deegbleke jongens – mislukte inbrekers die geen klissenwerk mochten doen – klauterden van plank tot plank, zochten kaarten en plattegronden (die Oom nodig had om nieuwe inbraken voor te bereiden), en vervingen ze door kaarten waarmee Oom klaar was. *Hier gaat die arme kleine Gorgel eindigen,* dacht Helm, want na de rapporten die Oom uit Anchorage gekregen had, zou de jongen beslist nooit meer mogen inbreken. Het was triest te bedenken dat Gorgel de rest van zijn leven tussen deze kliffen van perkament of prutsend met Ooms spionagecamera's zou doorbrengen.

Oom nam plaats aan het hoofd van de tafel en zette een draagbaar kijkschermpje naast zijn bord zodat hij zijn jongens zelfs onder het eten in de gaten kon houden. 'Ga zitten!' riep hij met een royaal gebaar naar de wachtende stoelen en het op tafel uitgestalde voedsel. 'Eet! Eet!'

In Grimsby was niets anders te eten dan wat de Straatjongens stalen, en de Straatjongens stalen alleen wat jongens eten als niemand aan hun hoofd zeurt over evenwichtige maaltijden en geen snacks tussen de maaltijden. Koekjes met suiker, goedkope chocolade met een zeepsmaak, broodjes spek die dropen van het vet, dunne schijfjes algenbrood met een dikke laag kakelbont smeersel en glazen slecht gekozen wijn met de pit van scheepsbrandstof. De enige concessie aan een gezonde maaltijd was een terrine gekookte spinazie midden op tafel. 'Ik zorg altijd dat de jongens wat groenvoer mee terug nemen,' legde Oom uit terwijl hij opschepte. 'Da's goed tegen de scheurbuik.' De groente kletste op Toms bord als iets dat uit een moeras was opgevist.

'Je wilt dus weten waarom ik je help,' zei Oom, die haastig at en met zijn mond vol praatte. Zelfs aan tafel keek hij voortdurend naar zijn kijkscherm. 'De zaak is als volgt, Tom. Een stad is veel makkelijker te bespioneren dan een plek zoals de Schurkenburcht. We hebben er al maanden een luisterpost maar weten nog steeds niet wat de Groene Storm eigenlijk wil. Het zijn serieuze gasten. We krijgen er nauwelijks een krabcamera naar binnen en ik durf geen van mijn jongens erheen te sturen – kans van negen op tien dat hij door de wachtposten gegrepen wordt. Daarom bedacht ik om jou in hun plaats te sturen. Jij krijgt de kans om Hester te redden en ik word iets wijzer over de Burcht.'

Tom staarde hem aan. 'Maar uw jongens zijn goed getrainde inbrekers! Als zij er niet in komen zonder gesnapt te worden, wat kan ik dan uitrichten?'

Oom lachte. 'Als jij gesnapt wordt, is er geen man overboord. Voor mij niet. Ik leer ook veel over hun beveiliging door te kijken hoe je het doet, en bij een ondervraging kun je geen van mijn geheimen verraden. Je weet niet waar Grimsby ligt. Je weet niet hoeveel klissen ik heb. En waarschijnlijk geloven ze je hoe dan ook niet. Ze zullen denken dat je in je eentje opereert uit liefde voor je meissie. Wat lief!'

'U verwacht blijkbaar dat ze me snappen.'

'"Verwachten" is het woord niet,' protesteerde Oom. 'Maar we moeten op alles zijn voorbereid, Tom. Met een beetje geluk en wat hulp van onze jongens kom je naar binnen, vind je je meissie, kom je eruit en zitten we over een paar dagen rond deze zelfde tafel naar Hester te luisteren, die vertelt waarom de Groene Storm in mijn achtertuin zo geheimzinnig en militair doet.'

Hij stak een hand popcorn in zijn mond en wijdde zich weer aan zijn scherm, waarbij hij doelloos van het ene kanaal naar het andere schakelde. Helm staarde ongelukkig naar zijn bord en vond Ooms suggestie schokkend. Tom ging kennelijk misbruikt worden als een vervangbare, tweebenige krabcamera...

'Ik ga niet,' zei Tom.

'Maar Tom!' riep Oom terwijl hij opkeek.

'Het kan niet. Ik wil Hester helpen, maar dit is waanzin. De Schurkenburcht klinkt als een fort. Ik ben historicus, geen commando!'

'Maar je moet,' zei Oom. 'Hester is daar namelijk. Ik heb Helms en Prikkers verdrietige rapporten over je gelezen. Over je liefde voor haar. Over hoe je jezelf martelt sinds je haar verjaagd hebt. Bedenk maar eens hoe erg dat wordt als je haar niet probeert te redden nu je er de kans toe hebt. Ze wordt waarschijnlijk écht gemarteld, en ik denk niet graag aan de dingen die de Groene Storm haar aandoet. Ze geven haar namelijk de schuld van Anna Fangs dood.'

'Maar dat is niet eerlijk! Dat is belachelijk!'

'Je hebt misschien gelijk. En die arme Hester zegt dat misschien op ditzelfde moment ook tegen de ondervragers van de Groene Storm. Maar ik denk niet dat ze haar zullen geloven. En zelfs als ze uiteindelijk vaststellen dat ze onschuldig is, zullen ze haar wel niet met een verontschuldiging laten gaan, hè? Dan krijgt ze een kogel door haar hoofd, en hup, de plomp in. Kun je je dat voorstellen, Tom? Goed. Wen er maar vast aan. Als je haar niet probeert te helpen, zul je dat beeld de rest van je leven voor je geestesoog zien bij elke keer dat je je ogen sluit.'

Tom duwde zijn stoel naar achteren en liep bij de tafel vandaan. Hij wilde een patrijspoort vinden en naar iets anders kijken dan Ooms spottende, veelbetekenende gezicht, maar er waren geen patrijspoorten in de kaartenkamer, en het uitzicht bestond uit niets anders dan koud water en de ramen van een verdronken stad.

Op een plank bij de deur was een enorme kaart geprikt, en daarop stonden Schurkenburcht en de troggen en richels van de zeebodem eromheen. Tom staarde ernaar en vroeg zich af waar Hester was – wat er met haar gebeurde tussen de blauwe vierkantjes van de gebouwen op de top van het eiland. Hij sloot zijn ogen, maar ze wachtte op hem in het donker achter zijn oogleden, precies zoals Oom voorspeld had.

Het was allemaal zijn eigen schuld. Als hij Freya niet gekust had, zou Het nooit zomaar zijn weggevlogen en nooit door agenten van de Groene Storm ontvoerd zijn. Ook Freya liep gevaar, maar die was ver weg, en hij kon niets doen om haar of haar stad te redden. Maar Hester kon hij helpen. Er was een kans van één op tien dat hij Hester kon helpen.

Tom kalmeerde zo goed mogelijk en probeerde zijn stem beheerst en onbevreesd te laten klinken. Hij keek Oom weer aan en zei: 'Oké, ik doe het.'

'Geweldig!' zei Oom grinnikend terwijl hij met wanten en al in zijn handen klapte. 'Ik wist het wel! Helm brengt je morgenochtend vroeg met de Schroefworm naar de Burcht.'

En Helm, die toekeek, voelde zich verscheurd worden door twee tegengestelde emoties die hij nooit eerder ervaren had: angst om Tom, natuurlijk, maar ook grote vreugde omdat hij heel bang was geweest dat Oom hem zou straffen voor wat hij in Freya's stad gedaan had. En nu was hij ineens nog steeds de commandant van de Schroefworm. Hij stond op en liep naar Tom, die tegen zijn rugleuning stond en naar zijn handen staarde. Hij zag er bang en misselijk uit. 'Het komt wel goed,' beloofde Helm. 'Je doet het niet alleen. Je bent nu bij de Straatjongens. We brengen je erheen en halen je er met Hester vandaan. Dan is alles weer oké.'

Oom zapte snel door de kanalen op zijn kijkscherm, want je wist maar nooit welke streken de jongens uithaalden als je even niet oplette. Toen keek hij Tom en Helm stralend aan en vulde hij de wijnglazen bij om de berg halve waarheden en hele leugens weg te spoelen die hij zonet had opgedist.

25

Het kabinet van dr. Popjoy

Voor Hester ging de tijd traag voorbij. In de Schurken-burcht bestond niet veel verschil tussen dag en nacht, behalve dan dat het vierkante raampje hoog in de muur van haar cel soms zwart, soms grijs was. Eenmaal gluurde de maan – net niet meer vol – bij haar naar binnen. Toen begreep ze dat het al meer dan een maand geleden was sinds ze bij Tom was weggegaan.

Ze zat in een hoek, at wanneer haar bewakers voedsel door de klep in de deur naar binnen schoven, en hurkte boven een blikken emmer als de natuur dat eiste. In de schimmel op de muren zette ze zo goed mogelijk de koers van Anchorage en Arkangel uit en probeerde ze te berekenen waar en wanneer de grote roof-stad zijn prooi zou treffen. Maar ze dacht voornamelijk aan het feit dat ze Valentijns dochter was.

Op sommige dagen wenste ze dat ze hem gedood had toen dat nog kon, maar op andere momenten wou ze dat hij nog leefde, want ze had hem graag nog een heleboel willen vragen. Had hij van haar moeder gehouden? Had hij geweten wie Hester was? Waarom had hij al zijn belangstelling op Katherine gericht zodat er niets meer over was voor haarzelf?

Soms werd de deur opengetrapt en kwamen soldaten om haar naar de geheugenkamer te brengen, waar Sathya zat te wachten met Popjoy en het ding dat ooit Anna Fang was geweest. Een enorme, lelijke foto van Hesters gezicht was toegevoegd aan de collectie foto's op de muren van de Mnemonische Omgeving, maar Sathya vond het blijkbaar nog steeds bevorderlijk om Hester in levenden lijve aanwezig te hebben terwijl ze het verhaal van Anna Fangs leven tegen de onverstoorbare Sluiper geduldig herhaalde. Haar woede op Hester was kennelijk gezakt alsof ze tot op zekere hoogte begreep dat dit mismaakte en ondervoede meisje niet echt de meedogenloze moordenaar was die ze zich had voorgesteld. En Hester begon Sathya op haar beurt iets beter te begrijpen, inclusief de reden waarom ze de dode vliegenierster met alle geweld weer tot leven wilde wekken.

Sathya was op de kale grond geboren, en wel in een kolonisten-kamp. Dat kamp bestond uit met gordijnen afgesloten grotten in de wand van een oud rupsbandenspoor in het door steden verscheurde Zuid-India. In het droge seizoen moesten de mensen van haar volk elke paar maanden verkassen om niet onder de rupsbanden van een passerende stad – Chidanagaram of Gutak of Juggernautpur – verpletterd te worden. Als het begon te regenen, smolt de wereld tot een natte derrie onder hun blote voeten. Iedereen had het over de dag waarop ze naar een immobiele nederzetting op het hoogland zouden verhuizen, maar toen Sathya opgroeide, drong tot haar door dat ze die reis nooit zouden ondernemen. Hun simpele overleving eiste al hun tijd en energie op.

En toen kwam het luchtschip. Een rood luchtschip, gevlogen door een lange, vriendelijke, mooie vliegenierster die na een missie op het eiland Palau Pinang reparaties moest uitvoeren voordat ze naar het noorden kon trekken. De kinderen van het kamp hingen gefascineerd aan haar lippen en luisterden naar haar verhalen over haar werk voor de Anti-Tractieliga. Anna Fang had een heel vloteiland tot zinken gebracht omdat het de Honderd Eilanden dreigde aan te vallen. Ze had gevechten geleverd met de luchtverkenners van Parijs en Cittàmotore en bommen gelegd in de machinekamers van andere hongerige steden. Sathya, die verlegen achter de anderen stond, begreep voor het eerst dat ze de rest van haar leven niet als een made hoefde door te brengen. Ze kon terugvechten.

Toen juffer Fang een week later alweer halverwege de hoofdstad van de Liga in Tienjing was, hoorde ze geluiden in het ruim van de Jenny Haniver en bleek Sathya daar op haar hurken tussen de vracht te zitten. Ze kreeg medelijden met het meisje en betaalde haar opleiding tot vliegenierster van de Liga. Sathya werkte hard, leerde goed en was algauw escadrillecommandant in de Noordelijke Luchtvloot. Driekwart van haar soldij stuurde ze elke maand naar het zuiden om haar familie te helpen, maar ze dacht zelden aan hen – de Liga was nu haar familie, en Anna Fang was haar moeder, haar zus en haar wijze, lieve vriendin.

En hoe had ze al die vriendelijkheid vergolden? Door met een sectie Groene Storm-activisten naar de ijsgrotten van Zhan Shan te klimmen, waar de Liga haar grootste strijders ten grave droeg, en het bevroren lijk van de vliegenierster te stelen. Door haar naar de Schurkenburcht te brengen en Popjoy zijn afschuwelijke alchemie op haar te laten bedrijven. Hester kreeg ondanks zichzelf steeds meer medelijden met het andere meisje, dat zo haar best deed om de Sluiper herinneringen te ontlokken. 'Ik ben Anna Fang niet,' herhaalde het ding steeds opnieuw met een stem zo dun als helmgras. Soms werd het boos, en dan moesten ze vertrekken. Eén keer waren er dagenlang geen sessies en ontdekte Hester later dat het een bewaker gedood had en uit de kamer had proberen te ontsnappen.

Op goede dagen, als het schepsel meegaand was, gingen ze allemaal samen vanuit de geheugenkamer door een gepantserde gang naar een vrachthangar waar de Jenny Haniver was afgemeerd. In de kleine ruimte van de besturingsgondel moest Hester alles herhalen wat ze zich van haar twee korte reizen met de vliegenierster herinnerde, en vertelde Sathya steeds opnieuw het oude verhaal van hoe Anna dit luchtschip gebouwd had door het ene onderdeel na het andere te stelen uit het bergingsmagazijn van Arkangel, waar ze slavin was geweest. Op die manier had ze onder de neus van haar brute slavenmeester heimelijk de Jenny in elkaar gezet.

De Sluiper sloeg haar met kille, groene ogen gade en fluisterde: 'Ik ben niet Anna Fang. We verspillen onze tijd. Je hebt me gebouwd om de Groene Storm aan te voeren, niet om hier weg te kwijnen. Ik wil steden verwoesten.'

Op een nacht kwam Sathya zonder escorte naar Hesters cel. De nerveuze, starende, gekwelde blik in haar ogen was intenser dan ooit. De purperen schaduwen onder haar ogen waren donkerder en haar nagels waren tot heel kort afgebeten. Er kwam een vreemde gedachte bij Hester op toen ze ging zitten om haar bezoekster te verwelkomen: *Ze zit in haar eigen cel gevangen.*

'Kom.' Meer zei Sathya niet.

Ze bracht Hester door diepe, pikdonkere tunnels naar een laboratorium waar rijen reageerbuisjes hen met een vreugdeloze grijns begroetten. Popjoy zat over een werkbank gebogen. Zijn kale hoofd glom in het licht van een argonlamp en hij knutselde aan een kwetsbaar uitziend onderdeel. Sathya moest hem diverse keren roepen voordat hij grommend een paar laatste aanpassingen uitvoerde en zijn werk in de steek liet.

'Laat Hester alles zien,' zei Sathya tegen hem.

Popjoy knipperde met zijn vochtige, roze ogen en keek Hester aandachtig aan. 'Vindt u dat echt verstandig? Ik bedoel: als het nieuws bekend wordt... Maar juffer Shaw zal hier wel niet levend vandaan gaan, hè? In elk geval niet in de conventionele zin van het woord.' Hij maakte snuivende geluiden die misschien zijn manier van lachen waren, en ging zijn bezoek voor. Toen Hester achter Sathya tussen de werkbanken door liep, zag ze waaraan hij gewerkt had: een Sluiperbrein.

'Een opmerkelijk stukje techniek, nietwaar?' zei Popjoy trots. 'Het heeft natuurlijk een lijk nodig om te gedijen. Hier op de werkbank is het niet meer dan intelligent speelgoed, maar wacht maar tot ik het in een lijk schuif! Een scheutje chemicaliën, een beetje elektriciteit, en bingo!'

Hij danste lenig door het laboratorium, langs rekken met retorten, langs dood vlees in potten en langs half afgebouwde delen van Sluipers. Op een T-vormige standaard zat een grote dode vogel de bezoekers met gloeiende, groene ogen te bekijken. Toen Popjoy zijn hand naar het dier uitstak, strekte het zijn gerafelde vleugels en ging de snavel open. 'Zoals u ziet,' zei de technicus, terwijl hij de vogel streelde, 'beperk ik me niet tot de herrijzenis van mensen. Prototypes van Sluipervogels patrouilleren nu al door het luchtruim rond de Fabriek, en ik overweeg ook andere mogelijkheden – een Sluiperkat en bijvoorbeeld een Sluiperwalvis, die explosieven onder een vlotstad kan aanbrengen. Intussen heb ik ook grote vooruitgang geboekt op het gebied van de menselijke herrijzenis...'

Hester wierp een blik op Sathya, maar Sathya keek niet terug en volgde Popjoy naar een deur in de achtermuur, die was voorzien van een magneetslot zoals de sloten op de deur naar de geheugenkamer. De lange vingers van de technicus liepen als een spin over de ivoorwitte toetsen en drukten een code in. Het slot rinkelde en zoemde, waarna de deur openging en een ijsgrot onthulde waar vreemde standbeelden elk onder een plastic hoes stonden te wachten.

'U ziet dat het de oude Sluiperbouwers aan verbeeldingskracht ontbrak,' legde Popjoy uit. Zijn adem condenseerde terwijl hij zich langs de creaties in zijn grote diepvrieskabinet haastte en de hoezen verwijderde. 'Dat een Sluiper een menselijk brein en een zenuwstelsel nodig heeft, wil niet zeggen dat ook een menselijke vorm vereist is. Waarom zouden we ons tot twee benen en armen beperken? Waarom nooit meer dan twee ogen? Waarom doen we moeite voor een mond? Die knapen eten niet eens, en een sprankelende conversatie voeren we zelf wel...'

Toen het ondoorzichtige plastic verdwenen was, zag Hester centauren met twintig armen en rupsbanden in plaats van benen, Sluiperspinnen met klauwpoten en mitrailleurtorens in hun buik, Sluipers met extra ogen in hun achterhoofd... Op een plank voor in het kabinet lag een half afgebouwde Sluiper, gemaakt van het lijk van de arme Widgery Blinkoe.

Hester hapte naar adem en legde slikkend een hand voor haar mond. 'Dat is de man die me op Arkangel drugs heeft gegeven!'

Sathya zei: 'Hij was maar een betaalde agent. Hij wist te veel, en daarom heb ik hem laten liquideren op de avond dat hij je hierheen bracht.'

'Maar wat doe je als al zijn vrouwen hem komen zoeken?'

'Zou jij Blinkoe komen zoeken als je zijn vrouw was?' Sathya keek niet eens naar de dode spion. Haar blik rustte op de andere Sluipers en op Popjoy.

'Hoe dan ook...' zei Popjoy opgewekt terwijl hij de hoezen weer op hun plaats trok. 'Laten we maar naar buiten gaan voordat deze knapen het te warm krijgen. Zolang ze nog niet tot nieuw leven zijn gewekt, is er een klein gevaar voor ontbinding.'

Hester kon geen stap verzetten, maar Sathya trok haar weer het laboratorium in en zei: 'Dank u, doctor Popjoy. Bijzonder interessant.'

'Het was me een genoegen, lieve juffer,' antwoordde de technicus met een kleine, flirtende buiging. 'Altijd weer een genoegen. En ik weet zeker dat we binnenkort een manier zullen vinden om het geheugen van uw vriendin Anna Fang te herstellen... Tot ziens! En ook u tot ziens, juffer Shaw! Ik kijk reikhalzend uit naar het werk met u zodra u geëxecuteerd bent.'

Buiten het laboratorium liepen ze door een korte tunnel en door een deur die toegang gaf tot een roestig looppad langs de rotswand. De wind joeg vanaf het dak van de wereld dreunend en bulderend over het ijs. Hester stelde de windrichting vast voordat ze zich over de balustrade boog om over te geven.

'Je hebt me een keer gevraagd waarom de Groene Storm mijn werk hier steunt,' zei Sathya. 'Nu weet je het. Ze hebben niet echt belangstelling voor Anna maar willen dat Popjoy een leger Sluipers bouwt om binnen de Liga de macht te grijpen en daarna aan hun oorlog tegen de steden te beginnen.'

Hester veegde haar mond af en staarde naar de roomwitte tongen schuim die zich diep beneden door smalle spleten in de rots bewogen. 'Waarom vertel je me dat?' vroeg ze.

'Omdat ik wil dat je het weet. Als de bommen gaan vallen en de Sluipers van de Groene Storm ontketend worden, dan moet iemand weten dat het niet mijn schuld is. Ik heb het allemaal voor Anna gedaan. Alleen voor Anna.'

'Maar Anna zou het verschrikkelijk hebben gevonden. Die zou geen oorlog hebben gewild.'

Sathya schudde van ellende haar hoofd. 'Ze vond dat we alleen steden moesten aanvallen die onze nederzettingen bedreigden. Voor haar waren ook niet alle stadsbewoners barbaren; ze vond hen alleen maar misleid. Ik wil Anna terugbrengen in de hoop dat ze ons een nieuwe weg kan wijzen; iets sterkers dan de oude Liga en minder agressief dan de Groene Storm. Maar de macht van de Storm neemt almaar toe. De nieuwe Sluipers zijn bijna klaar en Anna is nog steeds niet terug...'

Hester voelde haar gezicht tot een sarcastische glimlach vertrekken en wendde haar blik af voordat Sathya het merkte. Het kostte moeite om al deze ethische zorgen te horen uit de mond van een meisje dat de oude Blinkoe zonder enig bezwaar vermoord had, maar ze rook wel een kans. Sathya's twijfels waren als een losse tralie in een gevangenisraam, een zwakte waarop ze kon inspelen. Ze zei: 'Je moet de Liga waarschuwen. Stuur een boodschapper naar de Hoge Raad en vertel ze wat je vrienden hier aan het doen zijn.'

'Dat kan niet,' zei Sathya. 'Als de Storm dat ontdekt, ben ik dood.'

Hester bleef naar de zee kijken en proefde de zilte druppels op haar lippen. 'Maar als een gevangene nu eens ontsnapte?' vroeg ze. 'Daar kunnen ze jou de schuld niet van geven. Als een gevangene die weet wat hier gaande is, ontsnapt, een luchtschip steelt en wegvliegt, dan is dat jou niet aan te rekenen.'

Sathya keek ineens op. Hester beefde bij het plotselinge vooruitzicht op ontsnapping. Dan kon ze hier weg! Misschien was er nog tijd om Tom te redden! Ze was trots op de manier waarop ze Sathya's angst uitbuitte; het leek haar een slimme, meedogenloze list die een dochter van Valentijn waardig was.

'Laat me ontsnappen en geef me de Jenny Haniver mee,' zei ze. 'Ik vlieg naar het gebied van de Liga en zoek een betrouwbaar iemand, zoals kapitein Chora. Hij zal met oorlogsschepen naar het noorden komen om dit eiland te heroveren en Popjoys nieuwe creaturen in zee te gooien voordat ze ingezet kunnen worden.'

Sathya's ogen glommen alsof ze al voor zich zag hoe de knappe Afrikaanse vliegenier uit de gondel van zijn Achebe 9000 sprong om haar uit de kuil te halen die ze voor zichzelf gegraven had. Toen schudde ze haar hoofd. 'Dat kan niet. Als Chora Anna in haar huidige toestand ziet... dan begrijpt hij het misschien niet. En ik mag mijn werk met haar door niets laten storen, Hester. We zijn er bijna. Soms voel ik dat ze me van achter dat masker aankijkt... En trouwens, ik kan je toch niet laten gaan? Jij hebt haar helpen doden.'

'Dat geloof je zelf niet,' zei Hester. 'Nu niet meer, althans. Anders had je me allang vermoord.'

Twee tranen glibberden over Sathya's gezicht en blonken zilverwit op haar donkere huid. 'Ik weet het niet,' zei ze. 'Ik heb mijn twijfels. Maar ik twijfel ook over veel andere dingen.' Ze omhelsde Hester ineens en trok haar gezicht tegen de gesteven en kriebelige schouder van haar uniformjasje. 'Het is goed om met iemand te kunnen praten. Ik zal je niet doden. Als Anna terug is, zal zij me zelf kunnen vertellen of jij schuldig bent aan haar dood. Je moet hier blijven totdat Anna terug is.'

26

Het grote geheel

Als je de wereld vanaf een heel hoog punt kunt overzien – als je een god bent of een geest op een van de oude Amerikaanse wapenplatforms die nog steeds in een baan hoog boven de pool hangen – dan zou de IJswoestijn op het eerste gezicht even nietszeggend lijken als de muren van Hesters cel; een witte laag op de kroon van die arme oude Aarde als grauwe staar op een blauw oog. Maar als je wat aandachtiger kijkt, zul je in die leegte beweging zien. Zie je dat vlekje ten westen van Groenland? Dat is Anchorage met een scherm van verkenningssleden ervoor. De stad baant zich een weg tussen met gletsjers besmeerde bergen en over nooit in kaart gebrachte delen van de ijszee. Baant zich voorzichtig een weg, maar niet te langzaam, want iedereen aan boord herinnert zich de parasiet die de arme Tom ontvoerd heeft. Iedereen is bang dat elk moment nieuwe parasieten door het ijs naar boven kunnen komen. Op het machinedek staan nu wachtposten; patrouilles inspecteren elke ochtend de romp op ongewenst bezoek.

Wat niemand natuurlijk ook maar kan vermoeden, is dat het echte gevaar niet van onder het ijs komt maar van een ander (groter, donkerder) vlekje, dat vanuit het oosten naar hen toe kruipt, zijn glijders heeft opgetrokken, zijn rupsbanden heeft neergelaten en zijn massa over de heuvels van Midden-Groenland sleept. Dat is Arkangel. In zijn buik worden Vetpens en drie kleine walvisdorpen in stukken gescheurd, terwijl diep in de

Kern, in het met ivoor afgezette kantoor van de Direktor, Pjotr Masgard zijn vader onder druk zet om de snelheid van de stad te vergroten.

'Maar snelheid is duur, beste jongen,' zegt de Direktor, over zijn baard wrijvend. 'We hebben Vetpens gevangen. Ik weet niet of het de moeite waard is om als een gek naar het westen te razen. We vinden Anchorage misschien nooit. Het kan best een truc zijn. Als ik goed ben ingelicht, is het meisje van wie je de koers gekocht hebt, verdwenen.'

Pjotr Masgard haalt zijn schouders op. 'Mijn zangvogeltjes vliegen vaak al vóór de vangst weg. Alleen heb ik in dit geval het gevoel dat we haar zullen terugzien. Ze komt terug om haar roofgoud in ontvangst te nemen.' Zijn vuist slaat hard op zijn vaders bureau. 'We moeten ze achterna, vader! Dit is geen schurftig walvissendorp. Dit is Anchorage! De rijkdommen van Rasmussens Winterpaleis! En die motoren van ze! Ik heb onze archieven gecontroleerd. Hun motoren schijnen twintigmaal zo effectief te zijn als wat ook op het ijs.'

'Dat klopt,' geeft zijn vader toe. 'De familie Duifkruid heeft hun bouwgeheim altijd goed bewaard. Vast bang dat een roofstad ermee aan de haal gaat.'

'En dat gaat nu precies gebeuren!' zegt Masgard triomfantelijk. 'Wíj gaan dat doen! Stel je voor: Søren Duifkruid, straks voor óns aan het werk! Hij kan onze motoren zo ombouwen dat we met de helft van de brandstof tweemaal zo veel prooi vangen!'

'Nou, goed dan.' Zijn vader zucht.

'Je krijgt er geen spijt van, papa. Nog een week lang deze koers. Dan neem ik mijn Jagers mee om de stad op te sporen.'

En als je een geest bent tussen de eindeloos tollende papieren, pennen, plastic bekertjes en bevroren astronauten, dan gebruik je de instrumenten van dat oude ruimtestation bijvoorbeeld om dwars door het water naar de geheime zalen van Grimsby te kijken, waar Oom achter het grootste van zijn schermen waarneemt hoe de Schroefworm zich losmaakt uit zijn klissendok.

Kapitein Helm en matroos Prikker brengen Tom Natsworthy naar de Schurkenburcht.

'Inzoomen, joh! Inzoomen!' snauwt Oom. Hij kijkt genietend naar de boordlichten van de klis, die in het donker onder water verdwijnt. Gorgel, die naast hem de cameraknoppen bedient, zoomt gehoorzaam in. Oom klopt de jongen op zijn verwarde haarbos. Hij is een goeie knul en zal zich hier nuttig kunnen maken door hem met zijn archieven en schermen te helpen. Hij denkt soms dat hij meest geeft om kleine, machteloze en onhandige jongens zoals Gorgel. Die bezorgen hem in elk geval geen last. En dat kun je niet zeggen van zachte, vreemde jongens zoals Helm, die de laatste tijd de nare symptomen van een geweten vertoont, of van ruige, ambitieuze jongens zoals Prikker, die je altijd in het oog moet houden omdat ze de vaardigheden en listen die ze van Oom geleerd hebben, op een dag tegen hem kunnen gebruiken.

'Hij is weg, Oom,' zegt Gorgel. 'Denkt u dat het lukt? Denkt u dat de Droogkloot het kan?'

'Wie kan dat wat schelen?' vraagt Oom grinnikend. 'Wij winnen hoe dan ook, knul. Het is waar dat ik meer zou willen weten over wat er in de Burcht gaande is, maar in het rapport van Lipvis staan een paar aanwijzingen. Kleine dingetjes die in hun samenhang voor een geniaal iemand iets betekenen. Een technicus uit Londen... een doodkist op ijs uit Shan Guo... het meisje Sathya dat almaar zit te kniezen over haar dode vriendin. Elementair, mijn waarde Gorgel.'

Gorgel staart hem met grote, ronde ogen aan en begrijpt het niet. 'Dus Tom...'

'Maak je geen zorgen, joh,' zegt Oom, die zijn haar weer door de war maakt. 'Die Droogkloot binnenloodsen is alleen maar een manier om de aandacht van de Groene Storm af te leiden.'

'Af te leiden van wat, Oom?'

'Dat zie je nog wel, jongen. Dat zie je nog wel.'

27

De trap

D e Straatjongens hadden vlak buiten de oostkant van de Schurkenburcht hun luisterpost ingericht. Daar doken zwarte rotswanden loodrecht in veertig vaam diep water. Een van Rode Loki's uitgebrande luchtschepen was daar tijdens zijn veldslag tegen de Groene Storm gezonken, en in de holte van zijn met eendenmossels bezaaide ribben waren drie klissen naast elkaar afgemeerd. Ze hadden een geïmproviseerde basis gevormd door hun lange poten over elkaars lichaam te leggen zoals krabben in een kreeftenfuik. De Schroefworm liet zich in de chaos zakken, en een luchtsluis in zijn buik werd aangesloten op een luik in het dak van de middelste klis, de Vlooiengeest.

'Dit is dus Ooms nieuwste rekruut?' vroeg een lange jongen die bij het luik stond te wachten toen Helm, Prikker en Tom in de muffe, zurige lucht binnenkwamen. Hij was het oudste lid van Ooms bende dat Tom tot dan toe gezien had, en bekeek Tom van top tot teen met een vreemde, neerbuigende blik alsof hij een mop kende die Tom nooit zou begrijpen.

'Toms vriendin is Hester Shaw, de gevangene van de Schurkenburcht,' legde Helm uit.

'Ja, klopt. Ooms postvis was hier veel eerder dan jullie. Ik heb over die tortelduifjes gehoord. Liefdadigheidsmissie, hè?'

Hij sloeg een smalle gang in. 'Hij heet Lipvis,' fluisterde Helm, die hem met Tom en Prikker achternaging. 'Hij was een van de eersten.'

'De eersten van wat?' vroeg Tom.

'Een van de eersten die door Oom naar Grimsby is gebracht. Een van de leiders. Hij mag van Oom de helft houden van alles wat hij naar huis brengt. Hij is Ooms rechterhand.'

Ooms rechterhand bracht hen naar een ruim waaruit alle vracht was weggehaald en dat nu als surveillancestation dienstdeed. Andere jongens – allemaal jonger dan Lipvis maar ouder dan Prikker en Helm – hingen verveeld rond of zaten in het vage, blauwe licht over bedieningspanelen gebogen en bekeken een rij ronde schermen die een hele wand bedekten. Het was er druk. Helm had nog nooit gehoord dat zo veel jongens waren toegewezen aan één taak. Waarom liet Oom zo'n groot aantal jongens alleen maar spioneren? En waarom stonden zo veel schermen uit?

'Jullie hebben maar drie krabben aan het werk!' zei hij. 'Op Anchorage hadden we er dertig!'

'Dit is dan ook heel wat anders dan een burgerstad leegroven, klissenjoch,' snauwde Lipvis. 'De Groene Storm is bikkelhard. Overal en altijd wapens en wachtposten. De enige toegang voor een krabcam is een rioolbuis naar een verlaten toilettenblok aan de westkant. Via die buis hebben we drie krabben in de verwarmingsbuizen gekregen, maar de Droogkloten hoorden geluiden en werden nieuwsgierig. We kunnen ze dus nauwelijks laten lopen en hebben geen andere naar binnen proberen te krijgen. We zouden zelfs deze drie niet hebben gehad als Oom ons niet de nieuwste modellen had gestuurd. Ze worden op afstand bediend en hebben geen kabels achter zich aan. Bovendien hebben ze speciale eigenschappen.'

Alweer die glimlach. Helm wierp een blik op de brede bedieningspanelen. Tussen de lege koffiekopjes lagen stapels papieren met aantekeningen over dienstroosters, werkpatronen en de gewoonten van de wachtposten. Zijn aandacht werd getrokken door een stel dikke, rode knoppen die allemaal door een glastic kapje beschermd werden. 'Waar dienen die voor?' vroeg hij.

'Gaat je niks aan,' zei Lipvis.

'Maar wat denk je dat er daar aan de hand is?' vroeg Prikker.

Lipvis haalde zijn schouders op en verruilde het ene kanaal voor het andere. 'Weet niet. We kunnen niet doordringen tot de plekken waarvoor Oom extra belangstelling heeft – het laboratorium en de geheugenkamer. We kunnen ze afluisteren in de grote hangar maar we snappen niet altijd waar het over gaat. Ze praten geen Angels of Noords zoals gewone mensen, maar koeterwalen in Airsperanto en een hoop rare oosterse talen. Dit meisje is hun leider.' (Een donker hoofd vulde het scherm, gezien vanuit een vreemde hoek door het wazige rooster van een ventilator in een kantoorplafond. Ze deed Tom een beetje denken aan het meisje dat hen in Batmoench Gompa erg onprettig bejegend had.) 'Ze is zo gek als een deur en mekkert de hele tijd over een dooie vriendin van haar alsof die nog steeds leeft. Oom heeft veel belangstelling voor haar. En dan hebben we nog dit charmante tiepje...'

Tom hapte naar adem. Lipvis wees naar een scherm waarop iemand ineengedoken op de vloer van een diepe, smalle kamer zat. Het beeld was zo vaag en onderbelicht dat je, als je er te lang naar keek, helemaal geen persoon meer zag omdat alles oploste in een soep van abstracte vormen, maar Tom hoefde er niet lang naar te kijken.

'Dat is Hester!' riep hij.

De Straatjongens grijnsden grinnikend en stootten elkaar aan. Ze hadden Hesters gezicht op hun schermen gezien en vonden het een grote grap dat iemand iets in haar zag.

'Ik moet naar haar toe,' zei Tom, die zich naar het scherm boog en wou dat hij haar dwars door het glas heen kon aanraken, gewoon maar om haar te laten weten dat hij er was.

'Dat gaat ook gebeuren,' zei Lipvis. Hij pakte Toms arm en trok hem door een deur in het schot naar een klein compartiment waar de wanden schuilgingen achter rekken met vuurwapens, zwaarden en pieken. 'We zijn klaar. Oom heeft zijn instructies al gegeven. We hebben onze plannen uitgewerkt.' Hij koos een klein gaspistool en gaf het aan Tom. Hetzelfde deed hij met een merkwaardig metalen apparaatje. 'Om sloten open te maken,' zei hij.

In het operatiecentrum achter zich hoorde Tom een toenemende activiteit. Niemand keek meer verveeld. Door de halfopen deur zag hij jongens met papieren en klemborden heen en weer rennen. Ze bedienden schakelaars op de brede bedieningspanelen van de camera's en zetten koptelefoons op. 'Jullie sturen me toch niet nú al naar binnen?' vroeg hij. 'Toch niet nu meteen?' Hij had gedacht dat hij tijd zou krijgen om zich voor te bereiden, bijvoorbeeld met een soort briefing over wat de Straatjongens van de Schurkenburcht te weten waren gekomen. Het verraste hem dat hij meteen na zijn aankomst in actie moest komen.

Maar Lipvis had zijn arm alweer gepakt en duwde hem door het operatiecentrum en de wirwar van gangen. 'Geen beter moment dan nu,' zei hij.

Een oude, metalen trap liep zigzaggend langs de klippen aan de westkant van de Schurkenburcht, en aan de voet ervan stak een ijzeren steiger in de golven, beschermd door lange uitlopers van de rots. In de tijd van de piraten was de steiger soms gebruikt om bevoorradingsschepen te laten aanmeren, maar sinds de Groene Storm de macht had overgenomen, was er geen enkele boot meer gekomen, en de steiger zag er nu al aftands en verwaarloosd uit, aangetast door roest en de nooit rustende zee.

De Schroefworm kwam in de schaduw ervan boven water toen de zon in een dik wolkendek aan de horizon onderging. De wind was bijna helemaal gaan liggen, maar de golfslag was nog steeds zwaar en beukte het pantser van de klis toen de magnetische klemmen contact maakten met de steiger.

Tom keek door de natte patrijspoorten naar lichten die in de gebouwen hoog boven hem werden ontstoken, en had het gevoel dat hij moest overgeven. Tijdens de hele tocht vanaf Grimsby had hij zich voorgehouden dat alles goed zou aflopen, maar hier – in de golven onder de steiger – kon hij moeilijk geloven dat hij ooit in de vesting van de Groene Storm zou doordringen, laat staan dat hij en Hester weer zouden kunnen ontsnappen.

Hij wou dat Helm er was, maar Lipvis had zelf de Schroefworm bestuurd en Helm aan boord van de Vlooiengeest achtergelaten. 'Veel succes!' had de jongen gezegd terwijl hij hem in de luchtsluis omhelsd had, en Tom begon te beseffen dat hij elke heilwens nodig ging hebben.

'De trappen leiden naar een deur op zo'n honderd voet hoogte,' zei Lipvis. 'Die is niet bewaakt want ze verwachten geen aanval vanuit de zee. Hij is vast afgesloten, maar dat kan ons gereedschap wel aan. Heb je je loper?'

Tom klopte op zijn jaszak. Een nieuwe golf tilde de Schroefworm wentelend op. 'Nou oké dan,' zei hij zenuwachtig, zich afvragend of het te laat was om terug te gaan.

'Ik wacht hier,' beloofde Lipvis met dat vage, verdachte glimlachje van hem. Tom wou dat hij hem kon vertrouwen.

Hij klom snel de ladder op en probeerde alleen aan Hester te denken, want als hij ook maar één moment aan de vele soldaten en vuurwapens in het fort boven hem dacht, verloor hij vast de moed. Toen klotste een ijskoude golf over de Schroefworm, net toen hij uit het luik kwam, zodat hij kletsnat werd. Even later stond hij op de romp in de donkere en koude lucht en hoorde hij het harde geluid van de zee om zich heen. Hij werkte zich tussen de steunbalken onder de steiger terwijl een volgende golf voorbijraasde, waarna hij op de tast naar boven klom. Hij was doornat en begon te huiveren. Toen hij naar de trap rende, was het net of de steiger bokte als een dier, aan zijn tuiers trok en hem probeerde af te werpen.

Hij begon snel aan de trap, blij dat hij de kans kreeg om warm te worden. Vogels zwierden in de avondschemering boven zijn hoofd. Hij schrok van hun beweging. *Denk alleen aan Hester,* hield hij zich voor, maar zelfs de herinnering aan zijn beste momenten met haar kon zijn groeiende angst niet helemaal tot bedaren brengen. Hij probeerde iedere gedachte van zich af te zetten en niet te vergeten dat hij een taak had, maar allerlei gedachten sijpelden hardnekkig naar binnen. Dit was een zelf-moordmissie. Oom misbruikte hem. Zijn verhaal over de nood-zaak van een spion in de Burcht was niet de hele waarheid. Dat wist hij nu zeker. En die luisterpost met al die wapens... hij had gezien hoe geschokt Helm reageerde toen hij een glimp ervan opving. Hij werd erin geluisd en was een pion in een spel waar-van hij de regels niet kon peilen. Misschien moest hij zich maar gewoon bij de Groene Storm melden door de wachtposten te roepen en zich over te geven. Ze waren misschien wel niet zo erg als iedereen zei, en dan kreeg hij in elk geval de kans om Hester te zien...

Een zwart silhouet dook uit de schemering omlaag. Hij hief zijn armen, wendde zijn gezicht af en kneep zijn ogen stijf dicht. Er klonk een hese kreet, en hij voelde een snavel tegen zijn hoofd slaan – fel en pijnlijk als de tik van een kleine hamer. Daarna fladderende en klapperende vleugels, en toen niets meer. Hij keek op en om zich heen. Hier had hij over gehoord: zeevogels die in de buurt van hun nest iedereen aanvielen. Hoog boven hem cirkelden er duizenden in de groeiende duisternis rond. Hopend dat ze niet allemaal hetzelfde idee zouden krijgen, be-gon hij snel aan de onderste trap.

Hij had de volgende trap al bereikt toen de vogel opnieuw aanviel, ditmaal van opzij met een lang aangehouden, schor ge-kras. Hij kon het dier nu beter zien: brede, slonzige vleugels als een gerafelde mantel en groene, glinsterende ogen boven een open snavel. Hij sloeg er met zijn vuist en onderarm naar en wist het te verdrijven. Haastig verder rennend voelde hij pijn, en toen hij omlaag keek, zag hij bloed druipen uit drie lange sneden in de zijkant van zijn hand. Wat was dit voor een vogel? De klauwen waren dwars door zijn beste leren wanten gedrongen!

Alweer een schreeuw – schril en zo dichtbij dat het ondanks de herrie van de vogels boven hem te horen was. Vleugels klap-perden rond zijn hoofd en een chaos van veren sloeg naar zijn gezicht en haren. Hij rook iets chemisch en kon nu zien dat de groene gloed in de ogen van het dier niet de weerschijn van de lucht was. Hij trok het wapen dat Lipvis hem gegeven had, en beschoot het ding. Het wentelde met de wind mee weg, maar even later harkten nieuwe klauwen over zijn schedel: hij werd nu door twee van die beesten aangevallen.

Hij rende steeds hoger de trap op. De vogels – als het vogels wáren – vlogen dreigend en krijsend om hem heen en vielen af en toe zijn hoofd of hals aan. Het waren er maar twee – de andere bemoeiden zich nergens mee en bleven rond de top van het eiland cirkelen. Maar die twee waren meer dan genoeg. Kleine lichtflitsen weerkaatsten op messcherpe klauwen en kletterende snavels van metaal; vleugels stotterden klapperend als vlaggen in een storm. 'Help!' riep hij machteloos, en: 'Donder op! Donder op!' Hij overwoog terug te gaan naar de veiligheid van zijn wachtende klis, maar toen hij zich omdraaide, stortten de vogels zich op zijn gezicht, en de deur was nu heel dichtbij – nog maar één trap te gaan.

Hij klauterde omhoog, glibberend over ijskoude treden, en stak zijn handen in zijn doorboorde wanten omhoog om zijn hoofd zo goed mogelijk te beschermen. Over zijn gezicht voelde hij hete straaltjes bloed lopen. In het laatste daglicht zag hij ineens de deur. Hij stortte zich erop maar kon zijn loper niet hanteren omdat hij het te druk had met het afweren van stekende snavels en snijdende klauwen. In zijn wanhoop hief hij zijn wapen en richtte hij het omhoog. Een doffe knal echode tegen de rotswand, en een van de groenogige vogels viel met een lange rookpluim achter zich aan naar de branding. De andere trok zich terug en viel toen opnieuw aan. Tom verborg zijn gezicht. Het wapen viel uit zijn bebloede hand, stuiterde tegen de leuning en verdween in het donker.

De witte straal van een zoeklicht gleed snijdend over de rotswand en raakte hem dwars door de wervelwind van vleugels en klapperende schaduwen heen. Hij dook tegen de deur ineen. Er begon een sirene te janken; toen nog een en nog een. Lang aanhoudende echo's weerkaatsten tegen de rots. 'Lipvis!' riep hij. 'Helm! Help!'

Het was ongelooflijk dat alles zo snel verkeerd was gelopen.

Door de radio van de Schroefworm klonk een krakende stem: 'Ze hebben hem!'

Lipvis knikte bedaard. Oom had gezegd dat het waarschijnlijk op deze manier zou aflopen. 'Breng de krabben in actie,' zei hij tegen de radio. 'We hebben maar een paar minuten voordat ze snappen dat hij helemaal in zijn eentje is.'

Hij drukte op knoppen en zette schakelaars om. In de romp ging een luik open, en toen kwam een oude vrachtballon tevoorschijn. Terwijl die in een maalstroom van vogels en zoeklichten rond de top van het eiland omhoogzweefde, maakten de magneten van de Schroefworm zich een voor een van de steiger los, waarna de klis zijn poten opvouwde en als een steen in de golven verdween.

De metalen deur ging open en overspoelde Tom met geel licht. Hij was zo blij om uit de buurt van de vogels te zijn dat het bijna een opluchting was dat de wachtposten hem vastgrepen. Ze trokken zijn armen achter zijn rug en hielden zijn maaiende benen in bedwang. Iemand zette de loop van een automatische Weltschmerz onder zijn kin. 'Dank u!' mompelde hij de hele tijd, en ook: 'Sorry!' terwijl ze hem naar binnen trokken, de deur dichtgooiden en hem op de koude grond smeten. Hij werd opgeraapt, een stuk gedragen en neergelegd en hoorde intussen stemmen galmen tegen het lage plafond. Buiten schoten raketwerpers. De stemmen spraken Airsperanto met een oosters accent en hanteerden veel dialectwoorden die hij niet begreep.

'Is hij alleen?' vroeg een merkwaardig vertrouwde stem.

'We denken van wel, commandant: de [iets] vond hem op de trap.'

De vrouw zei weer iets. Tom begreep haar woorden niet, maar ze had kennelijk gevraagd hoe hij hier gekomen was, want een van de andere stemmen antwoordde: 'Een ballon. Tweepersoonsballon. Onze batterijen hebben hem neergehaald.'

Zo te horen werd er gevloekt. 'Waarom hebben de wachttorens die niet zien komen?'

'Volgens de wachtpost was hij nog maar net opgedoken.'

'Er was geen ballon,' fluisterde Tom verward.

'De gevangene, commandant...'

'Laten we hem maar eens bekijken...'

'Sorry,' mompelde Tom, die bloed proefde. Iemand scheen met een lantaarn in zijn gezicht, en toen hij weer iets kon zien, zag hij dat het meisje dat op Sathya leek, zich over hem heen boog. Alleen leek ze niet op Sathya maar wás ze Sathya. 'Hallo. Dank je. Sorry,' fluisterde hij. Ze probeerde het bloed en de plukken nat haar weg te denken. Toen herkende ze hem, waarbij ze haar ogen opensperde en meteen weer tot spleetjes dichtkneep.

De Straatjongens hadden maandenlang niet genoeg te bekijken gehad, maar nu hadden ze ineens te veel. Ze verdrongen elkaar voor de schermen en deden hun best om te zien wat er bij de Droogkloten gaande was. Helm, die zich helemaal naar voren drong, zag dat Tom door een groepje wachtposten in witte uniformen werd weggedragen. Een ander scherm toonde het lege kantoor van de commandant; haar avondeten stond nog half opgegeten op haar bureau. Op het derde scherm zag hij hoe vliegeniers zich bij hun luchtschepen in de grote hangar verzamelden alsof de Groene Storm dacht dat Toms aankomst het begin van een aanval was. De rest van de schermen toonden alleen een donkere sneeuwjacht. Tientallen op afstand bediende krabben hadden bij de rioolbuis van de Burcht klaargestaan, en de Straatjongens maakten nu van de opschudding gebruik om ze de basis in te sturen. De apparaatjes zwermden uit via een kapot toilet, stoven door een ventilatiegat en verspreidden zich over de buizen en rookkanalen van de Fabriek. Ze baanden zich een weg door veiligheidsroosters en schakelden sensoren uit, en hun geluiden werden door de jankende sirenes overstemd.

Te midden van dit alles voelde Helm een schok door de luisterpost gaan toen de Schroefworm afmeerde. Lipvis werkte zich even later door de luchtsluis en keek even gespannen als opgewonden. Haastig snauwend vroeg hij naar de reactietijd van de Groene Storm.

'Ze zijn snel,' zei een van de jongens.

'Ik ben blij dat Oom dat niet door míj heeft laten uitzoeken!'

'Weet je wie alarm sloeg? Een soort afgerichte vogels die de trap bewaken.'

'We zijn er klaar voor.'

Helm bleef aan de mouw van Lipvis' jasje trekken totdat de oudere jongen geërgerd omkeek. 'Je moet op Tom wachten!' riep Helm. 'Wat doen we als hij ontsnapt? Hoe komt hij daar weg zonder de Schroefworm?'

'Dat vriendje van je is er geweest, knul,' zei Lipvis terwijl hij de ander wegduwde. 'Wees maar niet zo benauwd. Alles gaat volgens Ooms plan.'

Een sleutel in het slot, de deur die hard open werd geschopt. Hester werd wakker van het lawaai en werkte zich overeind, maar toen kwam Sathya binnen en sloeg haar weer tegen de grond. Een troep soldaten liep de cel in en sleepte een doornatte, druipende gestalte mee. Hester wist niet wie het was, zelfs niet toen Sathya het natte hoofd omhooghield en haar het gezicht vol bloed en blauwe plekken liet zien, maar ze zag wel de lange, leren vliegeniersjas en dacht: Tom heeft net zo'n jas. Daarom keek ze nóg eens, hoewel het natuurlijk nooit Tom kon zijn.

'Tom?' fluisterde ze.

'Doe niet net of je verbaasd bent!' schreeuwde Sathya. 'Probeer je me wijs te maken dat je hem niet verwachtte? Hoe wist hij waar je was? Wat heb je bekokstoofd? Voor wie werk je?'

'Voor niemand,' zei Hester. 'Voor niemand!' Ze begon te huilen toen de wachtposten Tom dwongen om naast haar te knielen. Hij was haar komen redden maar leek doodsbang en was kennelijk gewond. En nog veel erger was dat hij niet wist wat ze gedaan had. Hij was helemaal hierheen gekomen om haar te redden, en zij verdiende het niet. 'Tom,' zei ze snikkend.

'Ik vertrouwde je!' tierde Sathya. 'Je hebt me in de val gelokt zoals je ook bij die arme Anna hebt gedaan. O, wat was je onschuldig en wat wist je me goed aan het twijfelen te brengen. En intussen was je barbaarse medeplichtige op weg hierheen. Wat was het plan? Ligt er een schip klaar? Speelde Blinkoe het spelletje mee? Ik neem aan dat je Popjoy wilde ontvoeren om hem naar een van je smerige steden te brengen zodat díé zijn Sluipers mochten hebben.'

'Nee, nee, nee, je hebt het helemaal mis,' zei Hester huilend, maar ze begreep dat ze het meisje nooit duidelijk kon maken dat Toms plotselinge verschijning geen onderdeel was van een tractionistisch complot.

Tom had het te koud en was te geschokt om goed te begrijpen wat er gebeurde, maar hij hoorde Hesters stem, keek op en zag dat ze naast hem op haar hurken zat. Hij was vergeten hoe lelijk ze was.

Toen greep Sathya zijn haren om zijn hoofd omlaag te duwen en zijn nek te ontbloten. Hij hoorde haar zwaard glad sissend uit de schede glijden, hoorde geratel en gekrabbel in de buizen aan het plafond en hoorde Hester roepen: 'Tom!' Hij sloot zijn ogen.

Op het scherm van de Straatjongens flitste het getrokken zwaard wit op. Sathya's stem klonk blikkerig door de krabbenradio en schreeuwde allerlei onzin over complotten en verraad.

'Doe iets!' gilde Helm.

'Het is maar een Droogkloot, Helm,' zei Prikker niet onvriendelijk. 'Hou ermee op.'

'We moeten hem helpen! Hij gaat dood!'

Lipvis smeet Helm opzij. 'Dat was van begin af aan de bedoeling, idioot!' riep hij. 'Denk je echt dat Oom hem zou laten lopen na alles wat hij gezien heeft? Zelfs als hij het meisje naar buiten had gekregen, had ik het bevel om ze te ondervragen en af te maken. Tom was alleen als afleidingsmanoeuvre bedoeld.'

'Waarom?' jammerde Helm. 'Alleen maar om een paar camera's extra naar binnen te krijgen? Alleen maar om Oom te laten zien wat er in de geheugenkamer aan de gang is?'

Lipvis gaf hem een stomp waardoor Helm tegen de bedieningspanelen viel. 'Oom weet al maanden wat er in de geheugenkamer aan de hand is. Het zijn niet alleen camera's. Het zijn bommen. We brengen ze in positie, geven de Droogkloten een paar uur om tot rust te komen, blazen de boel op en gaan naar binnen om het écht op een stelen te zetten.'

Helm bekeek de schermen en proefde het bloed dat uit zijn neus liep. De andere jongens waren teruggedeinsd alsof te veel medeleven met Droogkloten een soort griep was waarmee je besmet kon worden. Hij werkte zich overeind en zag de rij rode knoppen met kapjes bij zijn hand. Hij staarde er even naar. Zulke knoppen had hij nog nooit gezien, maar hij kon wel raden waartoe ze dienden.

'Nee!' riep iemand. 'Nog niet!'

Maar ze waren nog niet bij hem of hij had de kapjes al van zo veel mogelijk knoppen gehaald en bewerkte ze hard met zijn twee vuisten.

De schermen vielen uit.

28

Wie wind zaait...

Iets trof hem in zijn rug, waardoor hij met zijn gezicht op de grond viel. Hij dacht: *Dit is het dan, ik ben dood.* Alleen was hij niet dood. Hij voelde het klamme steen tegen zijn wang, en toen hij zich op zijn rug draaide, zag hij dat een explosie het plafond had vernield – een gróte explosie, afgaand op het puin en stof. Hij zou verwacht hebben dat die veel lawaai had gemaakt, maar hij had niets gehoord en hoorde nog steeds niets, hoewel grote brokken metselwerk omlaag kwamen en mensen met lantaarns om zich heen maaiden en met wijd open monden aan het schreeuwen waren. Maar nee, ergens in zijn schedel klonk alleen een jankend en fluitend gezoem, en toen hij nieste, hoorde hij daar niets van. Wel sloten zich hete vingers om zijn hand en trokken aan hem, en toen hij opkeek, zag hij Hester, wit in het felle licht uit een lantaarn als een felverlicht standbeeld van zichzelf, behalve dan dat ze hem met bewegende lippen iets duidelijk probeerde te maken en naar de deur wees, en hij kroop onder het ding uit dat boven op hem was gevallen, een ding dat Sathya bleek te zijn, en hij vroeg zich af of ze zwaargewond was en of hij haar moest proberen te helpen, maar Hester trok hem naar de deur, struikelend over de lichamen van mannen die heel beslist dood waren, bukkend onder de restanten van een verwarmingsbuis die was opengescheurd en rookte alsof hij van binnenuit ontploft was, en toen hij omkeek, vuurde iemand een pistool op hem af en zag hij de flits en voelde hij de kogel langs zijn oor scheren, maar ook dat hoorde hij niet.

Toen renden ze door een gang. Door andere deuren, die ze onhoorbaar achter zich dichtsloegen. Ze bleven staan en snakten hoestend en dubbelgevouwen naar adem. Intussen probeerde hij te begrijpen wat er gebeurd was. De explosie... de verwarmingsbuis...

Hester boog zich naar hem toe, maar haar stem klonk ver weg en golfde vaag alsof ze onder water aan het roepen was.

'Wat?'

'Schip!' riep ze. 'Waar is je schip? Hoe ben je hier gekomen?'

'Onderzeeër, maar die zal wel weg zijn,' zei hij.

'Wat?' Ze was even doof als hij.

'Weg.'

'Wat?' Aan de andere kant van de gang scheen lantaarnlicht door stof en rook. 'We nemen de Jenny!' gilde ze en ze duwde Tom naar een andere trap. Het was er even donker als in de gang en de ruimte stond vol rook. Tom begon te begrijpen dat er ook andere explosies waren geweest, niet alleen in zijn cel. In sommige gangen flikkerde nog licht, maar in de meeste was de stroom uitgevallen. Groepen bange en verbijsterde soldaten renden met lantaarns rond. Hij en Hester konden hen heel makkelijk zien komen en verstopten zich dan in diepe nissen of doken met puin bezaaide zijgangen in. Toms gehoor kwam langzaam terug en het gefluit in zijn oren maakte plaats voor het gestage, angstige gejank van sirenes. Hester duwde hem een trap op omdat alweer anderen passeerden – vliegeniers ditmaal. 'Ik weet niet eens waar we zijn,' zei ze nors toen de anderen weg waren. 'In het donker lijkt alles anders.' Ze keek naar Tom. Haar gezicht zat vol vlekken van het stof. Ze grijnsde. 'Hoe heb je die ontploffing voor elkaar gekregen?'

Het was de moeilijkste beslissing van Lipvis' leven geweest. Daar in de Vlooiengeest raakte hij heel even in paniek en staarde hij verbijsterd naar de lege schermen. Alle plannen van Oom in dui-

gen! Al hun werk was voor niets geweest! De krabben waren opgeblazen terwijl de meeste nog niet eens in positie waren.

'Wat doen we nou, Lipvis?' vroeg een van zijn jongens.

Ze konden maar twee dingen doen. Met lege handen teruggaan en zich door Oom levend laten villen. Of het erop wagen.

'We wagen het erop,' besloot hij en hij voelde zijn kracht terugkeren toen de anderen ijlings wapens, netten en apparaatjes
gingen halen, lantaarns aan hun hoofd bonden en Helm weg-
sleepten. 'Prikker, Aasbal, jullie blijven hier aan de camera's. De
anderen gaan met mij mee!'

En terwijl de Groene Storm in verwarring was, ruziemaakte
en de branden probeerde te bestrijden die de krabben veroorzaakt hadden, terwijl zoeklichten de nacht afspeurden en raketbatterijen het ene salvo na het andere afschoten op denkbeeldige
aanvallers, maakte een slanke, aangepaste klis zich los van de
luisterpost om naar de steiger te varen. De Straatjongens stapten
uit en beklommen snel en zwijgend dezelfde trap die Tom een
uur eerder genomen had.

Bijna boven werden ze door een Sluipervogel ontdekt en verdween een van de jongens schreeuwend over de leuning de golven in. Een ander werd in zijn arm geraakt door geweervuur
vanaf een opstelling op de rots, en Lipvis moest hem afmaken
omdat Oom bevolen had om niemand achter te laten die door
de Droogkloten ondervraagd kon worden. Toen stonden ze voor
de deur, waren ze binnen en volgden ze de schetsmatige platte-
grond naar de geheugenkamer, hier en daar jongens op wacht
zettend om hun ontsnappingsroute te bewaken. Groene Stor-
mers renden in paniek door de rook en werden door de Straatjongens gedood, want ook dat was een bevel van Oom: geen ge-
tuigen in leven laten.

De bewakers van de geheugenkamer waren gevlucht. De zware sloten stelden Lipvis maar heel even voor een raadsel. De
stroom was uitgevallen, en toen hij aan de deur trok, zwaaide die
soepel open. De lantaarns van de Straatjongens verlichtten een
brug naar een centraal platform waar iemand als een gekooid

wild dier liep te ijsberen. Een glimmend, bronzen masker werd ineens naar het licht gekeerd.

Ze deinsden terug – allemaal. Alleen Lipvis wist min of meer wat ze moesten stelen, en zelfs hij had het nog nooit gezien. Oom had hem gewaarschuwd dat hij er niet de confrontatie mee moest aangaan. *Grijp het bij verrassing van boven of van achteren. Gooi de netten erover en zet de klemmen in werking voordat het snapt wat er gebeurt.* Maar daar was nu geen tijd voor, en zelfs als dat wel het geval was geweest, wist Lipvis niet of dat wel geholpen zou hebben. Dat ding was *beresterk*! Voor het eerst in zijn leven vroeg hij zich af of Oom inderdaad altijd gelijk had.

Hij maskeerde zijn angst zo goed als hij kon. 'Dat ding moeten we hebben,' zei hij. 'Dat ding wil Oom. We gaan het jatten.'

De Straatjongens hieven de vuurwapens, messen, touwen, kettingen, magnetische klemmen en zware werpnetten waarmee Oom hen had uitgerust, en liepen langzaam de brug op.

De Sluiper balde de handen tot vuisten en kwam op hen af.

Vuurwapens knalden en knetterden, maar het was moeilijk te zeggen waar het lawaai vandaan kwam omdat de echo's met elkaar versmolten en overal in de lage gangen weerkaatsten. Tom en Hester renden verder op grond van Hesters vage overzicht van de luchtmachtbasis. Ze kwamen lijken tegen: drie soldaten van de Groene Storm op de grond, daarna een jongeman in een allegaartje van donkere kleren en met een bos blond haar onder een zwarte wollen pet. Tom dacht heel even geschrokken dat het Helm was, maar deze jongen was ouder en groter – een lid van Lipvis' bemanning. 'De Straatjongens zijn er!' zei hij.

'Wie zijn dat?' vroeg Hester. Tom antwoordde niet. Hij had het te druk met zijn pogingen om te begrijpen wat er gaande was en welke rol hij in het geheel had gespeeld. Voordat ze nog iets kon vragen, klonk een enorm, dreunend lawaai ergens in de buurt: massale salvo's schoten die later steeds dunner werden, met steeds meer onderbrekingen, steeds koortsachtiger en doorspekt met gegil. Nog één laatste, borrelende kreet, en toen stilte.

Zelfs de sirenes zwegen.

'Wat was dát?' vroeg Tom.

'Hoe moet ik dat weten?' Hester pakte de lantaarn van de dode Straatjongen, dook een ander trappenhuis in en sleurde Tom mee. 'We gaan hier weg...'

Tom volgde haar maar al te graag. Hij vond het heerlijk dat ze zijn hand pakte en hem leidde. Hij vroeg zich zelfs af of hij het haar moest vertellen, en of dit een goed moment was om zich te verontschuldigen voor wat er in Anchorage gebeurd was, maar voordat hij iets kon zeggen, bereikten ze de voet van de trap. Hester bleef hijgend staan en bracht ook Tom tot stilstand, gebarend dat hij niets mocht zeggen.

Ze waren in een soort voorvertrek. Een ronde metalen deur stond wijd open.

'O goden en godinnen,' zei Hester zachtjes.

'Wat?'

'De stroom! De sloten doen het niet! De elektrische barrière! Het is ontsnapt!'

'Maar wát dan?'

Ze haalde diep adem en sloop naar de deur. 'Ga mee!' zei ze tegen Tom. 'Er is hier een doorgang naar de hangar...'

Ze gingen samen de deur door. Vlak boven hun hoofd hing een dikke wolk kruitdamp die opbolde en inzakte als een witte luifel. Overal in de schaduwen klonk het gedruppel van vloeistof. Hester liet het licht van haar lantaarn over de brug schijnen, over plassen en strepen bloed, over patronen van bloederige voetstappen als de choreografie van een gewelddadige dans en over bloeddruppels die van het hoge plafond vielen. Er lagen dingen op de brug. Eerst leken ze hoopjes oude kleren, maar als je aandachtiger keek, onderscheidde je handen en gezichten. Tom herkende sommige gezichten van de luisterpost. Maar wat kwamen die jongens hier zoeken? Wat was er met hen gebeurd? Hij begon onbeheerst te beven.

'Rustig maar,' zei Hester, die haar lantaarn op het centrale platform richtte. Leeg. Alleen lag daar in het midden een bebloed, grijs gewaad als een afgeworpen cocon. De Sluiper was weg – zonder twijfel op jacht naar nieuwe slachtoffers in het labyrint van kamers en gangen boven hen. Hester pakte Toms hand weer en leidde hem snel langs de muur van de ruimte naar de deur waar ze op de goede dagen van de Sluiper zo vaak met Sathya en de anderen doorheen was gegaan. In het trappenhuis verderop kreunde de lucht alsof er spoken huisden. 'Dit leidt naar de hangar waar de Jenny staat,' legde ze uit terwijl ze haastig naar beneden liep en Tom meetrok.

De trap hield op. De gang maakte een scherpe bocht en verwijdde zich ineens tot een hangar. In het trillende licht uit Hesters lantaarn zag Tom de rode, opgelapte envelop van de Jenny Haniver boven zich hangen. Hester vond een bedieningspaneel aan de muur en trok aan een hefboom. Ergens aan het donkere plafond kwamen katrollen grommend tot leven en vlokken roest dwarrelden omlaag toen wielen begonnen te draaien en kabels werden strakgetrokken, waardoor de enorme dubbele deuren van de grote hangar opengingen. Het steeds bredere gat onthulde een smal landingsplatform dat uitstak over de rotswand, maar ook veel mist rond de Burcht. Het was een wit droomlandschap van heuvels en plooien en golven die de zee aan het oog onttrokken. Daarboven was de hemel helder, en het licht van de sterren en dode satellieten reikte tot in de hangar en viel op de Jenny Haniver in zijn koppelingsplatform. Daar zagen ze ook de rij rode voetafdrukken op de betonnen vloer.

Vanuit de schaduwen onder de stuurvinnen van de Jenny kwam een lange gestalte tevoorschijn, die de terugweg naar de deur blokkeerde. Twee groene ogen hingen als vuurvliegjes in het donker.

'O, Quirke!' piepte Tom. 'Dat is toch niet... Dat is toch niet... Of wel soms?'

'Het is juffer Fang,' zei Hester. 'Maar ze is niet zichzelf.'

De Sluiper kwam naar voren in het licht dat door de deuren binnenviel. Vage weerkaatsingen gleden over lange, stalen ledematen, een gepantserde romp, een bronzen gezichtsmasker, en glommen op deukjes en littekens die de nutteloze kogels van de Straatjongens hadden toegebracht. Hun bloed droop nog van de klauwen van de Sluiper en bedekte als lange rode handschoenen de handen en onderarmen.

De Sluiper had genoten van het bloedbad in de geheugenkamer, maar toen de laatste Straatjongen dood was, was de volgende stap onduidelijk. De geur van kruitdamp en de gedempte geluiden van de gevechten die door de gangen echoden, wekten de instincten van de Sluiper, maar die keek argwanend naar de open deuren bij de herinnering aan de elektrische barrières die in werking waren getreden toen het ding de laatste keer had willen ontsnappen. Uiteindelijk had het, aangetrokken door gevoelens die het niet begreep, de andere deur genomen, de deur naar de hangar en het rode luchtschip dat daar wachtte. Het had in het donker rond de Jenny gelopen en de metalen vingers over de nerven in het hout van de gondel laten glijden. Toen waren Hester en Tom binnengekomen. De klauwen kwamen weer tevoorschijn en felle moordlust knetterde opnieuw als een stroomstoot door elektrische aderen.

Tom draaide zich om en wilde naar het landingsplatform vluchten, maar botste tegen Hester, die op de bebloede vloer uitgleed en hard op de grond viel. Hij bukte zich om haar te helpen, en ineens torende de Sluiper boven hem uit.

'Juffer Fang?' fluisterde Tom met een blik op dat vreemde en toch vertrouwde gezicht.

De Sluiper zag hoe hij zich op het met bloed bevlekte beton over het meisje boog, en toen flakkerde ineens in de machinerie van het brein een klein, jeukend, betekenisloos en verwarrend fragment van een herinnering op. Fang aarzelde met trillende klauwen. Waarom kwam die jongen de Sluiper bekend voor? Hij had niet tussen de portretten op de muren van de kamer gehangen, maar het ding kende hem – liggend in de sneeuw met zijn gezicht omlaag. De dode lippen achter het masker vormden een naam.

'Tom Niksworthy?'

'Natsworthy,' zei Tom.

De vreemde herinnering roerde zich in het Sluiperbrein. Het wist niet waarom deze jongen zo vertrouwd was, alleen dat hij niet mocht sterven. Een stap terug, toen nog een. De klauwen gleden weer naar binnen.

'Anna!'

De stem – een brosse schreeuw – echode hard door de spelonkachtige hangar. Alle drie keken ze naar de deur. Daar stond Sathya met een lantaarn in haar ene hand en een zwaard in de andere. Haar gezicht en haren waren wit van het kalkstof. Bloed droop uit een hoofdwond, waar schroot uit de ontploffende buis haar geraakt had. Ze zette de lantaarn neer en liep snel naar haar geliefde Sluiper. 'O, Anna, ik heb je overal gezocht! Ik had moeten weten dat je hier bij de Jenny zou zijn...'

De Sluiper bewoog zich niet en draaide alleen het metalen gezicht om weer op Tom neer te kijken. Sathya bleef staan bij het zien van de twee anderen, die ineengedoken op de grond zaten. 'Je hebt ze gevangen, Anna. Goed gedaan! Ze zijn onze vijanden en spelen onder één hoedje met de indringers. Ze hebben jou vermoord. Dood ze!'

'Alle vijanden van de Groene Storm moeten dood,' beaamde de Sluiper.

'Precies, Anna!' zei Sathya nadrukkelijk. 'Dood ze nu meteen. Dood ze zoals je ook de anderen hebt gedood!'

De Sluiper hield het hoofd schuin. Het groene licht uit de ogen overspoelde Toms gezicht.

'Dan doe ik het!' riep Sathya, die een grote stap naar voren deed en haar zwaard hief. De Sluiper kwam snel in actie. Tom gilde van angst en voelde dat Hester dichter tegen hem aan kroop. Stalen klauwen fonkelden in het lantaarnlicht en Sathya's zwaard viel rinkelend op de grond. Alleen zat haar hand nog rond het gevest.

'Nee,' zei de Sluiper.

Heel even heerste stilte. Sathya staarde naar het bloed dat in ongelooflijke stralen uit de stomp van haar arm spoot. 'Anna!'

fluisterde ze, terwijl ze op haar knieën zakte en voorover op haar gezicht viel.

Tom en Hester keken zwijgend en met ingehouden adem toe. Ze bleven zo stil mogelijk en maakten zich zo klein mogelijk alsof de Sluiper hen door hun geruisloosheid kon vergeten. Maar de Sluiper draaide zich om, gleed weer naar hen toe en hief de druipende klauwen weer. 'Ga,' fluisterde het ding, wijzend naar de Jenny Haniver. 'Ga en kruis nooit meer het pad van de Groene Storm.'

Tom staarde voor zich uit. Hij kroop tegen Hester aan en was te bang om iets te doen, maar Hester durfde te geloven wat de Sluiper zei. Ze hees zich overeind, trok zich een eindje terug, sleurde Tom mee en duwde hem naar het luchtschip. 'In naam van de goden, schiet op. Je hebt gehoord wat Fang zei!'

'Dank u,' wist Tom nog te fluisteren (zijn manieren waren meestal onberispelijk) toen hij de Sluiper voorzichtig passeerde en over de loopplank van de Jenny liep. In de gondel rook het koud en vreemd na een zo lang verblijf op de grond, maar toen Hester de motoren aanzette, kwamen ze sputterend en met hun oude, vertrouwde huivering tot leven. Hun gebulder vulde de hele hangar. Tom liet zich in de pilotenstoel zakken en probeerde niet naar het ding te kijken dat hem met een kakelbont pantser door de groene en rode weerschijn van de boordverlichting gadesloeg.

'Laat ze ons echt gaan?' vroeg hij. Zijn tanden klapperden en hij beefde zo hevig dat hij de knoppen nauwelijks kon vasthouden. 'Waarom? Waarom vermoordt ze ons niet zoals de anderen?'

Hester schudde haar hoofd en zette de verwarming en andere instrumenten aan. Ze moest aan Havik denken en aan de vreemde emoties die hem ertoe hadden aangezet om kapot robotspeelgoed te verzamelen en een mismaakt, stervend kind te redden. Maar ze zei alleen: 'Het is geen "zij" maar een "het", en we kunnen nooit weten wat het denkt. Ga maar, voordat het van mening verandert.'

De klemmen gingen los. De motorgondels draaiden in de startstand en de Jenny verhief zich onzeker van zijn platform. Daarna gleed het schip de nacht in, met één schoep langs een muur schurend. De Sluiper liep naar het landingsplatform buiten en keek toe hoe het oude luchtschip loskwam van de Schurkenburcht en zich in de mist liet zakken voordat de raketbatterijen van de Groene Storm konden vaststellen of het een vijandelijk schip was. En opnieuw streek die vreemde, halve herinnering als een mot langs het Sluiperbrein. De Eenmaal Geboren Tom die zich er in de sneeuw overheen boog en zei: 'Juffer Fang! Het is niet eerlijk! Hij wachtte tot u verblind was!'

Heel even voelde ze een merkwaardige bevrediging alsof ze een gunst vergolden had.

'Welke kant op?' vroeg Tom toen de Schurkenburcht een mijl achter hen in de mist lag en hijzelf genoeg gekalmeerd was om weer iets te zeggen.

'Naar het noordwesten,' antwoordde Hester. 'Anchorage. Ik moet terug. Er is iets verschrikkelijks gebeurd.'

'Polei,' raadde Tom. 'Ik weet het. Vlak voor mijn vertrek drong het tot me door, en ik had geen tijd om het tegen iemand te zeggen. Je had gelijk over hem. Ik had naar je moeten luisteren.'

'Polei?' Hester staarde hem aan alsof hij een taal sprak die ze niet verstond. Ze schudde haar hoofd. 'Ze hebben Arkangel achter zich aan.'

'O grote Quirke,' fluisterde Tom. 'Weet je dat zeker? Hoe weet Arkangel de koers van Anchorage?'

Hester bediende een paar knoppen en zette de automatische piloot op noord ten noordwesten. Toen draaide ze zich met haar handen op haar rug om en omklemde ze de rand van het bedieningspaneel zo hard dat het pijn deed. Ze zei: 'Ik zag dat je Freya kuste – en ik... ik...' Tussen haar woorden ontstonden tussenpozen met stilte die ijs leken. Ze wilde hem de waarheid vertellen – dat wilde ze echt – maar toen ze zijn arme, geschaafde, bange gezicht zag, had ze er de moed niet meer voor.

'Het spijt me erg, Het,' zei hij ineens.

'Doet er niet toe,' zei ze. 'Ik bedoel: mij ook.'

'Wat gaan we eraan doen?'

'Aan Anchorage?'

'Als er alleen een dood continent ligt te wachten, kunnen ze niet verder, en ze kunnen niet terug als ze Arkangel achter zich aan hebben.'

'Ik weet het niet,' zei Hester. 'Laten we er eerst maar naartoe gaan. Dan bedenken we wel iets.'

'Maar wat dan?' wilde Tom vragen, maar hij kon zijn zin niet afmaken omdat Hester zijn gezicht tussen haar handen had genomen en druk bezig was hem te kussen.

De motoren van de Jenny Haniver klonken steeds zwakker totdat zelfs de oren van de Sluiper ze niet meer konden horen. Ook de herinnering die genoeg was geweest om Tom en Hester te sparen, vervaagde en verdween als een droom. De Sluiper zette de ogen in de nachtstand en liep de hangar weer in. Sathya's afgehakte hand koelde snel af, maar haar lichaam vertoonde nog een vage vlek warmte. De Sluiper beende naar de plek waar ze lag, trok haar aan haar haren overeind en schudde aan haar tot ze jammerend bijkwam. 'Jij gaat wapens en luchtschepen klaarmaken. We verlaten de Fabriek.'

Sathya keek haar gorgelend en met uitpuilende ogen van angst en pijn aan. Had de Sluiper al die tijd hierop gewacht – al die tijd waarin het in de geheugenkamer tussen de foto's en Anna Fangs lievelingsmuziek opgesloten was geweest? Maar natuurlijk! Hiervoor was het gebouwd! Had ze niet tegen Popjoy gezegd dat Anna moest terugkomen om de Liga aan te voeren? 'Ja, Anna,' zei ze snikkend. 'Natuurlijk, Anna.'

'Ik ben Anna niet,' zei de Sluiper. 'Ik ben de Sluiper Fang en heb er genoeg van om me hier te verbergen.'

Ook andere Eenmaal Geborenen kwamen nu de hangar in: soldaten, wetenschappers en vliegeniers, geschokt en zonder leiding in de rokerige nasleep van hun gevecht tegen de geheimzinnige binnendringers. Een van hen was Popjoy, en toen de Sluiper zich omdraaide om hen aan te kijken, duwden ze hem snel naar voren. Fang, die Sathya als een kapotte pop achter zich aan sleepte, kwam vlak voor hem staan, dicht genoeg bij hem om het zilte zweet te ruiken dat uit zijn poriën kwam, en om het staccato van zijn bange ademhaling te horen. 'Je zult me gehoorzamen,' zei het. 'Wek je prototypes onmiddellijk tot leven. We gaan naar Shan Guo terug en verzamelen onderweg onze strijdkrachten uit andere Groene Storm-bases. Elementen van de Anti-Tractieliga die zich tegen ons verzetten, worden geliquideerd. We nemen de leiding over de scheepswerven, opleidingswerven en wapenfabrieken over. En daarna ontketenen we een storm die de Aarde voorgoed van alle tractiesteden zal bevrijden.'

Deel drie

29

De kraan

'*I*k zal je een verhaaltje vertellen,' zei de stem. 'Hang je lekker? Dan begin ik.'

Helm deed zijn ogen open. Of liever gezegd: deed één oog open, want het andere was dichtgeslagen en zat tussen blauwe plekken. De arme overlevenden van Lipvis' bemanning hadden hem een geweldige aframmeling gegeven terwijl de Schroefworm hem met schande overladen naar huis bracht. Eindelijk raakte hij bewusteloos. Helm dacht toen dat hij doodging en was daar blij om. Zijn laatste, trotse gedachte was dat hij Tom en Hester in elk geval had helpen ontsnappen. In Grimsby kwam hij echter weer bij kennis. Toen begon het slaan opnieuw en was al zijn trots weer heel gauw verdwenen. Het was ongelooflijk stompzinnig geweest om zijn leven te verspillen door een stel Droogkloten te willen redden.

Oom had een speciale straf voor jongens die hem werkelijk teleurstelden. Ze sleepten Helm naar de afmeersleuven, bonden een touw rond zijn nek, bevestigden het andere eind aan de afmeerkraan van de Schroefworm en hesen hem op, zodat hij langzaam stikte. Tijdens de dagploeg hing hij daar zwaaiend naar adem te snakken. De Straatjongens stonden joelend en schreeuwend om hem heen en bekogelden hem met etensresten en afval. En als het nacht werd en iedereen ging slapen, begon de stem. Die klonk zo vaag en fluisterzacht dat Helm het zich eerst dacht te verbeelden, maar de stem was echt genoeg: het was Ooms stem, heel zachtjes uit de grote luidspreker bij zijn hoofd.

'Ben je nog wakker, Helm? Leef je nog? De jonge Sonar hield het bijna een week lang vol. Weet je nog?'

Helm zoog via zijn gehavende en gezwollen lippen lucht naar binnen door de open ruimte waar zijn voortanden hadden gezeten. Het touw boven hem kraakte en draaide langzaam rond, zodat de haven met zijn donkere bassins en zijn stille klissen om hem heen leek te wentelen. Vanaf het plafond keken geschilderde personen op hem neer en uit de luidspreker hoorde hij Ooms natte, gestage ademhaling.

Oom zei: 'Toen ik een jongeman was (en ik ben ooit net zo jong geweest als jij, hoewel ik nu ouder ben geworden dan jij ooit zult zijn) woonde ik in Arkangel. Ik heette toen Stilton Kael. De Kaels waren een goede familie en hadden winkels, hotels, een bergingsbedrijf en een franchise in platen voor rupsbanden. Toen ik achttien was, had ik de leiding over het bergingsbedrijf van de familie. Maar berging zag ik toen niet als mijn lotsbestemming, zoals je zult begrijpen. Ik verlangde ernaar om dichter of schrijver van grote epossen te worden, iemand wiens naam voor altijd zou voortleven, net als die ouwe... hoe heet-ie ook weer... je weet wel... Dingetje, die Griekse blindeman... Raar hoe jeugdige dromen op niets uitlopen. Maar dat weet je natuurlijk allemaal al, jonge Helm.'

Helm draaide snakkend naar adem rond. Zijn handen waren op zijn rug gebonden en het touw beet in zijn nek. Hij verloor soms het bewustzijn, maar als hij weer bijkwam, was de stem nog steeds bezig om zijn hardnekkige verhaal in zijn oren te sissen.

'Slaven hielden het bergingsbedrijf aan de gang. Ik leidde er hele ploegen van en had de macht over leven en dood. Toen kwam er eentje, een meisje, dat me het hoofd op hol bracht. Ze was mooi. Een dichter ziet zoiets. Haren als een waterval van Oost-Indische inkt. Een huid met de kleur van lamplicht. Ogen als de poolnacht: zwart maar vol licht en geheimen. Zie je het voor je, Helm? Ik vertel je dit natuurlijk alleen maar omdat je straks vissenvoer zult zijn. Ik wil de Straatjongens niet graag laten denken dat ik ooit week genoeg ben geweest om verliefd te worden. We hebben niks aan weekheid en liefde in een Straatjongen, Helm.'

Helm dacht aan Freya Rasmussen en vroeg zich af waar ze was en hoe haar tocht naar Amerika verliep. Heel even zag hij haar zo dichtbij en helder dat hij haar warmte bijna kon voelen, maar Ooms stem fluisterde door en verbrijzelde zijn droom.

'Die slavin heette Anna. Anna Fang. Voor een dichter was dat een welluidende naam. Ik bespaarde haar het harde en gevaarlijke werk en zorgde dat ze goed eten en goede kleren kreeg. Ik hield van haar en zij zei dat ze van mij hield. Ik was van plan haar vrij te laten en met haar te trouwen, en het kon me niet schelen wat mijn familie daarvan vond. Maar Anna bleek me de hele tijd voor de gek te hebben gehouden. Terwijl ik over haar aan het zwijmelen was, sloop zij door mijn bergingsmagazijnen en pikte er van alles: hier een oude envelop van een luchtschip, daar een paar motorkappen... Ze liet ze door mijn arbeiders aan een besturingsgondel bevestigen met de smoes dat ik dat bevolen had. De cadeautjes die ik haar gaf, verkocht ze om brandstof en draaggas te kopen. En terwijl ik op een dag nog steeds een woord probeerde te vinden dat op Anna rijmde en de precieze kleur van haar oren beschreef, kwamen ze vertellen dat ze weg was. Van alle onderdelen die ze gestolen had, had ze namelijk een luchtschip gebouwd. En dat was het eind van mijn leven in Arkangel. Mijn familie onterfde me. De Direktor liet me arresteren omdat ik een slavin had helpen ontsnappen, en ik werd zonder één cent op zak verbannen naar het ijs. Zonder één cent op zak.'

Helm kreeg kleine beetjes lucht naar binnen maar nooit genoeg om zijn longen te vullen.

'Van zulke ervaringen wordt een mens sterk, Helm. Ik sloot me aan bij een bende Sneeuwgekke aaseters die materiaal uit het wrak van Grimsby haalden. Ik vermoordde ze een voor een. Pikte hun onderzeeër. Kwam hierheen. Begon zelf te stelen en jatte hier en daar een paar onbelangrijke dingetjes ter vervanging van alles wat ik verloren had. Ik verzamelde ook informatie, want inmiddels had ik gezworen dat niemand ooit nog een geheim voor me zou hebben. In zekere zin kun je dus zeggen dat die heks Anna Fang van mij de man heeft gemaakt die ik nu ben.'

Die steeds opnieuw herhaalde naam vond zijn weg door het kolkende kleurenlicht dat in Helms hoofd ontplofte. 'Fang,' probeerde hij te zeggen.

'Precies,' fluisterde Oom. 'Een tijd geleden stelde ik al vast wat er in de Schurkenburcht gaande was. Daar gingen al die foto's naartoe en ze wilden ook heel graag de Jenny Haniver vinden. Ik dacht: ze beginnen een Anna Fang-museum of anders hebben ze haar teruggebracht.'

Helm herinnerde zich de luisterpost en de gewelddadige, verwarrende nasleep van de overval. Sommige camera's waren intact gebleven, en terwijl de jongens wanhopig naar een spoor van de inbraakploeg zochten, hadden ze glimpen opgevangen van de Sluiper Fang. Ook hadden ze diens verschrikkelijke, dode stem iets over een oorlog horen fluisteren.

'Daarom heb ik zo veel werk in de Schurkenburcht gestoken,' zei Oom. 'Ga maar na. Het terugstelen van de persoon die al die jaren geleden mijn ondergang had betekend. Mijn carrière was weer terug bij AF als een slang die in zijn eigen staart bijt. Poëtische gerechtigheid! Ik wilde dat Sluipertje hierheen zien te krijgen om het te herprogrammeren en het weer voor mij aan het werk te zetten, almaar door en nooit rustend tot de zon uitgaat en de hele wereld bevriest! En dat zou ik ook gedaan hebben! Als jij die krabbenbommen niet te vroeg had laten ontploffen zodat Lipvis zijn jongens te vroeg naar binnen leidde, zou alles gelukt zijn. Maar jij hebt het verpest, Helm. Jij hebt alles verknald.'

'Alstublieft...' wist Helm uit te brengen door met veel inspanning genoeg adem naar binnen te halen en het woord zorgvuldig te articuleren. 'Alstublieft...'

'Wat moet ik?' vroeg Oom spottend. 'Je in leven laten? Je laten sterven? Niet na wat je gedaan hebt, Helm, m'n knul. De jongens moeten iemand de schuld kunnen geven voor wat er met Lipvis gebeurd is, en ík ben niet van plan de zondebok te worden. Je blijft daar dus hangen tot je het loodje legt, en daarna blijf je hangen tot zelfs de Straatjongens je stank niet meer verdragen. En daarna spoelen we je door de sluis. Gewoon om iedereen eraan te herinneren dat Oom alles het beste weet.'

Een lange zucht, tastende vingers tegen de microfoon, daarna het geluid van een weggetikte ballon toen de luidspreker werd uitgeschakeld. Zelfs het achtergrondgesis van de ruis stierf weg. Het touw kraakte, de ruimte draaide, de zee drukte tegen de muren en patrijspoorten van Grimsby en zocht manieren om binnen te komen. Helm zweefde door een zwart universum, werd wakker, en zweefde opnieuw.

Oom zat in zijn hoge kamer en zag het gezicht van de stervende jongen op wel zes schermen tegelijk draaien: van dichtbij, van iets verder weg en vanuit de verte. Hij bedwong een gaap en draaide zich om. Ook alziende ogen moeten soms slapen, hoewel alleen de trouwste jongens dat mochten weten. 'Hou 'm goed in de gaten, Gorgel,' zei hij tegen zijn jonge assistent voordat hij de trap naar zijn slaapkamer beklom. Het bed ging inmiddels bijna schuil achter stapels papier, mappen, dossiers, boeken en documenten in blikken. Oom kroop onder de met goud geborduurde sprei (gestolen van de markgraaf van Kodz) en viel snel in slaap.

Zijn dromen waren altijd hetzelfde en daarin was hij weer een jonge balling – platzak en met liefdesverdriet.

Toen Helm weer bij bewustzijn kwam, was het nog steeds nacht, en het touw dat hem aan het wurgen was, rukte en draaide. Hij vocht om adem te krijgen en zijn stem ratelde afschuwelijk nat, maar iemand vlak boven hem siste: 'Wees stil!'

Hij opende zijn goede oog en keek op. In de schaduwen boven zijn hoofd glom een mes dat door de dikke, geteerde strengen van zijn touw sneed.

'Hé!' wilde hij zeggen.

De laatste streng brak. Hij viel door het donker omlaag, kwam hard op de romp van de Schroefworm terecht en lag daar met grote, machteloze krasgeluiden naar adem te snakken. Hij voelde hoe iemand de touwen rond zijn polsen doorsneed. Handen vonden zijn schouders en draaiden hem om. Gorgel keek op hem neer.

Helm probeerde iets te zeggen maar zijn lichaam had het te druk met ademen om moeite te kunnen doen voor woorden.

'Beheers je,' zei Gorgel zachtjes. 'Je moet weg.'

'Weg?' kraste Helm. 'Dan ziet Oom me!'

Gorgel schudde zijn hoofd. 'Oom slaapt.'

'Oom slaapt nooit.'

'Dat denk jíj. Hoe dan ook, alle krabcams die je gadesloegen, zijn onklaar gemaakt. Door mij.'

'Maar als hij ontdekt wat je gedaan hebt...'

'Dat ontdekt hij niet.' Gorgel grijnsde zijn witte tanden bloot. 'De stukken van de krabben die ik gemold heb, liggen in Prikkers brits. Oom zal denken dat Prikker het gedaan heeft.'

'Prikker haat me! Oom weet dat.'

'Nee, dat weet hij niet. Ik heb Oom verteld dat jullie tweeën aan boord van de Schroefworm dikke mik waren. Dat Prik alleen maar de leiding nam omdat hij bezorgd over je was. Dat hij álles voor je zou doen. Oom denkt dat jij en Prik de beste maatjes zijn.'

'Grote goden!' zei Helm hees, verrast over de sluwheid van deze nieuweling en ontzet bij de gedachte aan wat Prikker te wachten stond.

'Ik wil niet dat Oom je vermoordt,' zei Gorgel. 'Je bent in Anchorage aardig voor me geweest. En daar hoor je thuis, Helm. Neem de Schroefworm en ga naar Anchorage terug.'

Helm masseerde zijn keel. Zijn jarenlange opleiding had hem vooral één ding geleerd: de diefstal van een klis was de ergste zonde die een Straatjongen kon overwegen. Aan de andere kant was het heerlijk om te leven, en elke nieuwe ademhaling onderstreepte zijn besluit om in leven te blijven. 'Maar waarom Anchorage? Je hebt Tom en Polei horen praten. Anchorage is tot de ondergang gedoemd. En ik ben er hoe dan ook niet welkom omdat ik er heb ingebroken.'

'Ze nemen je heus op. Als ze merken hoe hard ze je nodig hebben, vergeten ze je inbraken gauw genoeg. Hier heb je iets aan.' Gorgel duwde iets in zijn hand: een lange, dunne metalen koker. 'Geen tijd om te praten, Helm. Je hoort hier niet. Je hebt hier eigenlijk nooit gehoord. Ga die klis in en smeer 'm.'

'Ga je niet mee?'

'Ik? Natuurlijk niet. Ik ben een Straatjongen. Ik blijf hier en maak me nuttig voor Oom. Hij is al oud, Helm. Zijn ogen en oren zijn niet meer wat ze geweest zijn. Hij gaat een vertrouweling nodig krijgen om zijn camera's en zijn archieven te leiden. Geef me een paar jaar, dan ben ik zijn rechterhand. Dan nog een paar jaar en... wie weet! Misschien ben ik dan zelf wel de baas in Grimsby.'

'Goed idee, Gorgel,' zei Helm lachend ondanks zijn pijn. 'Word jij maar de baas van Grimsby en maak een eind aan al dat koeioneren.'

'Er een eind aan maken?' Gorgel grijnsde op een manier die Helm nooit eerder bij hem gezien had – een koude, felle grijns die niets goeds voorspelde. 'Dat dacht ik toch niet! Ik word de grootste bullebak van allemaal! Al die tijd dat Prikker en de anderen me in de Roverij getreiterd hebben, heeft dát me op de been gehouden. Ik moest steeds denken aan wat ik met hén zou doen als ik aan de beurt was.'

Helm keek hem nog even aan, half bereid te geloven dat dit zijn zoveelste droom was. 'Smeer 'm,' herhaalde Gorgel terwijl hij het luik van de Schroefworm opentrok. Droom of niet, Helm ging er geen ruzie over maken. Er klonk zo veel zekerheid in zijn stem dat Helm zich weer een groentje voelde dat bevelen kreeg van een zelfverzekerde, oudere jongen. Hij liet de koker vallen die Gorgel hem gegeven had, maar Gorgel ving hem op en gaf hem terug. 'Smeer 'm en blijf weg. De mazzel.'

Helm pakte het ding aan, werkte zich op zwakke benen naar het luik, klom over de ladder naar binnen en vroeg zich af hoe deze gebutste buis van gelakt blik hem zou kunnen helpen.

30

Anchorage

*F*reya werd vroeg wakker en bleef nog even in het donker liggen. De stad beneden haar hobbelde huiverend
over korsten ijs en richels in de grond. Anchorage reed
nu ver ten westen van Groenland op een zuidelijke koers over
onbekend ijs, lage heuvels en rotsige ruggen van bevroren eilanden. Meneer Duifkruid had het aandrijfwiel diverse malen laten
ophijsen om de stad op rupsbanden over harde, besneeuwde rotsen en bevroren gletsjers te slepen. Nu strekte zich tot aan de horizon weer een bevroren zee voor hen uit. Juffer Pye vermoedde
dat dit de Hudsonbaai was, de grote ijsvlakte die hen volgens
professor Polei naar het hart van het Dode Continent en bijna
tot de grens van zijn groene streken bracht. Maar was het ijs
sterk genoeg om Anchorage te dragen?

Ik wou dat Polei ons dat kon verzekeren, dacht Freya, die het
beddengoed van zich af schopte en naar het raam trippelde.
Maar Polei had deze tocht te voet afgelegd, en de beschrijvingen
in zijn boek waren eigenlijk verrassend vaag. Juffer Pye en meneer Duifkruid hadden geprobeerd hem meer details te ontlokken, maar toen was hij nors en grof geworden, en na een tijdje
woonde hij ook de vergaderingen van de Stuurgroep niet meer
bij. Sinds Hester met de Jenny Haniver was weggevlogen, had de
brave professor zich werkelijk heel vreemd gedragen.

Een koude windvlaag woei in Freya's gezicht toen ze de gordijnen opentrok om naar het ijs te kijken. Wat een vreemde ge-

dachte dat dit de achterkant van de wereld was! Nog vreemder was het besef dat ze binnenkort een nieuw jachtveld bereikten en dat het uitzicht uit haar ramen dan helemaal groen zou zijn van struiken, bomen en gras. Dat was nog steeds een enigszins beangstigend vooruitzicht. Heersten de IJsgoden ook in gebieden waar het maar een paar maanden per jaar sneeuwde? Of had Anchorage dan nieuwe goden nodig?

Een streep licht kleurde de sneeuw buiten het Stuurhuis geel toen een deur openging en er iemand naar buiten glipte. Freya veegde de damp weg die haar adem op het raam gemaakt had, en hield haar gezicht dicht bij het glas. Het silhouet was onmiskenbaar: een gezette gestalte in warme kleding en een bovenmaatse tulband sloop schuldbewust over de Rasmussen Prospekt.

Zelfs naar Poleis normen van de laatste tijd was dit heel vreemd gedrag. Freya kleedde zich snel in de simpele, met fleece gevoerde werkkleding die sinds enige tijd haar normale plunje was, en stak een lantaarn in haar zak. Ze sloop het paleis uit zonder de moeite te nemen om Zaagbek te wekken. Polei was nergens te bekennen, maar zijn diepe, slingerende voetstappen gaapten in de sneeuw en toonden waar hij naartoe was gegaan.

Een paar maanden eerder zou Freya zich nooit alleen buiten het paleisterrein hebben gewaagd, maar tijdens de lange tocht rond de top van Groenland was ze sterk veranderd. De schok over het verlies van Tom had haar aanvankelijk teruggeworpen op haar oude gedrag: ze ontving niemand, bleef in haar vertrekken en gaf haar bevelen via Duifkruid of Zaagbek. Maar opgesloten in het Winterpaleis verveelde ze zich algauw. Ze brandde van nieuwsgierigheid naar wat er in de buitenwereld gaande was. Dus waagde ze zich naar buiten en stortte ze zich in het leven van haar stad zoals ze nooit eerder gedaan had. In de verwarmde paviljoens aan de rand van de bovenstad roddelde ze met arbeiders die daar hun middageten opaten en naar het voorbijglijdende ijs keken. Ze leerde van Windolene Pye zich te wassen en haar tanden te poetsen en liet haar haren kort knippen. Ze sloot zich aan bij de patrouilles die Duifkruid elke ochtend naar de glijdersteunen stuurde om ze op parasieten te controleren. Ze was zelfs meegegaan met een nerveuze en nogal verlegen ploeg die het ijs voor Anchorage uit verkende. Alle tradities van haar familie had ze met een opgelucht gevoel afgeschud alsof ze oude, slecht passende kleren weggooide.

En nu sloop ze door de schaduwen aan de stuurboordkant van de Rasmussen Prospekt om haar eigen hoofdnavigator te bespioneren!

De bonte tulband van de professor vormde verderop een kleurige vlek tegen de plakken ijs op de groezelige gebouwen toen hij door de poort van de luchthaven glipte.

Freya rende hem achterna en schoot van de ene schaduw naar de andere totdat ze zich liet vallen in de dekking van het douanegebouwtje vlak binnen de poort. Met haar hoofd in de wolk van haar eigen hete ademhaling keek ze om zich heen. Even dacht ze dat ze haar prooi tussen de besneeuwde hangars en koppelingsplatforms was kwijtgeraakt. Maar nee – daar was hij. De heldere vlek van zijn tulband deinde onder een straatlantaarn aan de andere kant van de haven maar verdween toen hij de schaduwen bij de ingang van Aakiuqs pakhuis in stapte.

Freya stak de luchthaven over en volgde het onvaste pad van professorale voetstappen door de sneeuw. De deur van het pakhuis stond open. Met een nerveuze blik op het donkere interieur bleef ze even staan en moest aan de parasiterende jongens denken die onder dekking van het donker haar stad hadden gekweld en geplunderd... Maar dat gevaar was geweken. De lantaarn die ze helemaal achter in het pakhuis zag bewegen, was niet van een kwaadwillende ijspiraat maar van een excentrieke ontdekkingsreiziger.

Ze hoorde zijn stem in de stoffige stilte. Tegen wie praatte hij? Tegen zichzelf? Windolene Pye had haar verteld dat hij de wijnkelder van de hoofdnavigator had leeggedronken en nu sterkedrank stal uit de lege restaurants aan de Ultima Arcade. Misschien was hij wel dronken en sloeg hij wartaal uit. Zich een weg banend tussen bergen oude machineonderdelen kwam ze dichterbij.

'Polei aan allen!' zei hij met een lage maar wanhopige stem. 'Polei aan allen! Meld u, alstublieft.'

Hij zat in een plas groen licht dat werd uitgestraald door de gloeiende wijzers van een oude radio die hij kennelijk aan de praat had gekregen. Hij had een koptelefoon opgezet en zijn hand beefde een beetje toen hij de microfoon omklemde. 'Hoort iemand mij? Alstublieft! Ik betaal elk gewenst bedrag om mij uit deze stad vol idioten te halen!'

'Professor Polei?' vroeg Freya luid.

'Warrgh! Clio! Poskitt! Drollenvanger!' piepte de professor. Hij sprong op, wat tot veel geglij en gekletter leidde omdat de kabel van zijn koptelefoon een lawine van oude, draadloze componenten rond zijn voeten veroorzaakte. Het licht van de wijzers ging uit en een paar elektronenbuizen ontploften met enkele vonken als een teleurstellend vuurwerk. Freya haalde haar lantaarn uit haar zak en knipte hem aan. Poleis gezicht in de stoffige lichtstraal was bleek en bezweet, maar zijn angst maakte plaats voor een onnozele glimlach toen hij langs het licht heen tuurde en Freya herkende.

'Luisterrijke?'

Bijna niemand nam nog de moeite om haar zo aan te spreken. Zelfs juffer Pye en Zaagbek noemden haar 'Freya'. De professor was elk contact met de werkelijkheid kwijt.

'Ik ben blij te zien dat u het zo druk hebt, professor,' zei ze. 'Weet meneer Aakiuq dat u in zijn pakhuis snuffelt?'

'Snuffelen, Luisterrijke?' Polei keek geschokt. 'Een Polei snuffelt nooit! Nee, nee, nee... Ik wilde alleen eh... meneer Aakiuq niet storen...'

Freya's lantaarn flikkerde en ze moest eraan denken dat er aan boord van Anchorage waarschijnlijk niet veel batterijen meer waren. Ze vond een schakelaar en zette een van de argonlampen aan die aan de roestige balken boven haar hoofd hingen. Polei knipperde in het felle licht met zijn ogen. Hij zag er verschrikkelijk uit. Zijn huid was bleek als deeg, zijn ogen waren rood en rond zijn netjes bijgeknipte baard groeide wit dons.

'Met wie was u aan het praten?'

'Met iedereen. Met niemand.'

'En waarom moeten ze u uit deze stad vol idioten halen? Ik dacht dat u met ons meeging. Ik dacht dat u graag terugging naar de groene dalen van Amerika en de mooie Postcode.'

Ze had niet gedacht dat hij nog bleker kon worden, maar dat gebeurde toch. 'Eh...' zei hij. 'Hm.'

In de laatste paar weken was soms een afschuwelijke gedachte bij Freya opgekomen. Dat gebeurde op vreemde momenten – als ze onder de douche stond of om drie uur 's nachts wakker lag of met juffer Pye en meneer Duifkruid zat te eten. Ze had er nog nooit met iemand over gepraat maar wist zeker dat ook zij het dachten. Als ze dat idee door haar hoofd voelde glibberen, probeerde ze meestal aan iets anders te denken, want... Nou ja, het was nogal dom. Toch?

Nee, het was niet dom. Het was de waarheid.

'U kent de weg naar Amerika helemaal niet, hè?' vroeg ze. Ze deed haar best om haar stem te beheersen.

'Eh...'

'Op grond van uw adviezen en uw boek zijn we helemaal hierheen getrokken, en u kunt uw groene dalen niet meer vinden. Maar misschien zíjn die wel helemaal niet te vinden. Bent u wel eens in Amerika gewéést, professor?'

'Hoe durft u!' wilde Polei zeggen, maar toen leek hij te beseffen dat hij met nieuwe leugens niets opschoot en schudde hij zuchtend zijn hoofd. 'Nee. Nee, ik heb het allemaal verzonnen.' Hij liet zich ellendig en verslagen op een omgedraaide motorkap zakken. 'Ik ben er nooit geweest, Luisterrijke. Ik heb alleen de boeken van anderen gelezen, naar plaatjes gekeken en de rest verzonnen. *Mooi Amerika* heb ik geschreven terwijl ik languit naast het zwembad van een hotel op het bovenste niveau van Parijs lag, en wel in het gezelschap van een verrukkelijk persoontje dat Perzik Zanzibar heette. Ik zorgde natuurlijk dat het boek zich afspeelde op een leuk en afgelegen plekje, en ik kon niet vermoeden dat iemand er ooit naartoe zou willen.'

'Maar waarom gaf u dan niet toe dat alles een verzinsel was?' vroeg Freya. 'Waarom zei u niets over uw leugens toen ik u tot hoofdnavigator benoemde?'

'Dat zou me veel geld en luxe appartementen en de wijnkelder van de hoofdnavigator hebben gekost. Ik ben maar een gewoon mens, Freya. En als het nieuws op het Jachtveld bekend zou worden, zou iedereen me uitlachen. Ik was gewoon van plan om met Hester en Tom te vertrekken.'

'Dus daarom was u zo ontzet toen Hester de Jenny Haniver meenam!'

'Precies! Daardoor kon ik geen kant meer op. Ik kon de stad met geen mogelijkheid verlaten en kon ook niet toegeven wat ik gedaan had, want dan zou u me doden.'

'Ik niet!'

'Of anders uw onderdanen. Daarom heb ik met deze oude radio's geprobeerd om hulp te vragen. Ik hoopte dat er een verdwaalde luchthandelaar of een expeditie in de buurt zou zijn. Iemand die me hier kon weghalen.'

Het was opmerkelijk dat hij zo veel medelijden met zichzelf kon hebben zonder zich ook maar enige zorgen te maken over de stad die hij naar de ondergang had geleid. Freya beefde van woede. 'U... U... U bent ontslagen, professor Polei! U bent mijn hoofdnavigator niet meer! U zult uw ceremoniële kompassen en de sleutels van het Stuurhuis onmiddellijk retourneren!'

Ze voelde zich er niet beter door en liet zich op een stapel oude pakkingen vallen die kraakten en verschoven onder haar gewicht. Hoe moest ze dit aan juffer Pye, meneer Duifkruid en de anderen vertellen? Dat ze aan de verkeerde kant van de wereld gestrand waren met geen ander vooruitzicht dan een dood continent zonder genoeg brandstof om ooit weer terug te kunnen gaan? En dat zijzelf hen in die situatie had gebracht? Ze had tegen iedereen gezegd dat ze deze tocht van de IJsgoden moesten ondernemen, terwijl zijzelf al die tijd degene was die dat wilde. Ze vervloekte zichzelf omdat ze zich door Polei en zijn domme boek had laten beetnemen.

'Wat moet ik doen?' vroeg ze. 'Wat moet ik in vredesnaam doen?'

In de straten achter de luchthaven riep iemand iets. Polei keek op. Ergens klonk een snorrend gezoem – een heel zwak gemompel dat rees en daalde en nog het meest leek op...

'Motoren van een luchtschip!' Polei sprong op en gooide nog meer stapels onderdelen omver in zijn haast om de deur te bereiken. 'Clio zij dank! We zijn gered!'

Freya rende achter hem aan terwijl ze haar tranen wegveegde en haar koumasker op zijn plaats trok. Het donker buiten vervaagde tot een staalgrijze schemering. Polei holde bij haar vandaan naar de andere kant van de luchthaven en bleef één keer staan om te wijzen naar iets dat voorbij het havenkantoor langs de hemel gleed. Freya keek tegen de wind in en zag een stel lichtjes en een roomwitte reep uitlaatgas als een vlek op het donker. 'Een luchtschip!' gilde Polei, die midden op een besneeuwd koppelingsplatform een zot dansje uitvoerde. 'Iemand heeft mijn bericht gehoord! We zijn gered! Gered!'

Freya rende hem voorbij en probeerde het luchtschip in zicht te houden. De Aakiuqs stonden buiten het havenkantoor naar boven te kijken. 'Wat doet dat luchtschip daar?' hoorde ze de havenmeester vragen. 'Wie kan dat zijn?'

'Hebben de IJsgoden je verteld dat ze eraan kwamen, lieve Freya?' vroeg mevrouw Aakiuq.

Een man genaamd Lemuel Quaanik kwam op klapperende sneeuwschoenen aangesneld. Hij was een van de overlevenden met wie Freya gewerkt had, en had dus te weinig ontzag voor haar om te zwijgen. 'Luisterrijke? Dat schip ken ik. Het is de Turbulentie bij Heldere Hemel van Pjotr Masgard!'

'De Jagers van Arkangel!' zei mevrouw Aakiuq geschrokken.

Freya riep: 'Hier? Dat kan niet! Arkangel jaagt nooit ten westen van Groenland. Hier hebben ze niets te eten.'

'Op ons na,' zei meneer Quaanik.

De Turbulentie bij Heldere Hemel vloog een keer rond Anchorage en bleef toen bij de achterkant hangen als een eenzame wolf die zijn prooi schaduwt. Freya rende naar het Stuurhuis en liep haastig naar de brug. Windolene Pye stond daar al maar was nog in haar nachthemd en had haar grijzende kapsel nog niet verzorgd. 'Het zijn de Jagers, Freya!' zei ze. 'Hoe hebben die ons gevonden? Hoe wisten ze in de naam van de goden waar we zijn?'

'Polei,' besefte Freya. 'Professor Polei en zijn stompzinnige berichten...'

'Ze zijn aan het seinen en zeggen dat we de motoren moeten uitzetten,' riep meneer Umiak, die zijn hoofd uit het raam van de radiokamer stak.

Freya wierp een blik op de achterkant. In het schemerige licht leek het ijs bleek en enigszins lichtgevend. Ze zag het vervagende spoor van de rupsbanden naar het noordoosten lopen en in de mist verdwijnen. Er was geen teken van een achtervolging, alleen dat ene zwarte luchtschip dat schuivend en trillend in het kielzog van de stad zweefde.

'Zal ik antwoorden, Freya?'

'Nee, doe maar net of we niets gehoord hebben.'

Dat hield Pjotr Masgard niet lang tegen. De Turbulentie bij Heldere Hemel kwam dichterbij tot het schip naast het Stuurhuis hing. Freya staarde ernaar door de glazen wand en zag de vliegeniers gebogen over hun bedieningspanelen in de besturingsgondel zitten. Een kanonnier grijnsde naar haar vanuit een gepantserd koepeltje dat onder de motoren bevestigd was. Ze zag een luik opengaan. Pjotr Masgard boog zich naar buiten en riep iets door een megafoon.

Juffer Pye zette een ventilator open, en toen hoorden ze zijn zware, dreunende stem.

'Gefeliciteerd, inwoners van Anchorage! Het grote Arkangel heeft jullie stad als prooi gekozen! De Gesel van het Noorden rijdt op een dagreis afstand van hier en haalt jullie snel in. Zet de motoren uit en bespaar ons een jacht. Dan zullen we jullie goed behandelen.'

'Ze mogen ons niet opeten!' zei juffer Pye. 'Niet nu! Dat zou te erg zijn!'

Freya voelde een toenemende verdoving alsof ze in ijswater was gevallen. Juffer Pye keek haar aan en dat deden ook alle anderen op de brug. Iedereen wachtte tot de IJsgoden via Freya zouden zeggen wat ze doen moesten. Ze vroeg zich af of ze de waarheid moest vertellen. Het kon beter zijn om door Arkangel gegeten te worden dan eindeloos over onbekend ijs te moeten trekken naar een continent dat uiteindelijk echt dood bleek te zijn. Maar toen dacht ze aan wat ze over Arkangel gehoord had en aan de manier waarop de gevangenen behandeld werden. Ze dacht: *Nee, nee, alles is beter dan dat. Het kan me niet schelen of we door het ijs zakken of in het dode Amerika verhongeren. Ze mogen ons niet te pakken krijgen!*

'Zet de motoren af!' bulderde Masgard.

Freya keek naar het oosten. Als Arkangel over Groenlands ruggengraat was getrokken, kon de roofstad zich inderdaad bevinden waar Masgard beweerde, maar ook dan kon Anchorage sneller zijn. De roofstad zou zich vast niet ver op deze onbekende ijsvlakte wagen. Om die reden hadden ze besloten hun Jagers uit te sturen...

Ze had geen toeter om antwoord te geven. Dus pakte ze een dikke markeerstift van de kaartentafel en schreef in grote letters op de achterkant van een landkaart: NEE! 'Juffer Pye,' zei ze, 'zeg tegen meneer Duifkruid: "Volle kracht vooruit".'

Juffer Pye liep naar de praatbuis. Freya hield haar boodschap tegen het glas. Ze zag Masgard moeite doen om het te lezen. Zijn gezicht veranderde toen hij het begreep. Hij liep zijn gondel weer in en gooide het luik dicht. Het luchtschip zwenkte af.

'Ze kunnen immers niet veel doen,' zei een van de navigatoren. 'Aanvallen zullen ze niet, want dan beschadigen ze misschien precies datgene wat ze van ons hebben willen.'

'Ik wed dat Arkangel op veel meer dan een dagreis achter ons ligt,' verklaarde juffer Pye. 'Die grote, logge stedenvreter! Ze moeten wanhopig zijn, anders zouden ze die ijdeltuiten niet gestuurd hebben om luchtpiraatje te spelen. Nou, Freya, je hebt ze mooi afgetroefd. We blijven ze makkelijk voor!'

De Turbulentie bij Heldere Hemel liet zich zakken in de dikke laag poederijs achter de stad en vuurde een salvo raketten af op de steunbalken aan bakboord van het aandrijfwiel. Het achterschip van Anchorage braakte rook, vonken en vlammen uit. De as brak af en het wiel klapte opzij. Het sleepte over het ijs maar bleef met een wirwar van aandrijfkettingen en verbogen balken aan de stuurboordkant hangen en werd een soort anker dat de stad glijdend en huiverend tot stilstand bracht.

'Snel!' riep Freya, die paniek voelde opkomen toen ze de lichten van het luchtschip uit de steeds vagere ijswolk achter de stad zag opstijgen. 'We moeten doorrijden! Laat de rupsbanden zakken...'

Juffer Pye zat aan de praatbuizen en luisterde naar de moeilijk verstaanbare rapporten vanuit de Onderbuik. 'Dat kan niet, Freya! Het wiel is te zwaar om te slepen. Het moet verwijderd worden en volgens Søren kost dat uren!'

'Maar we hebben geen uren!' schreeuwde Freya, meteen beseffend dat ze niet eens minuten hadden. Ze klemde zich aan juffer Pye vast. Samen staarden ze naar de luchthaven. De Turbulentie bij Heldere Hemel landde daar net lang genoeg om een stel donkere, geharnaste gedaanten uit te braken die meteen naar de trappen renden en het machinedek veroverden. Toen steeg het schip weer op en bleef in de lucht boven het Stuurhuis hangen. De glazen muren bezweken onder de laarzen van nog meer mannen, die zich aan touwen vanuit de gondel lieten zakken. In een regen van glassplinters en met veel chaotisch geschreeuw drongen ze de brug binnen. Zwaarden flitsten in het lamplicht en de kaartentafel viel om. Freya had juffer Pye losgelaten en rende naar de lift, maar iemand in bont en een harnas was haar voor en stak met een grote grijns zijn gehandschoende handen uit om haar te grijpen. Ze kon niets anders denken dan: *Helemaal hierheen! We zijn helemaal hierheen gekomen, alleen maar om verslonden te worden!*

31

De messenlade

*E*en paar honderd voet onder de gondel van de Jenny Haniver gleden grote, ruige schotsen zee-ijs langs, kriskras
doorsneden met dijken en gekartelde, vernielde richels.
Tom en Hester, die door de ramen van de besturingsgondel op
dit witte uitspansel neerkeken, hadden het gevoel dat ze al een
eeuwigheid boven deze gepantserde oceaan zweefden.

De dag na hun ontsnapping uit de Schurkenburcht waren ze
bij een kleine post van Sneeuwgekke walvisjagers geland en hadden ze met het laatste geld van Polei brandstof gekocht. Sindsdien
vlogen ze naar het noorden en westen op zoek naar Anchorage.
Uit angst voor de gesneuvelde vliegenierster, die door hun dromen sloop, hadden ze niet veel geslapen. Ze bleven in de cockpit,
aten muffe koekjes, dronken koffie en vertelden elkaar hortend
en stotend wat er gebeurd was sinds ze uit elkaar waren gegaan.

Ze hadden het niet over Hesters vlucht uit Anchorage, noch
over de reden daarvan. Het was niet meer ter sprake gekomen na
die eerste avond, toen ze allebei ademloos en bibberend met elkaar verstrengeld op het harde dek lagen. Hester had toen gezegd: 'Ik moet je nog iets vertellen. Toen ik was weggelopen, heb
ik iets verschrikkelijks gedaan...'

'Je was in alle staten en vloog weg.' Tom begreep haar verkeerd. Hij was zo blij met het weerzien dat hij geen ruzie wilde
riskeren, en daarom liet hij het klinken alsof het een kleinigheid
was geweest die makkelijk te vergeven was.

Hester schudde haar hoofd. 'Dat bedoel ik niet...' Maar ze kon het niet uitleggen.

Dus vlogen ze door, dag in dag uit over rimpelend zee-ijs en permafrost, totdat Tom ineens zei: 'Dat van mij en Freya wilde ik helemaal niet. Als we in Anchorage terug zijn, wordt alles anders dan de laatste keer. Dat beloof ik. We zullen ze waarschuwen dat Arkangel eraan komt, en dan vertrekken we weer. We gaan naar de Honderd Eilanden of zoiets en blijven zoals vroeger met ons tweetjes.'

Hester schudde haar hoofd. 'Dat is te gevaarlijk, Tom. Er is oorlog op komst. Misschien niet dit jaar of het volgende, maar hij komt en wordt heel erg. Het is te laat om daar iets tegen te doen. De Liga denkt nog steeds dat wij hun luchtvloot in brand hebben gestoken en de Groene Storm zal ons de schuld geven van de aanval op de Schurkenburcht. De Sluiper zal niet altijd in de buurt zijn om ons te beschermen.'

'Waar zijn we dan veilig?'

'Op Anchorage,' zei Hester. 'We moeten een manier zoeken om Anchorage te beveiligen. Dan houden we ons een paar jaar koest, en daarna is het misschien...'

Maar ze wist heel goed dat er voor haar op Anchorage geen plek was, zelfs niet als ze een manier bedachten om de stad te redden. Ze wilde Tom daar veilig bij Freya achterlaten en alleen doorvliegen. Anchorage was een goede, vriendelijke en vreedzame stad – geen plek voor Valentijns dochter.

Terwijl het noorderlicht die nacht langs de hemel danste, keek Tom door een gat in de wolken omlaag en zag hij een groot litteken op het ijs beneden. Honderden diepe, evenwijdige groeven liepen in oostelijke richting naar bewolkte hooglanden en verdwenen in het westen naar een lege nacht.

'Stadssporen!' riep hij toen hij Hester haastig gewekt had.

'Arkangel,' zei Hester. Ze werd misselijk en bang. Het brede spoor van de roofstad herinnerde eraan hoe immens die was. Hoe kon ze die rover ooit stuiten?

Ze gaven de Jenny een koers, evenwijdig aan die van Arkangel, en Tom pikte een uur later een ruwe schreeuw op: het radiobaken van de roofstad sneed dwars door de ruis heen, en even later zagen ze in de mist verderop lichtjes twinkelen.

De stad reed op een kwart van haar vermogen en werd voorafgegaan door een scherm verkenningsvoertuigen en uitgeklede, onbemande voorstadjes om het ijs te testen. Er hingen luchtschepen omheen, vooral van handelaars die de luchthaven verlieten en naar het oosten vlogen omdat ze zich niet met Arkangel te ver buiten de landkaarten wilden wagen. Tom wilde met hen praten, maar Hester verzette zich. 'Schepen die handeldrijven met Arkangel, zijn niet te vertrouwen,' zei ze. Ze was bang dat een van de handelaars haar herkende en dan tegen Tom zou zeggen wat ze gedaan had. Ze zei: 'Laten we uit de buurt blijven en doorvliegen.'

Ze bleven uit de buurt en vlogen door. De gloed van Arkangel verdween in het donker omdat de noordenwind sneeuw aanvoerde. Maar het signaal van het baken, dat langzaam vervaagde, maakte plaats voor een ander signaal – eerst heel zwak maar langzaam aanzwellend en afkomstig van ergens verderop. Ze staarden naar het donker terwijl de wind tegen de envelop van de Jenny bulderde en sneeuwvlokken de ramen bedekten. Zwak en ver weg fonkelde een stel lichtjes, en de lange, sombere toon van het peilbaken krulde eenzaam als een jankende wolf uit de ruis op.

'Het is Anchorage.'

'De stad ligt stil!'

'Er is iets aan de hand...'

'We zijn te laat!' riep Tom. 'Weet je nog dat Arkangel Jagers uitstuurt om de steden te vangen die het wil opeten? Herinner je je die bruut in Luchtschut? Hij laat ze omkeren en jaagt ze de kaken in... We moeten terug. Als we daar landen, houden de Jagers ons vast totdat Arkangel arriveert, en dan wordt de Jenny samen met de stad verzwolgen...'

'Nee, we moeten landen,' zei Hester. 'We moeten iets doen.' Ze keek hem aan en wilde hem dolgraag vertellen wat voor haar zo belangrijk was. Ze wist nu dat ze alleen boete kon doen door tegen de Jagers te vechten en daarbij waarschijnlijk te sneuvelen. Ze wilde Tom uitleggen welke afspraak ze met Masgard had, en er vergiffenis voor vragen. Maar misschien kón hij het niet vergeven. Misschien verstootte hij haar uit woede. De woorden lagen klaar in haar mond, maar ze durfde ze niet vrij te laten.

Tom zette de motoren van de Jenny uit en liet het luchtschip geruisloos dichterbij glijden. Hij was ontroerd door Hesters plotselinge, verrassende zorg om de ijsstad. Pas nu hij die terugzag, besefte hij hoezeer hij Anchorage gemist had. Zijn ogen schoten vol tranen zodat de lichtjes van het Stuurhuis en het Winterpaleis dunne webben leken. 'Alles is als een quirkeboom verlicht...'

'Zodat Arkangel het kan zien,' zei Hester. 'Masgard en zijn Jagers hebben de motoren kennelijk laten stilleggen, alle lichtjes ontstoken en het baken aangezet. Ze wachten waarschijnlijk in Freya's paleis tot hun stad er is.'

'En Freya? Wat gebeurt er met de inwoners?'

Daar had Hester geen antwoord op.

De luchthaven was ongewoon goed en uitnodigend verlicht, maar er was geen sprake van dat ze daar konden landen. Hester doofde de boordverlichting van de Jenny en liet het vliegen over aan Tom, die er altijd veel beter in was geweest dan zij. Hij liet het luchtschip zo ver dalen dat de kiel van de gondel bijna over het ijs schraapte, waarna hij weer scherp opsteeg en het schip door de smalle opening tussen twee pakhuizen aan de bakboordkant van het laagste niveau liet glijden. Het gerinkel van de afmeerklemmen klonk in de besturingsgondel afschuwelijk hard, maar niemand kwam aangerend om te kijken wat er loos was, en toen ze zich buiten waagden, was er in de stille, door een dik pak sneeuw bedekte straten geen beweging te zien.

Ze klommen snel en geluidloos naar de luchthaven – zonder iets te zeggen, allebei verzonken in eigen herinneringen aan deze stad. De Turbulentie bij Heldere Hemel lag afgemeerd aan een open sleuf bij het midden van de haven en het wolvenembleem van Arkangel blonk rood op de envelop. Een in bont gehulde wachtpost stond ernaast, en achter de ramen van de gondel was licht en beweging te zien.

Tom keek Hester aan. 'Wat doen we nu?'

Ze wist het nog niet en schudde haar hoofd. Tom volgde haar door de gitzwarte schaduwen achter de brandstoftanks en ging door de achterdeur van de havenmeesterswoning naar binnen. Daar werd de duisternis alleen verbroken door de gloed van de havenverlichting die door de ijsbloemen op de ramen naar binnen viel. In de ooit zo nette salon en keuken leek een tornado te hebben gewoed: de collectie gedenkborden was vernield, het serviesgoed lag aan scherven en de portretten van Aakiuqs kinderen waren verscheurd. Het antieke jachtgeweer dat aan de salonmuur placht te hangen, was weg, en de kachel was koud. Hester boog zich over de kapotte foto's van stralende Rasmussen-gezichten en trok de messenlade van de kast open.

Achter haar kraakte een losse tree. Tom, die het dichtst bij de trap stond, draaide zich bliksemsnel om en zag de grijze vlek van een gezicht tussen de spijlen door naar hem kijken. Het was bijna direct weer weg, want de geheimzinnige toeschouwer klom snel naar de eerste verdieping. Tom uitte een verraste schreeuw en legde bij de gedachte aan de wachtpost buiten snel een hand voor zijn mond. Hester werkte zich zonder omhaal langs hem heen en had mevrouw Aakiuqs scherpste koksmes dof glanzend in haar hand. In de gestreepte schaduwen achter de trapleuning werd verward gevochten. Iemand riep: 'Genade! Spaar me!' en toen klonken de glijgeluiden van iemand die op het zitvlak van zijn broek over de trap wordt gesleept. Hester deed hijgend een stap naar achteren maar hield haar mes in de aanslag, terwijl Tom haar gevangene bekeek.

Het was Polei. De ontdekkingsreiziger was vuil. Zijn haren zaten door de war en zijn dikke wenkbrauwen stonden overeind. Hij leek tijdens hun afwezigheid tien jaar ouder te zijn geworden, alsof de tijd aan boord van Anchorage sneller verliep dan elders. Zacht jammerend liet hij zijn blik tussen hun gezichten heen en weer glijden. 'Tom? Hester? Goden en godinnen, ik dacht dat jullie weer van die vervloekte Jagers waren. Maar hoe zijn jullie hier gekomen? Hebben jullie de Jenny bij je? De hemel zij dank! We moeten meteen weg!'

'Wat is hier gebeurd?' vroeg Tom. 'Waar is iedereen?'

Polei, die een waakzaam oog op Hesters meshand hield, sleepte zich in een gerieflijker houding en leunde tegen de trapstijl. 'De Jagers van Arkangel, Tom. Luchtvandalen onder leiding van die ellendeling Masgard. Ze zijn hier tien uur geleden gearriveerd, hebben het aandrijfwiel vernield en de stad overgenomen.'

'Zijn er doden gevallen?' vroeg Hester.

Polei schudde zijn hoofd. 'Ik geloof van niet. Ze wilden ons heel houden voor hun beestachtige slavenkooien. Daarom hebben ze iedereen bij elkaar gedreven en in het Winterpaleis gevangengezet in afwachting van de komst van hun stad. Een paar dappere ondergeschikten van Duifkruid probeerden ertegenin te gaan en zijn flink afgetuigd, maar voor de rest geloof ik niet dat iemand gewond is.'

'En jij?' Hester boog zich naar het licht en gunde hem een ijzingwekkende blik. 'Waarom ben jij niet opgesloten bij de anderen?'

Polei bracht een dun, waterig glimlachje op. 'U kent het motto van de Poleis, juffer Shaw: "Als tegenslag op tegenslag volgt, verbergt de wijze zich achter grote meubels." Bij hun landing was ik toevallig op de luchthaven. Snel denkend zoals altijd glipte ik hier naar binnen en verstopte me achter het bed. En kwam pas tevoorschijn toen alles voorbij was. Ik heb natuurlijk overwogen om me bij de jonge Masgard te melden en het vindersloon op te eisen, maar eerlijk gezegd lijkt hij me niet betrouwbaar, en dus heb ik me gedeisd gehouden.'

'Welk vindersloon?' vroeg Tom.

'Eh...' Polei leek zich een beetje te schamen en probeerde dat met zijn bekende, schurkachtige glimlach te maskeren. 'Waarschijnlijk ben ik het geweest die de Jagers hierheen heeft gelokt.'

Om een reden die Tom niet begreep, barstte Hester in lachen uit.

'Ik heb alleen maar een paar onschuldige noodseinen uitgezonden!' klaagde de ontdekkingsreiziger. 'Hoe kon ik weten dat Arkangel ze zou oppikken? Wie heeft ooit gehoord dat een radiosein zo ver reikt? Het zal wel een rarigheid van het noorderlicht zijn, neem ik aan... Hoe dan ook, ik heb er niets aan gehad, zoals je ziet. Ik heb me al uren moeten verbergen en hoopte in dat Jagersschip te kunnen glippen om de benen te nemen, maar die smerige wachtpost bewaakt het, en binnen zitten er nog een paar...'

'Dat hebben we gezien,' zei Tom.

De ontdekkingsreiziger vervolgde iets opgewekter: 'Maar nu zijn jullie dus met de Jenny Haniver terug en doet het er niet meer toe. Wanneer vertrekken we?'

'We vertrekken niet,' zei Hester. Tom draaide zich om en keek haar aan, nog steeds onthutst over haar plan om de Jagers mores te leren. Haastig praatte ze door. 'We kúnnen niet vertrekken. We zijn het de Aakiuqs, Freya en de anderen schuldig. We moeten hen redden.'

Zonder zich iets van hun staarblikken aan te trekken liep ze naar het keukenraam, waar ze door de ijskristallen naar buiten keek. Sneeuwvlokken dwarrelden doelloos door de lichtkegels onder de straatlantaarns. Ze stelde zich de wachtposten aan boord voor, hun kameraad die op het koppelingsplatform liep te stampvoeten van de kou, en de rest van Masgards eenheid, die warmte zocht bij de wijnkelder van de Rasmussens. Ze waren vast doezelig en zelfverzekerd en verwachtten geen moeilijkheden. Voor Valentijn zouden ze geen partij zijn geweest. Als zij genoeg van zijn kracht en sluwe wreedheid had geërfd, waren ze misschien ook geen partij voor haar.

'Hester?' Tom stond vlak achter haar, ontdaan door haar ijzige stemming. Meestal was hij degene die overhaaste plannen bedacht om machtelozen te helpen. Dat hij Hester zoiets hoorde

opperen, gaf hem het gevoel dat de wereld uit het lood was geslagen. Hij legde zachtjes zijn hand op haar schouder, maar trok
hem weer terug toen hij haar voelde verstijven. 'Hester, het zijn
er een heleboel, en wij zijn maar met ons drieën...'

'Maak er maar met ons tweeën van,' zei Polei meteen. 'Ik voel
niets voor zelfmoordplannen...'

Hester zette met één snelle beweging haar mes op zijn keel.
Haar hand beefde licht zodat de weerschijn op de glanzende sne-
de van het lemmet trilde.

'Jij doet wat ik zeg,' zei Valentijns dochter. 'Anders snij ik per-
soonlijk je keel door.'

32

Valentijns dochter

'Eet op, kleine markgravin!' riep Pjotr Masgard vanaf de andere kant van de tafel, zwaaiend naar Freya met een half opgegeten kippenpoot.

Freya staarde naar haar bord, waar haar eten begon te stollen. Ze wou dat ze nog met de anderen in de balzaal gevangenzat en samen met hen de smurrie en resten at die ze van de Jagers kregen, maar Masgard had erop gestaan dat ze met hem dineerde. Hij wilde haar slechts de hoffelijkheid bewijzen die ze verdiende, zei hij, en het paste een markgravin nauwelijks om met haar onderdanen te eten, nietwaar? Als aanvoerder van de Jagers uit Arkangel was het zijn plicht en genoegen om haar aan zijn eigen tafel te ontvangen.

Alleen was het Freya's tafel in haar eigen eetzaal. Het voedsel kwam uit haar eigen voorraad en was in haar eigen keukens door die arme Zaagbek gekookt. En steeds als ze opkeek, zag ze Masgards blauwe, vermaakte en taxerende ogen – vol trots over zijn vangst.

In de eerste, afschuwelijke verwarring van de aanval op het Stuurhuis had ze zich getroost met de gedachte: *Duifkruid zal het nooit toestaan; hij en zijn ondergeschikten zullen vechten en ons redden.* Maar toen zij met haar medegevangenen de balzaal in werd gedreven en zag hoeveel inwoners daar al wachtten, begreep ze dat alles te snel was gegaan. Duifkruids manschappen hadden zich laten verrassen of hadden het te druk gehad met de bestrijding van de branden die de raketaanval veroorzaakt hadden. Het kwaad had het goede overwonnen.

'Het grote Arkangel is over een paar uur hier,' had Masgard verklaard, terwijl hij om de groep gevangenen heen liep en zijn manschappen met vuurwapens en kruisbogen in de aanslag de wacht hielden. Zijn woorden dreunden uit de luidsprekerhoorns op de helm van zijn luitenant. 'Wie zich netjes gedraagt, mag een gezond, productief leven in de Onderbuik verwachten. Wie zich verzet, zal sterven. Deze stad is als prooi al mooi genoeg; ik kan het me veroorloven om een paar slaven op te offeren als jullie echt willen weten of ik het meen.'

Niemand wilde dat echt weten. De inwoners van Anchorage waren niet aan geweld gewend, en de brute gezichten van de Jagers en hun stoomvuurwapens waren heel overtuigend. Ze stonden in het midden van de balzaal op een kluitje. Vrouwen klampten zich vast aan hun man, moeders probeerden te voorkomen dat hun kinderen huilden of praatten of andere dingen deden die de aandacht van de wachtposten konden trekken. Toen Masgard de markgravin liet komen om met hem te dineren, leek het Freya verstandig om ja te zeggen – als hij maar in een goed humeur bleef.

Met haar snel afkoelende maaltijd spelend dacht ze: *Als eten met Masgard het ergste is wat me te wachten staat, kom ik er makkelijk van af.* Toch geloofde ze niet dat het makkelijk zou worden, zeker niet als ze naar hem opkeek en merkte dat de lucht tussen hen kriebelde van de dreigingen. Haar maag draaide zich om, en heel even dacht ze te moeten overgeven. Als excuus om niets te eten probeerde ze een gesprek gaande te houden. 'Maar hoe hebt u ons dan gevonden, meneer Masgard?'

Masgard grijnsde en zijn blauwe ogen waren bijna onzichtbaar achter hun dikke oogleden. Hij was bij zijn aankomst een tikje teleurgesteld geweest. De inwoners hadden zich veel te makkelijk overgegeven en Freya's lijfwacht was een belachelijk mannetje dat Masgards zwaard niet waard was. Toch wilde hij tegenover de gevangen markgravin galant zijn. Op Freya's troon aan het hoofd van de tafel gezeten voelde hij zich groot, knap en zegevierend. Hij wilde ook indruk op haar maken. 'Waarom denkt u dat ik uw vondst niet aan mijn natuurlijke jachtinstinct dank?' vroeg hij.

Freya wist een stijf glimlachje op te brengen. 'Zo werkt u toch niet? Ik heb over u gehoord. Arkangel is zo wanhopig op prooi uit dat u mensen betaalt om andere steden te verlinken.'

'Verklikken.'

'Wat?'

'U bedoelt: "andere steden verklikken". "Verlinken" zeggen ze op het machinedek.'

Freya bloosde. 'Het zal professor Polei met zijn stomme radioberichten wel geweest zijn. Hij zei tegen mij dat hij een passerende expeditie of handelaar probeerde te bereiken, maar hij zal wel de hele tijd met u in contact hebben gestaan.'

'Professor wie?' Masgard lachte weer. 'Nee, mijn beste, u bent door een *vliegende rat* verklikt.'

Freya voelde haar blik weer naar hem toe getrokken worden. 'Hester!'

'En weet u wat nog het mooiste was? Ze wou niet eens geld in ruil voor uw stad, alleen maar een jongen, een waardeloze luchtschooier die Natsworthy heet...'

'O, *Hester!*' fluisterde Freya. Ze had altijd geweten dat het meisje problemen betekende, maar dit had zelfs zij niet van haar verwacht. Een hele stad verraden om een jongen te kunnen vasthouden op wie je geen recht had, en die met iemand anders veel beter af zou zijn geweest! Ze probeerde haar woede voor Masgard te verbergen omdat hij haar alleen maar zou uitlachen. Ze zei: 'Tom is weg. Dood, waarschijnlijk...'

'Dan komt hij er makkelijk van af,' grinnikte Masgard met zijn mond vol. 'Maar veel maakt het niet uit. Zijn spetter ging ervandoor voordat de inkt op haar contract droog was...'

De deur van de eetzaal ging met een klap open. Freya vergat Hester en keek om. Een van Masgards manschappen – de vent met de luidsprekerhoorns – stond in de deuropening. 'Brand, heer!' zei hij hijgend. 'Op de luchthaven!'

'Wat?' Masgard liep naar het raam en rukte de dikke gordijnen open. Sneeuw dwarrelde boven de tuinen. Daarachter flakkerde licht en verspreidde zich een rode gloed waartegen de gevels en de leidingen op de daken langs de Rasmussen Prospekt scherp stonden afgetekend. Masgard wendde zich woedend tot zijn luitenant. 'Iets van Garstang en de jongens op de luchthaven gehoord?'

De Jager schudde zijn hoofd.

'Klauwen van de wolf!' bulderde Masgard. 'Iemand heeft dat in de fik gestoken! Ze vallen ons schip aan!' Hij trok zijn zwaard en bleef op weg naar de deur naast Freya's stoel staan. 'Als een van jouw rattige inwoners een geintje heeft geflikt met de Turbulentie bij Heldere Hemel, dan vil ik ze levend en verkoop ik hun huid als haardkleedjes.'

Freya probeerde zo min mogelijk op te vallen door heel diep in haar stoel te blijven zitten. 'Het kan niet een van de inwoners zijn, want u hebt ze allemaal...' Maar nog terwijl ze dat zei, dacht ze aan professor Polei. Ze had hem in de balzaal niet gezien. Was hij nog vrij? Probeerde hij te helpen? Het leek haar onwaarschijnlijk, maar een ander sprankje hoop was er niet, en aan die strohalm hield ze zich vast terwijl Masgard haar uit haar stoel trok en naar zijn luitenant smeet.

'Breng haar terug naar de balzaal!' riep hij. 'Waar zijn Ravn en Tor en Skaet?'

'Bewaken de hoofdingang, heer.'

Masgard rende weg terwijl de andere man Freya de eetzaal uit sleurde en door de elegante bocht in de gang naar de balzaal duwde. Ze nam aan dat ze een poging tot ontsnappen moest doen, maar haar bewaker was zo groot, sterk en goed bewapend dat ze dat niet durfde. Haar voorouderportretten staarden bij het passeren op haar neer en maakten een teleurgestelde indruk omdat ze niet terugvocht. Ze zei: 'Ik hoop dat iemand inderdaad dat mooie luchtschip in brand heeft gestoken.'

'Vinden wij best,' zei haar bewaker grommend. 'Jullie zullen ervoor boeten. Straks is Arkangel hier. We hebben geen lucht-schip nodig om uit jullie pokkendorp weg te komen als het een-maal in de buik van de Gesel zit!'

In de buurt van de balzaal drong een aanzwellend geroeze-moes tot Freya door. Ook de gevangenen hadden het vuur blijk-baar gezien en praatten opgewonden terwijl hun bewakers om stilte schreeuwden. Toen flitste er iets langs haar hoofd en viel Masgards luitenant geluidloos naar achteren. Freya dacht dat hij was uitgegleden, maar toen ze zich omdraaide, zag ze de pijl van een kruisboog uit de voorkant van zijn helm steken en droop een dikke stroom bloed uit een van de hoorns.

'Oei!' zei ze.

In een nis naast de deur van de balzaal stapte een lange gestal-te uit de schaduwen.

'Professor Polei?' vroeg Freya fluisterend. Maar het was Hester Shaw, die alweer een nieuwe pijl op haar grote kruisboog legde.

'Je bent terug!' zei Freya verrast.

'Scherp gededuceerd, Luisterrijke.'

Freya bloosde van woede. Hoe durfde dat meisje haar uit te la-chen? Dit was allemaal haar schuld! 'Jij hebt onze koers verkocht. Hoe durfde je! Hoe dúrfde je!'

'Nou, ik ben van mening veranderd,' zei Hester. 'Ik ben hier om te helpen.'

'Te *helpen*?' Freya vroeg het met een hees en woedend gefluis-ter uit angst dat de bewakers in de balzaal haar hoorden. 'Noem je dat *helpen*? Je had ons geholpen als je bij ons was weggeble-ven! We hoeven je niet! Tom had je niet nodig! Je bent zelfzuch-tig en slecht en hebt alleen belangstelling voor je vreselijke zelf...'

Ze zweeg. Allebei wisten ze ineens weer dat Hester een geladen kruisboog in haar handen had en Freya met een kleine beweging van haar vinger tegen de muur kon spietsen. Hester overwoog dat ook even en zette de punt van de pijl tegen Freya's borst. 'Je hebt gelijk,' fluisterde ze. 'Ik ben slecht. In die zin lijk ik op mijn vader. Maar Tom is belangrijk voor mij, en dat betekent dat ook jij en je stompzinnige stad voor mij belangrijk zijn. Bovendien denk ik dat je me nodig hebt.'

Ze liet haar kruisboog zakken en wierp een blik op de man die ze net gedood had. In zijn riem stak een gaspistool. 'Kun je zo'n ding hanteren?' vroeg ze.

Freya knikte. Haar leraren hadden zich vooral op etiquette en lichaamshouding gericht, maar ze dacht het in grote lijnen wel te begrijpen.

'Ga dan mee,' zei Hester met zo veel gezag dat het niet bij Freya opkwam om nee te zeggen.

Tot dusver was het moeilijkste geweest om Tom uit de buurt te houden. Ze wilde hem niet in gevaar brengen en kon niet Valentijns dochter zijn als hij bij haar bleef. In het donker van Aakiuqs salon had ze hem tegen zich aan getrokken en gezegd: 'Weet jij andere ingangen van het Winterpaleis? Als het er stikt van de Jagers, kunnen we niet gewoon naar de poort lopen en zeggen dat we Masgard willen spreken.'

Tom dacht even na. Hij tastte in zijn jaszak en haalde er een glimmend dingetje uit dat ze nooit eerder gezien had. 'Dit is een loper uit Grimsby, een cadeautje van de mensen van Helm. Ik wed dat ik daarmee het kleine warmteslot achter de Wunderkammer open krijg!'

Hij keek er zo opgewonden en zelfvoldaan bij dat Hester hem onwillekeurig weer begon te kussen. Toen ze klaar was, zei ze: 'Ga dan maar en wacht in de Wunderkammer op me.'

'Wat? Ga je niet mee?' Ineens keek hij niet meer opgewonden maar alleen bang.

Ze legde haar vingers op zijn lippen om hem tot zwijgen te brengen. 'Ik ga even rondsnuffelen bij het luchtschip.'

'Maar de wachtposten...'

Ze probeerde net te doen of ze niet bang was. 'Ik ben een leerling van Havik geweest, zoals je weet. Hij heeft me veel geleerd dat ik nog nooit heb kunnen toepassen. Het komt wel goed. Ga nu maar.'

Hij wilde iets zeggen maar bedacht zich, omhelsde haar en liep haastig weg. Hester vond het een paar tellen lang een opluchting om alleen te zijn, maar ineens verlangde ze weer hevig naar hem. Ze wilde in zijn armen liggen en allerlei dingen vertellen die hij al eerder had moeten weten. Ze rende naar de achterdeur, maar hij was al uit het zicht verdwenen en volgde een heimelijke route naar het paleis.

Ze fluisterde zijn naam tegen de sneeuw en verwachtte hem niet meer terug te zien. Ze had het gevoel dat ze op een slee zat en te snel naar een afgrond gleed.

Polei zat nog steeds aan de voet van de trap. Hester werkte zich langs hem heen naar de keuken en haalde een olielamp uit een kast boven de gootsteen. 'Wat doe je daar?' siste hij toen ze die aanstak. Achter het rokerige glas groeide een gele gloed die zich toen ook over de muren, de ramen en Poleis zeepbleke gezicht verspreidde. 'Masgards mannen zullen je zien!'

'Dat is precies wat ik wil.'

'Ik ga je niet helpen,' zei de ontdekkingsreiziger bibberend. 'Daartoe kun je me niet dwingen! Het is waanzin!'

Ze deed geen moeite meer met haar mes en zei: 'Ik was het, Polei.' Ze wilde hem duidelijk maken hoe meedogenloos ze kon zijn. 'Jij niet. Ik heb de Jagers hierheen gehaald.'

'Jij? Maar grote, almachtige Poskitt, waaróm?'

'Vanwege Tom,' zei Hester simpel. 'Omdat ik Tom weer voor mezelf wilde hebben. Hij was mijn roofgoud. Alleen ging het niet zoals ik wilde, en nu moet ik alles weer goedmaken.'

Voeten liepen knerpend door de sneeuw buiten het keukenraam, en er klonk een zucht toen het buitenste warmteslot openging. Hester gleed achterwaarts in de schaduwen naast de deur terwijl de wachtpost van het koppelingsplatform de kamer in kwam. Hij was zo dichtbij dat ze de kou van zijn besneeuwde bontkleding voelde opstijgen.

'Opstaan!' blafte hij tegen Polei, waarna hij zich omdraaide om andere vluchtelingen te zoeken. Vlak voordat hij Hester zag, stak ze haar arm uit en dreef ze haar mes in het gat tussen de bovenkant van het harnas en de onderkant van zijn koumasker. Hij maakte een gorgelend geluid, en door het gedraai van zijn grote lichaam werd het mes uit haar hand getrokken. Ze dook opzij toen hij zijn kruisboog afschoot, en hoorde de pijl door een kastdeur achter zich schieten. De Jager tastte langs zijn riem naar zijn eigen mes. Ze greep zijn arm en probeerde hem tegen te houden. Er klonken geen andere geluiden dan hun hijgende ademhaling en het geknars van serviesgoed onder hun voeten terwijl ze heen en weer wankelden. Polei maakte zich intussen ijlings uit de voeten. De grote groene ogen van de Jager staarden Hester door de gaatjes in zijn masker woedend aan, maar uiteindelijk richtte hij zijn blik op iets wat heel ver achter haar lag. Het gegorgel hield op, en toen viel hij opzij, waarbij hij haar bijna meetrok. Zijn voeten trappelden nog even... toen lag hij stil.

Hester had nooit eerder iemand vermoord en verwachtte schuldgevoel, maar dat kwam niet. Ze voelde helemaal niets. *Zo was het dus ook voor mijn vader,* dacht ze terwijl ze de dode van zijn mantel en bontmuts ontdeed en zijn koumasker opzette. *Gewoon een klus klaren om zijn stad en zijn dierbare te beschermen. Zo voelde hij zich toen hij papa en mama had vermoord. Helder, hard en schoon als glas.* Ze pakte de kruisboog en de pijlkoker van de Jager en zei tegen Polei: 'Neem de lamp mee.'

'Maar, maar, maar...'

Buiten dwarrelde sneeuw als witte motten onder de straatlantaarns van de luchthaven. Toen ze – de doodsbange Polei voor zich uit schuivend – de koppelingsplatforms overstak en een blik door de ruimte tussen twee hangars wierp, zag ze in de verte een grote veeg licht aan de oostelijke hemel.

Het luik van de Turbulentie bij Heldere Hemel stond open, en daar wachtte een andere Jager. 'Wat is er, Garstang?' riep hij. 'Wie heb je gevonden?'

'Een ouwe vent,' gilde Hester terug, hopend dat het koumasker haar stem dempte en de bontmantel haar broodmagere silhouet maskeerde.

'Alleen een ouwe man,' zei de Jager, die zich omdraaide om het aan iemand in de gondel door te geven. Toen riep hij: 'Breng hem naar het paleis, Garstang. Stop hem maar bij de anderen. We hoeven hem niet!'

'Alstublieft, edele Jager!' riep Polei ineens. 'Het is een valstrik! Ze is...'

Hester hief haar kruisboog en haalde de trekker over. De Jager viel schreeuwend achterover. Terwijl zijn kameraden zich langs zijn trappelende lichaam naar buiten probeerden te werken, trok Hester de olielamp uit Poleis handen en smeet die door het luik. De mantel van een Jager vatte vlam, en zo ontstond in de gondel een laaiend vuur. Polei gilde doodsbang en vluchtte. Hester draaide zich om en wilde hem volgen maar merkte al na twee stappen dat ze vloog – een hete wind van achteren tilde haar op en smeet haar in sneeuw die niet langer wit was maar een griezelige, geelrode tint had. De draaggascellen ontploften niet met een knal maar met een luid zuchtende *zoef!* Ze rolde door de sneeuw en keek achterom. Mannen klommen ijlings uit de brandende gondel en sloegen naar de vonken die tevoorschijn kwamen in het bont van hun mantels en jassen. Het waren er maar twee. De ene kwam Hesters kant op, zodat ze naar haar kruisboog tastte, maar hij zag haar niet eens en denderde haar voorbij met een uitroep over saboteurs. Ze had alle tijd om een nieuwe pijl op haar boog te leggen en hem in zijn rug te schieten. Van Polei geen spoor. Ze liep om het brandende luchtschip heen en trof de laatste Jager op een plek vol dikke, donkere rook. Terwijl hij stierf, trok ze het zwaard uit zijn hand en stak ze het in haar riem. Toen rende ze naar de Rasmussen Prospekt en de lichtjes van het Winterpaleis.

Ooms apparaatje maakte klikgeluidjes in het sleutelgat, waarna het warmteslot openging. Tom glipte naar binnen en rook de vertrouwde geuren van het paleis. De gang was leeg; in de dikke laag stof stond nog geen voetstap. Hij haastte zich door de schaduwen naar de Wunderkammer, waar hij opnieuw schrok van de Sluiperskeletten, maar de loper deed zijn werk ook in die deur, en toen hij door de stilte en de spinnenwebben tussen de vitrines liep, was hij ondanks zijn trillerige gevoel trots op zichzelf.

Het vel folie glom zacht en deed hem aan Freya denken, maar ook aan de krabcam die hem vanuit een van de roosters in de verwarmingsbuizen aan het plafond had gadegeslagen toen hij Freya kuste. 'Helm?' vroeg hij hoopvol met een blik op het donker. Maar er waren in Anchorage geen inbrekers meer, alleen Jagers. Wat Hester aan het doen was, maakte hem ineens verstikkend bang. Het was vreselijk dat zij daar buiten gevaar liep, terwijl hij hier op haar wachtte. Ergens bij de luchthaven flakkerde een gloed. Wat was daar aan de hand? Moest hij gaan kijken?

Nee. Hester had gezegd dat ze hem hier zou treffen, en ze had hem nog nooit in de steek gelaten. Hij probeerde afleiding te vinden door uit het rek aan de muur een wapen te kiezen: een zwaar, bot zwaard met een kunstig gevest en een schede. Toen hij dat in zijn hand had, voelde hij zich dapperder. Hij ijsbeerde tussen de vitrines met mottige dieren en oude machines, zwaaide met zijn zwaard en wachtte tot ze kwam om samen met hem Anchorage te redden.

Pas toen in de balzaal het vuurgevecht begon en overal in de paleisgangen werd geroepen, geschreeuwd en geschoten, besefte hij dat ze ondanks alles de hoofdingang had genomen en zonder hem begonnen was.

Het gaspistool was zwaarder dan Freya verwacht had. Ze probeerde zich voor te stellen dat ze er iemand mee beschoot, maar kon het niet. Zou ze Hester kunnen uitleggen hoe bang ze was? Maar nee, geen tijd. Hester stond al bij de deur naar de balzaal en wenkte Freya met snelle hoofdbewegingen. Haar haren en kleren stonken naar rook.

Ze duwden de grote deur samen open. Blijkbaar zag niemand hen binnenkomen. De Jagers en de gevangenen keken uit de ramen, want boven de luchthaven zwaaiden grote, golvende vuurvleugels. Freya omklemde het wapen met bezwete handen en wachtte tot Hester 'Handen omhoog!' of 'Blijf staan iedereen!' zou roepen of wat iemand in zo'n situatie ook maar pleegt te bevelen. Maar Hester hief alleen haar kruisboog en schoot de dichtstbijzijnde Jager in zijn rug.

'Hé, dat is niet...' begon Freya, maar ineens liet ze zich vallen, want toen de dode man naar voren viel, draaide de man naast hem zich om en bestookte hij haar met een lang salvo geweervuur. Ze bleef maar vergeten dat dit de werkelijkheid was. Ze kronkelde over de vloer en hoorde hoe de kogels happen uit de deuren en het marmer naast haar namen. Hester graaide het pistool uit haar hand, en het gezicht van de Jager werd een rode vlek. Zaagbek trok het wapen uit de hand van de vallende man en richtte het op een derde bewaker, die in de kolkende paniek van de gevangenen bekneld zat. 'Rasmussen!' riep iemand, en de hele zaal nam die kreet ineens over – de oeroude strijdkreet van Anchorage, daterend uit de tijd toen Freya's voorouders nog veldslagen leidden tegen de luchtpiraten en Sluipers van de nomadische rijken. 'Rasmussen!' Er klonken schoten, een schreeuw, één lang aangehouden, ratelende xylofoontriller toen een stervende Jager tegen een van de in de mottenballen gelegde kroonluchters viel. Alles was heel snel voorbij. Windolene Pye organiseerde een groep mensen om de gewonden te verzorgen, terwijl mannen zich over de zwaarden en andere wapens van de dode Jagers ontfermden.

'Waar is Duifkruid?' vroeg Hester. Iemand duwde hem naar haar toe. De hoofdmachinist maakte een gretige indruk en had een geleend wapen bij zich. Ze zei: 'Arkangel komt eraan. Ik heb vanaf de luchthaven de lichtjes gezien. U zult deze oude stad in hoog tempo aan het rijden moeten krijgen.'

Duifkruid knikte. 'Maar er zijn Jagers op het machinedek, en het wiel van het achterschip is kapot. Op alleen de rupsbanden halen we maar een kwart van de snelheid, en zonder het vernielde aandrijfwiel te verwijderen, is zelfs dat onmogelijk.'

'Ga dan maar hakken,' zei Hester, die haar kruisboog weglegde en haar zwaard trok.

Duifkruid wilde nog wel duizend vragen stellen maar bedacht zich en liep knikkend naar de trap. Het halve Anchorage volgde hem, en wie geen wapen had, pakte onderweg een stoel of een fles. Freya vond ondanks haar angst dat ze mee moest gaan om de aanval te leiden zoals een markgravin vroeger deed. Ze sloot zich bij de groeiende menigte aan, maar Hester hield haar tegen. 'U blijft hier. Uw onderdanen hebben behoefte aan een levende markgravin. Waar is Masgard?'

'Weet ik niet,' zei Freya. 'Volgens mij ging hij naar de hoofdingang.'

Hester knikte snel en automatisch als een tic die van alles kon betekenen. 'Tom is in het museum,' zei ze.

'Is Tom hier ook?' Freya hield de gebeurtenissen maar met moeite bij.

'Hou hem alsjeblieft in veiligheid totdat alles voorbij is.'

'Maar...' begon Freya. Maar Hester was alweer weg, en de met kogels doorzeefde deuren vielen achter haar dicht. Freya vroeg zich af of ze haar moest volgen, maar wat kon ze tegen Masgard doen? Ze liep de balzaal weer in en zag daar een groepje angstige mensen staan: de kleine kinderen, de bejaarden en de mensen die te bang waren om te vechten. Freya wist hoe ze zich voelden. Ze balde haar handen tot vuisten om te beletten dat ze beefden, en toonde haar beste markgravinnenglimlach. 'Wees maar niet bang. De IJsgoden zijn met ons.'

Onderweg naar de balzaal stuitte Tom op Duifkruid en zijn volgers – een donkere chaos van rennende benen, vonken licht op metaal en bleke golven van strakke gezichten in het lamplicht. Ze vulden de gang als een zee die een zinkend schip in stroomt. Tom was bang dat ze hem voor een Jager zouden aanzien, maar Duifkruid herkende hem en riep zijn naam. Toen nam het tij hem mee en braken de golven tot bekende, grijnzende gezichten: Aakiuq, Probsthain, Zaagbek... Mensen sloegen hem op zijn schouders en stompten op zijn borst. 'Tom!' riep Zaagbek, trekkend aan zijn riem. 'Wat goed om je terug te zien!'

'Hester!' riep Tom, vechtend tegen het tij dat hem naar buiten dreef. 'Waar is Hester?'

'Ze heeft ons gered, Tom!' riep Zaagbek, terwijl hij voor hem uit rende. 'Wat een durf! Ze kwam de balzaal in en maaide de Jagers meedogenloos als een Sluiper neer. Wat een meid!'

'Maar waar... meneer Duifkruid, is ze bij u?'

Zijn vraag verdronk in het geklepper van voeten en het lawaai van de mensen die 'Rasmussen! Rasmussen!' riepen. De menigte passeerde hem en verdween in de trechter van een trap naar het machinedek. Hij hoorde geschreeuw en echoënde schoten onder het lage plafond en vroeg zich af of hij moest helpen, maar de gedachte aan Hester weerhield hem. Haar naam roepend rende hij door de Noorderlicht Arcade naar de dwarrelende sneeuw op de Rasmussen Prospekt. Twee rijen voetstappen leidden door de sneeuw naar de luchthaven. Toen hij zich aarzelend afvroeg of een van de sporen van Hester was, zag hij dat iemand hem vanuit een winkeldeur aan de overkant van de straat gadesloeg.

'Professor Polei?'

Polei stoof weg en verdween – wankelend door de sneeuw – in een smalle steeg tussen twee boetieks. Onder het rennen vielen munten uit zijn vuisten. Hij had zijn zakken gevuld met kleingeld uit de winkelkassa.

'Professor!' riep Tom, terwijl hij zijn zwaard in de schede stak en hem achternaging. 'Ik ben het maar! Waar is Hester?'

De onvaste voetafdrukken van de ontdekkingsreiziger leidden naar de rand van het niveau, waar een trap naar de benedenstad afdaalde. Tom liep snel naar beneden en zette zijn voeten in de beregrote afdrukken van Poleis luxe sneeuwlaarzen. Bijna beneden bleef hij ineens met snel kloppend hart staan, geschrokken door de aanblik van zwarte vleugels. Maar het was geen Sluipervogel, alleen maar het uithangbord van een taveerne die de Vliegende Adelaar heette. Hij rende verder en vroeg zich af of hij de rest van zijn leven bang voor vogels zou blijven.

'Professor Polei?'

Masgard had niet bij de paleispoort gestaan en hoorde ook niet bij de mannen die ze bij haar aankomst gedood had. *Misschien heeft Duifkruids ploeg hem te pakken gekregen,* dacht Hester. Of anders had hij het lawaai van de gevechten gehoord en eieren voor zijn geld gekozen. Hij rende misschien wel naar de luchthaven om een schip te vinden dat hem naar Arkangel kon terugbrengen.

Ze baande zich een weg door het warmteslot. Het koumasker beperkte haar blikveld; daarom gooide ze het weg. Ze rende over de helling omlaag naar de Rasmussen Prospekt terwijl de sneeuwvlokken als koude vingers haar gezicht streelden. Voor haar uit liep een lange rij verse voetafdrukken, die al vol sneeuw begonnen te raken. Ze volgde ze en mat de lange passen. Verderop stond een man afgetekend tegen de stervende gloed van de luchthaven. Het was Masgard. Ze versnelde haar pas, en toen ze in de buurt kwam, hoorde ze hem de namen van zijn dode makkers roepen. 'Garstang? Gustavsson? Sprüe?' Er klonk een groeiende paniek in zijn stem. Hij was gewoon maar een rijk stadsjoch dat graag piraatje speelde en nooit had verwacht dat iemand zich durfde te verzetten. Hij had het gevecht gezocht, maar nu hij het tegenkwam, wist hij niet wat hij moest doen.

'Masgard!' riep ze.

Hij draaide zich hijgend om. De Turbulentie bij Heldere Hemel achter hem was tot een verkoolde metalen mand uitgebrand. De koppelingsplatforms leken elkaar te verdringen in de laatste, waanzinnige gloed van het inzakkende vuur.

Hester hief haar zwaard.

'Wat speel jij voor een spelletje, vliegenierster?' riep Masgard. 'Eerst verkoop je me deze stad en dan help je ze om de koop ongedaan te maken. Dat snap ik niet. Wat is je plan?'

'Ik heb geen plan,' zei Hester. 'Ik verzin alles al doende.'

Masgard trok zijn zwaard en zwiepte het met opschepperige schermbewegingen heen en weer. Intussen kwam hij op haar af. Toen hij nog maar een paar voet bij haar vandaan was, deed Hester een uitval naar zijn schouder. Ze dacht niet dat ze veel schade had aangericht, maar Masgard liet zijn zwaard vallen, legde zijn handen op zijn wond, liet zich in de sneeuw zakken en viel om. 'Heb medelijden, alsjeblieft!' Hij tastte in zijn bontmantel, haalde een dikke beurs tevoorschijn en strooide grote, glanzende munten in de sneeuw. 'De jongen is er niet, maar neem het geld en laat mij leven!'

Hester liep naar de plaats waar hij lag, en stak tweehandig toe. Steeds opnieuw bracht ze haar zwaard omlaag totdat het geschreeuw verstomde. Toen gooide ze haar zwaard weg en bleef ze staan kijken hoe Masgards roze bloed in de sneeuw wegzakte en de grote, witte vlokken het goud overdekten dat hij naar haar gegooid had. Haar ellebogen deden pijn en ze voelde zich merkwaardig teleurgesteld. Van deze nacht had ze hogere verwachtingen gehad. Ze snakte naar iets anders dan het suffe, holle gevoel waarmee ze achterbleef. Ze had verwacht dat ze dood zou gaan. Het leek niet goed dat ze nog leefde en niet eens gewond was. Ze dacht aan al die dode Jagers. Ongetwijfeld waren ook anderen omgekomen – allemaal om wat zij gedaan had. Werd ze dan helemaal niet gestraft?

Ergens tussen de pakhuizen op het benedenniveau echode één pistoolschot.

Het voetspoor leidde Tom naar bekende straten, verlicht door de gloed van het vuur op de luchthaven erboven. Met een gevoel van onbehagen liep hij een laatste hoek om en zag hij de Jenny Haniver staan waar hij het schip in de schaduw van de pakhuizen had neergezet. Polei frunnikte aan het luik.

'Professor!' riep Tom terwijl hij erheen liep. 'Wat bent u aan het doen?'

Polei keek op. 'Verdomme,' mompelde hij toen hij begreep dat hij gesnapt was. Maar toen riep hij met iets van zijn oude bravoure: 'Wat denk je dat ik aan het doen ben, Tom? Ik neem de benen zolang het nog kan! En als jij ook maar enig gezond verstand hebt, ga je met me mee. Grote Poskitt, je had je schip goed verstopt! Het kostte me uren om het te vinden...'

'Maar u hoeft helemaal niet te vertrekken,' zei Tom. 'We krijgen de motoren weer op gang en zijn Arkangel dan te vlug af. Hoe dan ook, ik laat Hester niet in de steek!'

'Dat zou je wel doen als je wist wat ze gedaan heeft,' zei Polei duister. 'Die meid deugt niet, Tom. Totaal kierewiet. Lelijk en zo gek als een deur...'

'Hoe dúrft u zo over haar te praten!' riep Tom verontwaardigd, en hij stak zijn hand uit om de ontdekkingsreiziger bij het luik weg te trekken.

Polei haalde een pistool uit zijn mantel en schoot hem in zijn borst.

Door de klap van de kogel viel Tom achterover in een sneeuwhoop. Hij probeerde overeind te komen maar kon het niet. Er zat een heet, nat gat in zijn jas. 'Dat is niet eerlijk,' fluisterde hij toen warm, zilt bloed zijn keel in stroomde en zijn mond vulde. Pijn overspoelde hem als de lange, grijze brekers bij de Schurkenburcht – traag en gestaag, waarbij elke golf met de volgende versmolt. Knerpende voetstappen in de sneeuw. Polei hurkte naast hem en had het pistool nog steeds in zijn hand. Hij keek bijna even verrast als Tom. 'Oei!' zei hij. 'Sorry. Wou je alleen maar bang maken, maar het ging per ongeluk af. Ik heb nooit eerder zo'n ding in mijn hand gehad. Het is van een van de knullen geweest die jouw getikte vriendin naar de andere wereld heeft geholpen.'

'Help,' fluisterde Tom.

Polei trok Toms jas open en bekeek de schade. 'Hemeltje,' zei hij hoofdschuddend. Hij tastte in de binnenzak en haalde er de sleutels van de Jenny uit.

Tom voelde dekplaten trillen toen de motoren van de stad tot leven kwamen. Zagen jankten bij het achterschip waar Duifkruids ploeg de wrakstukken van het aandrijfwiel weghaalde. 'Luister,' fluisterde hij. Hij merkte dat zijn verre, zwakke stem net klonk als die van iemand anders. 'Ga niet met de Jenny. Dat hoeft helemaal niet! Meneer Duifkruid krijgt alles weer aan de praat. We blijven Arkangel voor...'

Polei stond op. 'Wat ben je toch ongeneeslijk romantisch, Tom. Waar ga je eigenlijk naartoe? Er zíjn geen groene streken in Amerika, weet je nog? Deze stad is gedoemd tot een koude, trage dood op het ijs of een snelle, hete dood in de onderbuik van Arkangel, en ik wil geen van beide meemaken.' Hij gooide de sleutels omhoog, ving ze weer op en draaide zich om. 'Ik heb gloeiende haast. Sorry. Hou je goed!'

Tom begon zich door de sneeuw te trekken en wilde Hester vinden, maar na een paar voet was hij alweer vergeten wat hij tegen haar wilde zeggen, en bleef hij in de sneeuw liggen. Na een tijdje hoorde hij het gezoem van de luchtmotoren eerst aanzwellen en toen wegsterven omdat Polei uit het labyrint van pakhuizen was opgestegen en in het donker wegvloog. Het deed er toen al niet meer toe. Zelfs sterven deed er niet meer toe, hoewel het raar was te bedenken dat hij aan Vossengeesten en Sluipers was ontsnapt en vreemde avonturen onder water had beleefd om op deze manier aan zijn eind te komen.

De sneeuw bleef vallen maar het was niet meer koud, alleen zacht en behaaglijk. Stilte daalde over de stad neer en wikkelde de hele wereld in een droom van vrede.

33

Dun ijs

Vlak na zonsopgang klonk er gejuich op het machinedek. De wrakstukken van het aandrijfwiel waren eindelijk verwijderd en de stad kwam weer tot leven op een koers naar het zuiden ten zuidwesten. Maar nu het wiel weg was en alleen de rupsbanden de stad voortsleepten, kwam Anchorage niet verder dan een slakkengang van nauwelijks tien mijl per uur. Als het even niet sneeuwde, doemde Arkangel in het oosten als een vervuilde berg op.

Freya stond met meneer Duifkruid op de achterste galerij. De hoofdmachinist had een roze pleister op zijn voorhoofd, want een kogel van de Jagers had hem daar geschampt. Hij was echter het enige slachtoffer van de veldslag ter herovering van het machinedek: de Jagers zagen algauw dat ze in de minderheid waren, en vluchtten het ijs op om zich door de verkenningswijken van Arkangel te laten redden.

'Er is maar één hoop,' mompelde Duifkruid terwijl hij en Freya het lage zonlicht op de ramen van de roofstad zagen weerkaatsen. 'Als we ver genoeg in het zuiden komen, wordt het ijs dunner. Dan breken ze de jacht misschien af.'

'Maar als het ijs dunner wordt, kunnen wij er ook doorheen zakken.'

Duifkruid knikte. 'Dat gevaar blijft. En als we Arkangel willen ontlopen, kunnen we geen tijd spenderen aan onderzoeksteams en groepen verkenners. We moeten dan zo snel mogelijk doorrijden en er het beste van hopen. Het is Amerika of niks, niet-waar?'

'Inderdaad,' zei Freya. Maar ineens begreep ze dat het geen zin meer had om te liegen. 'Eh... nee, meneer Duifkruid. Het was allemaal gelogen. Polei is nooit in Amerika geweest. Hij heeft alles verzonnen. Daarom heeft hij Tom neergeschoten en de Jenny Haniver gestolen.'

'Werkelijk?' vroeg Duifkruid. Hij draaide zich om en keek haar aan.

Freya had meer commentaar verwacht, maar dat kwam niet. 'Is dat alles? Niet meer dan "werkelijk"? Gaat u me niet vertellen dat ik oerstom ben geweest door Polei te geloven?'

Duifkruid glimlachte. 'Om u heel eerlijk de waarheid te zeggen had ik van begin af aan mijn twijfels over die vent. Op de een of andere manier klopte er iets niet.'

'Waarom hebt u dan niets gezegd?'

'Omdat hoopvol reizen beter is dan ergens aankomen. Ik vond het een goed idee om het Hoge IJs over te steken. Wat was deze stad voordat we naar het westen trokken? Een rijdende ruïne. De enigen die niet vertrokken waren, waren de mensen met zo veel verdriet dat ze geen doel meer konden bedenken. We waren eerder geesten dan mensen. En kijk nu eens naar ons. Kijk naar uzelf. De reis heeft ons wakker geschud en in beweging gebracht. We leven weer.'

'Waarschijnlijk niet lang.'

Duifkruid haalde zijn schouders op. 'Nou en? En je weet maar nooit. Misschien vinden we wel een manier. Als we maar uit de kaken van dat monster kunnen blijven.'

Ze bleven zwijgend naast elkaar staan en bestudeerden de achtervolgende stad, die onder hun ogen groter en donkerder leek te worden.

'Ik had nooit gedacht dat Polei zover zou gaan om iemand neer te schieten,' zei Duifkruid. 'Hoe gaat het met onze arme Tom?'

Tom lag als een marmeren standbeeld in bed. De vervagende littekens en blauwe plekken van zijn gevecht met de Sluipervogels waren op zijn bleke gezicht nog goed te zien. Hester hield zijn koude hand vast, en alleen zijn zwakke en onvaste polsslag bewees dat hij nog leefde.

'Het spijt me, Hester.' Windolene Pye fluisterde alsof een iets luidere toon de aandacht van de Doodsgodin op deze geïmproviseerde ziekenkamer zou richten. De vrouwelijke navigator had de gewonden dag en nacht verzorgd, vooral Tom, die er het ergst aan toe was. Ze maakte een oude, vermoeide en verslagen indruk. 'Ik heb alles gedaan wat ik kan, maar de kogel zit dicht bij zijn hart. Nu de stad zo deint, durf ik hem niet te verwijderen.'

Hester knikte en staarde naar Toms schouder. Ze kon zich er niet toe zetten om naar zijn gezicht te kijken, en juffer Pye had de rest van zijn lichaam kuis met een sprei bedekt, maar de arm en schouder die het dichtst bij Hester lagen, waren bloot. Het was een bleke en hoekige schouder met een paar sproeten, en zij vond hem het mooiste wat ze ooit gezien had. Ze raakte hem aan, streelde zijn arm en zag zijn zachte haartjes terugveren als haar vingers eroverheen gleden. Ook voelde ze de sterke spieren en pezen onder zijn huid en de vage hartslag in zijn blauwe pols.

Tom roerde zich bij haar aanraking en deed zijn ogen half open. 'Hester?' mompelde hij. 'Hij heeft de Jenny meegenomen. Sorry.'

'Het geeft niet, Tom. Het geeft niet. Het luchtschip laat me koud maar jij niet,' zei Hester, die zijn hand naar haar gezicht trok.

Toen ze haar na het gevecht kwamen zoeken en vertelden dat Tom was neergeschoten en stervende was, had ze gedacht dat iemand zich vergiste. Inmiddels begreep ze dat dit niet het geval was. Dit was haar straf omdat ze Freya's stad aan de kaken van Arkangel had overgeleverd. Ze moest in deze kamer zitten en toekijken hoe hij stierf. Dat was veel, veel erger dan haar eigen dood geweest zou zijn.

'Tom,' fluisterde ze.

'Hij is weer buiten bewustzijn, de arme schat,' zei een van de vrouwen die juffer Pye hielp. Ze veegde Toms voorhoofd met koud water af, en iemand gaf Hester een stoel. 'Voor hem is de dood misschien wel een zegen,' hoorde ze een andere verpleegster fluisteren.

Buiten de hoge ramen werd het al donker en de lichten van Arkangel strekten zich langs de horizon uit.

Toen de zon weer opging, was de roofstad nog dichterbij gekomen. Als het niet sneeuwde, waren afzonderlijke gebouwen te onderscheiden: vooral fabrieken, ontmantelingsbedrijven, eindeloze gevangenissen voor de stadsslaven en een grote, met een scherpe punt bekroonde tempel voor de Wolfsgod op het bovenste niveau. Toen de schaduw van de roofstad tastend over het ijs naar Anchorage gleed, was een verkenningsschip zoemend omlaag gekomen om te zien wat er met Masgard en zijn Jagers gebeurd was, maar na even boven het uitgebrande wrak van de Turbulentie te hebben gehangen, maakte het rechtsomkeert en vloog het weer naar zijn ligplaats. Die dag kwam niemand meer in de buurt van Anchorage. De Direktor van Arkangel rouwde om zijn zoon en zijn Raad vond het zinloos om nog meer schepen te verspillen aan een buit die tegen zonsondergang sowieso van hen zou zijn. De stad spande haar kaken en gunde de toeschouwers op het achterschip van Anchorage een onvergetelijke blik op de enorme stookovens en ontmantelingsapparaten die hun wachtten.

'We moeten ze over de radio vertellen hoe het met hun Jagers is afgelopen,' verklaarde Zaagbek die middag tijdens een informele zitting van de Stuurgroep. 'Dan zeggen we erbij dat het met hen net zo zal gaan als ze niet omkeren.'

Freya reageerde niet. Ze probeerde de discussie te volgen, maar haar gedachten dwaalden almaar af naar de ziekenkamer. Ze vroeg zich af of Tom nog leefde en was graag even bij hem gaan zitten, maar juffer Pye had gezegd dat Hester er altijd was, en Freya was nog steeds bang voor dat meisje met haar enorme litteken – zeker nu ze had gezien hoe het meisje de Jagers had uitgeroeid. Waarom was Hester niet neergeschoten? Waarom Tom wel?

'Volgens mij zou dat alles alleen maar erger maken, Zaagbek,' zei Duifkruid na een fatsoenlijk tijdje op de mening van de markgravin te hebben gewacht. 'Ze hoeven niet nog bozer te worden.'

Er klonk een diepe dreun als van een afgeschoten kanon. Het glas van de ramen rinkelde. Iedereen keek op. 'Ze beschieten ons!' riep juffer Pye, die haar hand uitstak naar Duifkruid.

'Dat kunnen ze niet doen!' riep Freya. 'Zelfs Arkangel niet...'

De ramen waren half ondoorzichtig door het ijs. Freya trok haar bontmantel aan en haastte zich naar buiten. De anderen volgden haar meteen. Vanaf het balkon zagen ze hoe dicht de roofstad genaderd was. Het gesis van haar glijders over het ijs leek de hele hemel te vullen, en Freya vroeg zich af of de stilte van deze niet in kaart gebrachte vlakte al eens eerder door andere steden verstoord was. Toen klonk een nieuwe dreun en wist ze dat ze geen kanonschoten hoorde maar het geluid dat iedereen aan boord van een ijsstad het meest vreesde: het gekraak van brekend zee-ijs.

'O goden!' mompelde Zaagbek.

'Ik hoor in het Stuurhuis te zijn,' zei juffer Pye.

'Ik moet naar de motoren,' mompelde Duifkruid. Maar daarvoor was geen tijd meer, en geen van beiden kwam in actie want ze konden niets anders doen dan toekijken.

'O nee!' hoorde Freya zichzelf zeggen. 'O nee, nee, nee!'

Alweer een dreun, ditmaal scherp als een donderslag. Ze staarde naar de steile wand van Arkangel en probeerde vast te stellen of de roofstad de geluiden ook gehoord had en haar ijsremmen bediende. Maar Arkangel liep nog steeds in en zette alles op één laatste, waanzinnige sprint. Ze omklemde de balustrade met kracht en bad tot de IJsgoden. Ze wist niet meer of ze daar echt in geloofde, maar wie anders kon haar helpen? 'Maak ons snel, Heer en Vrouwe, en laat ons niet door het ijs zakken!' smeekte ze.

De volgende dreun was nog harder, en ditmaal zag Freya het ijs openscheuren: op een kwart mijl aan stuurboord werd een duistere grijns steeds breder. Anchorage deinde en verlegde zijn koers. Freya stelde zich voor hoe de roerganger wanhopig een weg door een legpuzzel van brekend ijs zocht. Een nieuwe slingering. Ergens in het paleis verbrijzelde glas. Het gedreun en gekraak kwam nu van alle kanten en van heel dichtbij.

Arkangel begreep dat het niet lang meer op deze koers kon blijven en zette nog één keer alles op alles. De kaken zwaaiden open, en de zon glinsterde op rijen draaiende, stalen tanden. Freya zag arbeiders haastig de trappen naar de onderbuik van de roofstad af rennen, en in bont geklede toeschouwers verzamelden zich op hoge balkons – net als het hare – om de vangst gade te slaan. En toen, voordat de kaken rond de staart van Anchorage konden dichtklappen, leek het hele complex te huiveren en te vertragen. Een vlaag wit schuim schoot de lucht in als een gordijn van glas dat tussen de twee steden werd dichtgetrokken.

Het schuim viel als bevroren regen op Anchorage neer. Arkangel probeerde wanhopig rechtsomkeert te maken, maar het ijs eronder viel uiteen en de aandrijfwielen vonden geen houvast meer. Langzaam als een instortende berg gleed de stad naar voren, en zijn kaken en voorste delen kiepten in een steeds bredere, zigzaggende strook water. Stoom schoot als geisers de lucht in toen koud zeewater de stookovens in stroomde, en de stad uitte een enorme schreeuw alsof een reusachtig, gewond dier van zijn prooi was beroofd.

Maar ook Anchorage zat in de problemen, en niemand aan boord had tijd om de nederlaag van de roofstad te vieren. De stad helde steil naar bakboord en de rupsbanden gilden van de inspanning om houvast op het ijs te krijgen. Aan alle kanten spoten sproeiregens op. Freya had zulke bewegingen nog nooit meegemaakt en wist niet wat ze betekenden maar kon er wel naar raden. Ze pakte de hand van juffer Pye en van Zaagbek, terwijl juffer Pye die van meneer Duifkruid al omklemd hield. Zo maakten ze zich klein en wachtten ze tot het gorgelende zwarte water via de trappen omhoog kolkte en hen verzwolg.

Wachtend. En wachtend. Langzaam verdween het licht, maar dat kwam alleen door de naderende nacht. Sneeuw vlijde zich op hun gezichten.

'Laat ik maar eens kijken of ik op het machinedek kan komen,' zei Duifkruid terwijl hij zich enigszins verlegen van de anderen losmaakte en haastig wegliep. Freya hoorde even later dat de motoren werden uitgezet. De stad was zich minder hevig gaan bewegen, maar de vloer hing nog steeds uit het lood, en in de structuur van het paleis was nog steeds een eigenaardige trekking te bespeuren.

Zaagbek en juffer Pye liepen weer naar het warme interieur, maar Freya bleef op het balkon staan. De nacht en de sneeuw onttrokken Arkangel aan het zicht, maar ze zag de lichten nog steeds en hoorde het gejank van de motoren die de stad naar sterker ijs probeerden te slepen. Ze kon niet zien hoe Anchorage eraan toe was maar voelde nog wel een vreemde, rollende beweging alsof de stad zich steeds verder van de in de val gelopen roofstad verwijderde.

Een stevig gebouwde man liep haastig door de paleistuin. Freya leunde over de balustrade van het paleis en riep: 'Meneer Aakiuq!'

Hij keek op. Het bont op de kap van zijn parka vormde een witte O rond zijn donkere gezicht. 'Freya? Alles in orde?'

Ze knikte. 'Wat is er aan de hand?'

Aakiuq legde zijn handen rond zijn mond en riep: 'We drijven weg! We hebben de rand van het ijs bereikt, en het stuk waarop we stonden, is afgebroken.'

Freya staarde naar het donker voorbij de stad. Ze zag niets maar begreep nu het vreemde rijzen en dalen van het dek. Anchorage dreef, wankel balancerend op een vlot van ijs als een corpulente zonnebader die op een luchtbed de zee op dreef. Hoezo een vlakte van dik zee-ijs tot in het hart van het Dode

Continent? 'Polei!' riep ze naar de lege hemel. 'De goden zullen je hiervoor straffen!'

Maar de goden straften professor Polei helemaal niet. Met een deel van het gestolen geld had hij brandstof gekocht van een tanker die zich bij Arkangel uit de voeten maakte, en was al ver weg. Hij vloog naar het oosten langs het brede litteken dat de roofstad uit het ijs had gevreten. Een erg goede vliegenier was hij niet, maar hij had geluk en het weer zat niet tegen. Ten oosten van Groenland trof hij een kleine ijsstad, waar hij de Jenny Haniver een andere kleur en een andere naam liet geven, en waar hij een knappe vliegenierster genaamd Kewpie Quinterval inhuurde om hem naar het zuiden te vliegen. Een paar weken later was hij weer in Brighton, en daar vergastte hij zijn vrienden op verhalen over zijn avonturen in het ijskoude noorden.

Inmiddels had zelfs de Direktor van Arkangel moeten toegeven dat zijn stad niet te redden was. Veel rijke inwoners waren al in een grote stroom luchtjachten en charterschepen gevlucht (de vijf weduwen Blinkoe verkochten britsen aan boord van de Tijdelijke Bliep en konden van het geld een charmante villa in de bovenstad van Jägerstadt Ulm kopen). Ook de slaven, die in alle chaos de macht over de lagere dekken hadden overgenomen, namen de benen; ze vluchtten in gestolen vrachtschepen of gingen in gekaapte verkenningssleden of onbemande voorsteden het ijs op. Uiteindelijk kwam het bevel tot algehele evacuatie, en tegen het midden van de winter was de stad een leeg, groot, donker karkas dat langzaam wit werd en onder een steeds dikker pak sneeuw zijn vorm verloor.

In het hartje van die winter bezochten een paar Sneeuwgekke bergingssteden het wrak. Ze tapten de brandstoftanks af en brachten ploegen aan boord om al het waardevols te oogsten dat de vluchtende inwoners hadden achtergelaten. In de lente kwamen er nog meer, inclusief zwermen aasvogels in de vorm van luchtschepen. Het ijs onder het wrak werd toen echter al zwakker. Midden in de zomer, verlicht door de vreemde schemering van de middernachtszon, kwam de roofstad – huiverend in een grote kanonnade van versplinterend ijs – opnieuw in beweging, ditmaal voor haar laatste reis via schuivende zeeniveaus naar de koude, vreemde wereld in de diepte.

Die zomer werd bekend dat in de Anti-Tractieliga van Shan Guo een machtsgreep had plaatsgevonden: de Hoge Raad was afgezet en vervangen door een partij die de Groene Storm heette. De troepen daarvan werden aangevoerd door een Sluiper met een bronzen masker. Niemand op het Jachtveld besteedde er veel aandacht aan. Wat maakte het uit dat een paar anti-tractionisten onderling ruzie hadden? Op Parijs, Manchester, Praag, Traktiongrad, Gorki en Peripatetiapolis ging het leven gewoon door. Iedereen had het over de val van Arkangel en werkelijk iederéén las Nimrod B. Poleis verbazingwekkende nieuwe boek.

BEWEEN het tragische lot van een mismaakte jonge vliegenierster
en hoe haar hopeloze liefde voor professor Polei haar aanzette
tot verraad van Anchorage aan de gevreesde roofstad Arkangel!

————◆————

JUICH bij professor Poleis spectaculaire
eenmansoverwinning op de Jagers!

————◆————

BEEF bij zijn beschrijvingen van de laatste dagen van Anchorage,
mooiste van alle ijssteden, en zijn gedurfde ontsnapping
toen de stad verdronk in het ijskoude water van een onbekende zee.

34

Het Land van Mist

*M*aar Anchorage was niet verdronken. Het dreef op een sterke stroming bij Arkangel vandaan naar een gebied met dichte mist, en de kartelige ijsschots waarop het stond, schuurde soms tegen ander drijfijs.

Toen de nieuwe dag aanbrak, verzamelden de meeste inwoners zich bij de voorste reling van het bovenniveau. De motoren zwegen. Niemand had veel te doen of te bespreken, want de toekomst leek zo kort en somber dat niemand het erover wilde hebben. Ze luisterden zwijgend naar het gekabbel van de golven tegen het ijs en probeerden door gaten in de schuivende mist een glimp van hun vreemde nieuwe omgeving – de zee – op te vangen.

'Wat denken jullie? Is dit alleen maar een grote polinia of een smalle strook open water?' vroeg Freya hoopvol terwijl ze met haar Stuurgroep naar het voorste panoramadek liep. Het was haar niet bekend wat een markgravin bij een zeemansgraf moest dragen en had dus maar een oude, geborduurde anorak aangetrokken. Daarbij droeg ze de laarzen van zeehondenleer die ze altijd aanhad tijdens tochtjes aan boord van haar moeders ijs-aak, en een bijpassende hoed met pompons, die onfatsoenlijk opgewekt stuiterden zodat ze het gevoel kreeg dat ze optimistisch moest zijn. 'We drijven er misschien wel gewoon overheen en vinden dan goed, veilig ijs waar we weer kunnen rijden.'

Windolene Pye, bleek en moe na haar werk met de gewonden,

schudde haar hoofd. 'Ik denk dat deze wateren alleen midden in de winter dichtvriezen. Volgens mij drijven we verder tot we op een verlaten kust aanspoelen, of anders breekt de schots en zinken we. Arme Tom! Arme Hester! Ze zijn helemaal voor niets helemaal hierheen gekomen om ons te redden!'

Meneer Duifkruid legde zijn arm om haar heen, en zij leunde dankbaar tegen hem aan. Freya wendde verlegen haar blik af. Ze vroeg zich af of ze moest vertellen dat Hester degene was die Arkangel achter hen aan had gestuurd, maar nu dat arme meisje nog steeds aan Toms sterfbed waakte, leek dat haar niet eerlijk. Hoe dan ook, Anchorage snakte op dat moment naar een echte heldin. De komst van de Jagers kon ze veel beter in de schoenen van die bedrieger Polei schuiven, want die was wel degelijk voor de rest verantwoordelijk.

Ze probeerde nog steeds te bedenken wat ze moest zeggen, toen vlak bij de voorste rand van de schots een slanke, zwarte rug boven water kwam. Het ding kwam in het witte water als een walvis omhoog en spoot een sissende straal water uit. Iedereen dacht dan ook dat het een walvis was, maar toen zagen ze patronen van klinknagels op de metalen romp plus luiken, patrijspoorten en sjabloonletters.

'Daar heb je die duivelse parasieten weer!' riep Zaagbek, die met een wolvengeweer kwam aanrennen. 'Ze komen weer stelen!'

Het deinende voertuig stak zijn spinnenpoten uit, greep de rand van de ijsschots vast en hees zich uit het water. Er waren al sleden onderweg vol gewapende mannen van het machinedek. Zaagbek hief zijn geweer, richtte zorgvuldig en wachtte tot het luik openging.

Freya duwde het geweer weg. 'Niet doen, Zaagbek. Het is er maar een.'

Dit eenzame voertuig, dat zo openlijk boven water kwam, kon toch niet gevaarlijk zijn? Ze staarde naar de stijve, magere gestalte die door het luik van de parasiet kroop en door een paar mannen van Duifkruid werd vastgegrepen en geboeid. Ze hoorde hun harde stemmen maar verstond niet wat ze zeiden. Met Zaagbek, Duifkruid en juffer Pye aan haar zijde haastte ze zich naar de trap, waar ze nerveus bleef wachten tot de gevangene boven was gebracht. Hoe dichter hij in haar buurt kwam, des te grotesker bleek zijn uiterlijk: zijn misvormde gezicht vertoonde alle tinten paars, geel en groen. Ze wist dat parasietenbemanningen dieven waren maar had niet gedacht dat ze er monsterlijk uitzagen!

En toen stond hij voor haar en bleek hij geen monster maar een jongen van haar eigen leeftijd die verschrikkelijk mishandeld was. Sommige tanden ontbraken en rond zijn hals liep een vreselijke rode striem, maar zijn ogen, die haar vanuit een masker van korsten en vervagende blauwe plekken aankeken, waren zwart, helder en heel mooi.

Ze vermande zich en probeerde als een markgravin te praten. 'Welkom in Anchorage, vreemdeling. Wat brengt u hierheen?'

Helm deed zijn mond open en dicht maar wist niet wat hij zeggen moest en was volledig de kluts kwijt. De hele tocht vanaf Grimsby had hij zich op dit moment voorbereid, maar hij had zo lang zijn best gedaan om voor de Droogkloten onzichtbaar te blijven, dat het onnatuurlijk aanvoelde om met zo veel mensen geconfronteerd te worden. Ook Freya was in zekere zin een schok, niet alleen door haar jongensachtige kapsel maar ook omdat ze groter leek dan hij zich herinnerde. Haar gezicht was roze, en ze was niet meer het bleke, dromerige meisje dat hij van zijn schermen kende. Achter haar stonden Duifkruid, Zaagbek, Windolene Pye en de helft van de andere inwoners, en iedereen keek hem woedend aan. Hij begon zich af te vragen of hij niet beter in Grimsby had kunnen sterven.

'Zeg iets, jongen!' beval de dwerg naast Freya. Hij porde met zijn geweer in Helms buik. 'Hare Luisterrijke heeft je iets gevraagd!'

'Hij had dit bij zich, Freya,' zei een van Helms bewakers, die een gebutste blikken koker liet zien. De mensen die zich achter Freya verdrongen, deinsden geschrokken en nerveus terug, maar

Freya herkende het als een ouderwetse documentenkoker. Ze nam hem van de man over, draaide de dop eraf en haalde er een rol papieren uit. Toen keek ze Helm glimlachend aan.

'Wat zijn dit?'

Het briesje, dat na de aankomst van de Schroefworm onverwacht was opgestoken, trok aan de papieren. De stijve, bruin verkleurde randen begonnen te wapperen en de papieren dreigden uit Freya's handen te waaien. Helm pakte ze meteen vast. 'Pas op! Ze zijn belangrijk!'

'Waarom?' vroeg Freya, starend naar de rode striemen op de polsen van de jongen, waar touwen in zijn vlees waren gedrongen, maar ook naar de rode lijntjes op de papieren. Ze zag ouderwets geschreven woorden in roestrode inkt en bovendien breedte- en lengteaanduidingen en een dunne, kronkelige kustlijn. Een gestempelde waarschuwing luidde: DIENT IN DE BIBLIOTHEEK VAN REYKJAVIK TE BLIJVEN!

'Het is de kaart van Snøri Ulvaeusson,' zei Helm. 'Oom moet hem jaren geleden in Reykjavik gestolen hebben, en sindsdien lag hij in zijn kaartenkamer. Er staat ook uitleg bij. Hoe je in Amerika kunt komen.'

Freya glimlachte om zijn vriendelijkheid maar schudde haar hoofd. 'Het heeft geen zin. Amerika is dood.'

Helm greep haar hand omdat ze hem niet begrepen had. 'Nee, ik heb onderweg alles gelezen. Snøri was geen bedrieger. Hij heeft echt groene streken gevonden. Geen grote bossen, zoals professor Polei verzon. Geen beren. Geen mensen. Maar wel plekken met gras en bomen en...' Hij had nog nooit gras gezien, laat staan bomen; zijn verbeeldingskracht schoot nog steeds tekort. 'Ik weet niet. Er zijn vast dieren en vogels en vissen in het water. U moet misschien immobiel worden, maar u kunt er wonen.'

'Alleen kunnen we er niet komen,' zei Freya. 'Het zal heus wel bestaan, maar we kunnen het niet bereiken. We zijn op drift.'

'Nee...' zei meneer Duifkruid, die over haar schouder naar de kaart had gekeken. 'Nee, Freya, het kan wél. Als we deze schots stabiliseren en een paar scheepsschroeven aanbrengen...'

'Het is niet ver,' zei juffer Pye, die haar hand over Freya's andere schouder stak en haar vinger op de kaart legde waar de kop van een lange, kronkelige inham stond aangeduid als Wijnland. Er lagen ook wat eilandjes, zo klein dat ze inktvlekjes leken, maar de oude Snøri Ulvaeusson had ze allemaal met de kinderlijke tekening van een boom gemarkeerd. 'Hooguit zevenhonderd mijl. Niks vergeleken met de afstand die we hebben afgelegd!'

'Maar wat vinden we ervan?' Duifkruid wendde zich tot Helm, die een paar stappen naar achteren schuifelde bij de herinnering aan de keren dat hij deze arme, oude man half gek had gemaakt met zijn spookachtige verschijningen op het machinedek. Ook Duifkruid moest daar blijkbaar aan denken, want zijn blik werd kil en afstandelijk, en heel even was niets anders te horen dan de zachte, nerveuze bewegingen van de menigte en het geritsel van de papieren in Freya's handen. 'Heb je een naam, jongen?'

'Helm, meneer,' zei Helm.

Duifkruid stak glimlachend zijn hand uit. 'Nou, Helm, je ziet er koud en hongerig uit. We moeten hier niet blijven staan. Laten we het allemaal maar in het paleis bespreken.'

Freya herinnerde zich ineens haar goede manieren. 'Natuurlijk!' zei ze, terwijl de menigte om haar heen uit elkaar viel en iedereen opgewonden over de kaart begon te praten. 'Gaat u maar mee naar het Winterpaleis, meneer Helm. Ik zal Zaagbek vragen om warme chocolademelk te maken. Waar ís Zaagbek eigenlijk? Nou ja, dan doe ik het zelf wel...'

En dus ging de markgravin voorop over de Rasmussen Prospekt, met Duifkruid en juffer Pye vlak achter haar aan. Helm liep nerveus tussen hen in en de anderen sloten zich haastig bij deze vreemde optocht aan, want inmiddels wist iedereen dat de jongen uit de zee nieuwe hoop had gebracht: de Aakiuqs en de Umiaks en meneer Quaanik. Zaagbek werkte zich naar voren en Freya zwaaide met Snøri Ulvaeussons kaart in de oude blikken koker. Ze lachte en maakte met iedereen grappen, hoewel dat geen uitgesproken waardig gedrag was. Ze wist dat haar mama, papa, de etiquettelerares en alle hofdames het affreus zouden hebben gevonden, maar dat deed er niet toe: hun tijd was voorbij en Freya was nu de markgravin.

35

IJsark

Wat een gehamer en een geklop klonken de volgende dagen in Anchorage! Wat een schijnsel uit talloze werklampen tijdens de lange nachten en wat een vonkenregens! Want Duifkruid superviseerde het snijden van geïmproviseerde scheepsschroefbladen uit reservedekplaten en de bouw van vlerken samengesteld uit oude rupsbandkappen. En ook: wat een gestotter en gegrom van motoren die getest werden, en van nokkenassen en aandrijfriemen die moesten worden bijgesteld. Helm boorde met de Schroefworm een gat door het ijs, en ze lieten de nieuwe schroeven voorzichtig in het water onder de stad zakken, terwijl Duifkruid experimenteerde met een provisorisch roer. Niets werkte echt goed, maar alles werkte goed genoeg. Een week na Helms aankomst werden de motoren in alle ernst opgestart. Freya voelde haar stad niet meer ongericht drijven en langzaam op gang komen terwijl het water klokkend langs de randen van de ijsark stroomde.

Geleidelijk aan werden de dagen langer en nam het aantal ijsbergen af. Er was enige warmte voelbaar in het zonlicht dat door de mist viel, want Anchorage voer naar breedten waar de herfst nog niet voorbij was.

Hester hield zich afzijdig van de feesten, vergaderingen en zangbijeenkomsten die de rest van de stad tijdens die laatste weken van hun reis bezighield. Ze woonde zelfs de bruiloft van Søren

Duifkruid en Windolene Pye niet bij. Meestal zat ze bij Tom in het Winterpaleis, en als ze later op die tijd terugkeek, herinnerde ze zich niet de landschapskenmerken – de dode eilanden, de dikke pakketten kruiend ijs die Anchorage voorzichtig moest passeren, en de levenloze bergen aan de Amerikaanse horizon – maar de kleinere mijlpalen van Toms herstel.

De dag kwam waarop juffer Pye niet alleen haar moed verzamelde maar ook alle kennis die ze in medische boeken had opgedaan. Ze sneed Tom open en tastte met een lange pincet tussen zijn donkere en pulserende organen tot... Hester viel op dat punt flauw, maar toen ze bijkwam, gaf juffer Pye haar de pistoolkogel: een stomp en enigszins gedeukt klompje blauwgrijs metaal dat er volstrekt onschuldig uitzag.

Toen kwam de dag waarop hij voor het eerst zijn ogen opendeed en iets zei: koortsige wartaal over Londen en Polei en Freya, maar dat was beter dan niets. Ze hield zijn hand vast en kuste zijn voorhoofd waarna hij weer in een onrustige en mompelende slaap viel.

Nu Tom niet meer in levensgevaar was, kwam Freya vaak op bezoek. Hester liet haar soms zelfs bij hem waken, want ze voelde zich niet lekker – alsof ze de beweging van de drijvende stad niet verdroeg. Aanvankelijk heerste er onbehagen tussen de twee meisjes, maar na een paar bezoeken vermande Hester zich, en ze vroeg: 'Ga je het ze nog vertellen?'

'Wat moet ik vertellen?'

'Dat ik jullie aan Arkangel verkocht heb.'

Freya had zich dat ook zelf afgevraagd en dacht er nog even over na voordat ze zei: 'En als ik dat doe?'

Hester keek naar de grond en streek met haar afgetrapte oude laarzen de pool van het dikke tapijt glad. 'Als je dat doet, kan ik niet blijven. Dan ga ik ergens anders heen en krijg jij Tom.'

Freya glimlachte. Ze zou altijd dol op hem blijven, maar haar verliefdheid was ergens op het Groenlandse ijs verdampt. 'Ik ben de markgravin van Anchorage,' zei ze. 'Als ik trouw, doe ik dat om goede politieke redenen. Met iemand uit de benedenstad bijvoorbeeld of...' Ze aarzelde en bloosde een beetje bij de gedachte aan die lieve en onhandige Helm. Ze vervolgde snel: 'Hoe dan ook, ik wil graag dat je blijft. Anchorage heeft iemand als jou nodig.'

Hester knikte. Ze kon zich goed voorstellen dat haar vader – lang geleden in een Hoog Londens vertrek – precies zo'n gesprek met Magnus Crome had gehad. 'Dus als er problemen rijzen, zoals wanneer Oom en zijn Straatjongens je kleine nederzetting vinden, of bij een aanval van luchtpiraten, of wanneer een verrader zoals Polei stilletjes vermoord moet worden, dan ga je mij vragen om het vuile werk te doen.'

Freya zei: 'Je bent er heel goed in, heb ik gemerkt.'

'En als ik daar geen zin in heb?'

'Dan vertel ik tegen iedereen over Arkangel,' zei Freya. 'Verder blijft het ons geheimpje.'

'Dat is chantage,' zei Hester.

'O ja? Werkelijk?' Freya keek innig tevreden alsof ze het gevoel kreeg dat ze eindelijk snapte hoe ze een stad moest leiden.

Hester bekeek haar even aandachtig en gunde haar toen een scheve glimlach.

En eindelijk, vlak voor het eind van hun reis, kwam de nacht waarop een zachte, vertrouwde stem haar wekte uit haar halve dromen op de stoel naast Toms bed. Die stem vroeg: 'Het?'

Ze schudde de slaap van zich af, boog zich over hem heen, raakte zijn voorhoofd aan en keek glimlachend naar zijn bleke, bezorgde gezicht. 'Tom, je bent beter!'

'Ik dacht dat ik doodging.'

'Dat was je ook bijna.'

'En de Jagers?'

'Allemaal weg. Arkangel zit ergens achter ons vast in een wak. We zijn op weg naar het zuiden, recht naar het hart van het oude Amerika. Nou ja, feitelijk is het misschien Canada, want niemand weet meer waar de oude grens liep.'

Tom fronste zijn wenkbrauwen. 'Professor Polei loog dus niet? Is het Dode Continent echt weer groen?'

Hester krabde op haar hoofd. 'Dat weet ik nog niet. Er is een oude kaart opgedoken – het is ingewikkeld. Eerst snapte ik niet waarom we Snøri Ulvaeusson wél zouden moeten geloven en Polei niet, maar hier zijn beslist groene plekken. Als de mist optrekt, zie je soms kromme boompjes en dingen die zich uit alle macht aan de berghellingen vastklemmen. Dat zal de oorsprong van al die vliegeniersverhalen wel zijn. Maar niets is zoals Polei beloofde. Je hebt hier geen Jachtveld. Alleen een paar eilanden. Anchorage zal immobiel moeten worden.'

Tom keek angstig en Hester kneep in zijn hand, zichzelf vervloekend omdat ze hem bang had gemaakt – ze was vergeten hoe angstaanjagend een stadsjongen zoals hij het leven op de kale grond vond. 'Ik ben op een eiland geboren. Weet je nog? Dat was fijn. We krijgen hier een goed leven.'

Tom knikte glimlachend en staarde haar aan. Ze zag er goed uit: een beetje bleek en geen schoonheidsideaal, maar wel heel opvallend in haar nieuwe zwarte kleding die ze (aldus haar verhaal) had meegenomen uit een winkel aan de Noorderlicht Arcade ter vervanging van haar gevangenisplunje. Ze had haar haren gewassen en met een zilveren bandje opgebonden, en voor het eerst sinds hij zich kon herinneren, probeerde ze niet haar gezicht te verbergen als hij haar aankeek. Hij stak zijn hand uit en streelde haar wang. 'Hoe gaat het? Je bent een beetje bleek.'

Hester lachte. 'Jij bent de enige die ooit op mijn gezicht let, natuurlijk afgezien van je weet wel. Ik voel me alleen een beetje misselijk.' (Ze kon hem beter nog niet vertellen wat Windolene ontdekt had toen Hester bij haar over zeeziekte klaagde. Die schok was misschien te veel voor hem.)

Tom raakte haar mond aan. 'Ik weet wat een vreselijk gevoel het is om zo veel mensen vermoord te hebben. Ik voel me nog steeds schuldig over Havik en Pewsey en Gench. Maar je kon er niets aan doen. Je kon niet anders.'

'Ja,' fluisterde ze, glimlachend om de enorme verschillen tussen hen. Als zij aan de dood van Masgard en zijn Jagers dacht, had ze geen enkel schuldgevoel, alleen een soort tevredenheid en een blijde verbazing over het feit dat het haar gelukt was. Ze ging naast hem op het bed liggen, hield hem vast en dacht aan de dingen die sinds hun eerste bezoek aan Anchorage gebeurd waren. 'Ik ben Valentijns dochter,' zei ze zachtjes toen ze zeker wist dat hij sliep. En ze wilde ook van niemand anders de dochter zijn – zoals ze daar lag met Tom in haar armen en Toms kind in haar buik.

Toen Freya wakker werd, viel een straal grijs daglicht tussen de gordijnen door. Op de straat buiten het paleis stonden mensen te roepen. 'Land in zicht! Land in zicht!' Dat was eigenlijk geen nieuws, want Anchorage voer al dagenlang dicht onder de kust en baande zich voorzichtig een weg door een lange, smalle inham naar de plaats die Snøri Ulvaeusson 'Wijnland' had genoemd. Toch ging het roepen door. Freya stapte uit bed, deed haar ochtendjas aan, trok het gordijn open, ontsloot het hoge raam en liep het koude balkon op. De dageraad was helder als ijs. Aan beide kanten van de stad verrezen bergen, en tussen de strepen sneeuw, de scheuren en de hellingen met steenslag groeiden dwergdennen als de eerste haargroei op een kaalgeschoren hoofd. En daar...

Ze omklemde met twee handen de balustrade, blij met de beet van het ijskoude metaal die bewees dat ze niet droomde. Uit de mist boven het stille water doemde het silhouet van een eiland uit de mist op. Ze zag er dennen. Berken hielden nog handenvol zomerse bladeren vast als lichtgele munten. Steile hellingen waren groen van de heide en bruin van de dode varens. Ze zag een kantwerk van sneeuw op donkere bosjes lijsterbessen, meidoorns en eiken. En verderop, aan de overkant van een glanzende engte lagen weer andere eilanden. Ze lachte hardop en voelde haar stad onder haar voeten voor de laatste keer trillen, want Anchorage boog af, nam snelheid terug en bracht haar veilig naar de nieuwe ankerplaatsen van het westen.

Dankbetuiging

Ik dank graag iedereen bij Scholastic, vooral Kirsten Skidmore en Holly Skeet, voor hun hulp en goede raad bij het schrijven van dit boek.

Philip Reeve
Dartmoor 2003